어디에도 속하지 않은
폴의 하루

어디에도 속하지 않은
폴의 하루

초판 1쇄 찍은날 2023년 11월 6일
초판 1쇄 펴낸날 2023년 11월 10일

지은이 임재희

펴낸이 최윤정
펴낸곳 도서출판 나무와숲 | 등록 2001-000095
주 소 서울특별시 송파구 올림픽로 336 910호(방이동, 대우유토피아빌딩)
전 화 02-3474-1114 | 팩스 02-3474-1113 | e-mail : namuwasup@namuwasup.com

© 임재희 2023

ISBN   978-89-93632-96-5   03810

임재희 소설집

어디에도 속하지 않은 폴의 하루

차
례

히 어
앤
데 어

Here and There

주민센터 직원은 본적이 어디냐고 먼저 물었다. "경상북도 상주시……."

동희의 기억은 거기까지였다. 단어들과 숫자들이 꿈틀대는 것처럼 일어서려다 주저앉았다. 희미하고 아련한 기억의 공간을 마주하고 있는 사람처럼 그녀는 눈을 깜박였다. 직원은 무심한 표정으로 컴퓨터 화면을 계속 응시하였다. 뒤에서 번호표를 들고 순서를 기다리고 있던 사람이 답답하다는 듯 기웃거렸다. 사람들이 가장 많이 몰린다는 월요일 아침이었다.

"혹시 주민번호 끝자리 여섯 개 기억하세요?"

동희는 고개를 저었다. 더 난감한 질문이었다. 한국을 떠난 지 너무도 오랜 시간이 흘렀고 누구도 그녀에게 그런 질문을 던진 사람은 없었다.

"국적은……?"

"미국입니다."

동희는 또렷한 한국말로 국적을 미국이라고 말하는 자신이 좀 어색했다. 혀를 굴려 가면서 적당히 어깨도 들썩이며 말해야 어울릴 것 같았는데 너무도 정확한 한국어 발음이 흘러나왔고 스스로 생각해도 그건 우스운 일이었다.

"아, 아직 국적상실 신고를 하지 않으셨군요."

그제야 동희의 호적 원본 기록을 찾았다는 듯 직원의 목소리가 약간 커졌다.

"그럼, 제가 아직 한국 국적을 갖고 있단 말씀인가요?"

동희는 잃어버린 물건을 찾은 아이처럼 약간 들뜬 목소리로 물었다. 그녀의 기록이 고스란히 이 땅에 남아 있다니 놀라울 뿐이었다. 인간의 기억력보다 뛰어난 컴퓨터가 있어 다행스럽기도 하고 한편 징그럽기도 했다. 이제 그녀의 흔적은 기계가 쏟아내는 정보에 의해 분류될 것만 같았다.

반가움은 오래가지 않았다. 어느 한쪽도 완전히 정리하지 못했던 이유를 그제야 발견한 기분마저 들었다.

"아니요, 주민등록증은 말소됐는데……, 아마 미국 시민권 받으실 때 영사관에서 국적상실 신고를 하지 않으셨나 봐요. 한국은 이중국적이 허용되지 않거든요."

동희는 몰랐던 사실을 그제야 알게 된 사람처럼 고개를 끄덕였다. 편리함을 위해 큰 고민 없이 운전면허증을 소지

하듯 취득한 미국 시민권이었다. 학자융자금도 주택융자금도 시민권자여서 좀 쉬웠고 우선순위 혜택을 받을 수 있었다. 한국 국적은 자동 상실됩니다, 누군가 이렇게 말해 주었다면 고민을 했을까?

직원은 한국 국적을 재취득하려면 우선 출입국관리사무소에 관련 서류를 제출하라고 했다. 뭐든지 하나를 선택하라는 말이었다. 동희는 '여기, 바로 이 자리에서요?' 물으려다 말았다. 아직 선택의 시간은 남아 있다는 말로 들렸기 때문이었다.

선택의 문제는 늘 간단하면서도 복잡했다. 동희는 가족이 있는 미국을 자주 드나들어야 하니, 미국 국적이 아무래도 편할 것 같다는 생각과 한국에 정착하려면 한국 국적이 좋을 거라는 생각 사이에서 잠시 갈등이 일었다. 그 어느 곳도 온전히 편한 곳은 없었다. 모든 게 완벽하게 서로 엇비슷했다.

"국적상실 신고를 하시든 국적 재취득을 하시든, 담에 생각이 바뀌면 다시 재신청하시면 돼요."

직원은 뭐 복잡하게 생각할 이유가 없다고 했다. 옷이 맘에 안 들면 반품하러 와도 좋다고 말하는 사람처럼 보였다.

* * *

삼각지에 내려서 6호선으로 갈아타고…….

밤 11시가 넘어서고 있었다. 동희는 택시를 타려다 마음을 바꿨다. 전철역 계단을 빠르게 내려가며 다시 시간을 보았다. 전철을 타는 게 더 빠르고 안전할 거였다. 거의 막차가 들어올 시각이어서 그녀는 마음이 조급해졌다. 전철은 곧 왔고 안은 텅 비어 있었고 그녀는 예정대로 삼각지에 잘 내렸다.

역 직원들이 청소를 하고 있었다. 동희는 이유 없이 점점 불안해지기 시작했다. 그냥 나가서 택시를 탈까. 그래도 사람들이 많은 전철이 낫겠지. 불안했던 탓이었을까, 그녀는 안내방송을 제대로 듣지 못했다.

6호선은 오지 않을 것 같더니 왔다. 그녀는 빨려 들어갈 듯 전철 안으로 들어갔다. 아주 드물게 승객이 있었다. 모두 눈을 감고 앉아 있었다. 잠에 취한 어느 중년 남자의 고개가 반쯤 꺾여 있었다. 목덜미와 손등이 붉은 남자였다. 지상도 지하도 밤이었다. 마이크 켜지는 소리가 들렸다. 막차라는 안내방송이 나오더니 전철이 천천히 멈췄다. 모두 하차하라는 방송이었다. 누군가는 어리둥절한 표정으로,

다른 누군가는 이미 알고 있었다는 표정으로 내렸다. 동희도 사람들을 따라 내렸다. 맞은편에 앉아 있던 긴 머리 여자도 주섬주섬 몸을 일으켰다. 술 취해 잠들어 있던 중년 남자도 놀란 듯 일어서서 내렸다. 이태원역이었다. 버스도 전철도 없을 시각이었다. 동희는 계단을 빠져나가는 승객들의 뒤를 눈치껏 따라 나갔다. 처음부터 택시를 타지 않은 게 후회스러웠다.

역사를 막 빠져나갈 때쯤 여자가 말을 걸었다. 맞은편에 앉아 있던 긴 머리 여자였다.

"어디까지 가세요? 같은 방향이면……."

질끈 묶은 머리, 화장기 없는 얼굴, 연회색 재킷. 그리고 긴 속눈썹. 우수에 깃든 표정이 동희를 조금 안심시켰다. 여자는 동희보다 대여섯 살 어려 보였다.

"보문역……."

동희는 고모네 빌라가 있는 역 이름을 말했다. 한국 지리에 익숙해질 때까지 있기로 한 것이 벌써 3주째에 접어들고 있었다.

동희의 말이 채 끝나기도 전에 여자가 환하게 웃었다.

"나도 그 방향인데! 같이 타요, 택시."

기다리던 택시는 금방 오지 않았다. 어쩌다 오던 택시도 목적지만 묻고 그냥 가버렸다. 여자는 적극적으로 택시기사를 향해 "강북!" 하고 목청껏 외쳤다.

"여자 혼자 택시 세우면 위험해요. 위험한 사람들도 많아요, 이곳은."

여자는 동희보다 세상을 오래 산 사람처럼 말했다. 야심한 시각이었고 낯선 곳이어서 그랬을까. 동희는 그런 여자가 미더웠고 우연에 감사했다. 혼자 택시를 기다렸다면 암담했을 거였다.

택시 한 대가 미끄러지듯 와서 섰다. 여자가 동희의 팔을 끌었다.

"언니, 타자!"

여자는 빠르게 택시 문을 열었고 동희를 먼저 태우고 옆자리에 앉았다.

"아저씨, 길음 거쳐서 이 언니는 보문역이요."

"보문동 거치는 게……."

"길음 먼저요!"

여자가 기사의 말을 가로챘다. 동희는 서울의 그 많은 길 가운데 어느 길로 가는지 알 수 없어 길음이 가까운지 보문이 더 가까운지 몰랐다. 밤이었고 여자는 친절했고 그녀를 '언니'라고 불렀고 택시 기사보다 더 미더웠고 그녀가 억지를 부릴 이유까지 생각할 필요도 없었다. 낯선 곳을 빠져나가 집과 가까운 곳으로 가고 있다는 사실만으로도 동희는 안심되었다.

"언니는 외국에서 오래 살다 온 사람 같아요."

여자가 불현듯 한마디 하며 동희를 쳐다보았다. 확신에 찬 눈빛이었다.

이방인의 냄새라도 맡았다는 말일까. 산속을 오래 헤매다 돌아온 짐승의 냄새처럼 야성적이고 쓸쓸한 기운이라도 감지했다는 말일까. 그것도 아니라면 혹시 승객들을 뒤따라 나오는 모습이 어리바리해 보였던 걸까. 동희는 외국에서 오래 살다 왔다는 사실을 굳이 숨기고 싶지는 않았지만 들키고 싶은 마음도 없었다. 그래서 금방 입이 떨어지지 않았다. 처음 만난 사람이었고 여자의 자신감 넘치는 눈빛이 오히려 그녀를 멈칫하게 했다. 여자는 동희가 아무 대답도 하지 않자 오히려 제 생각이 맞는다고 여기는 것 같았다.

"나도 외국에서 오래 살다 왔거든요. 딱 보면 알아요. 뭔가 티가 나요. 언니의 그 표정, 경계하면서도 호기심이 깃든 눈빛. 단정하면서도 색깔이 매치된 옷차림. 유행과 상관없이 약간 올드한 느 낌이 들면서 은근히 고급지고……"

완전 일 년 전 내 모습 같아요. 그냥 그렇게 느껴졌어요. 아니면 말고요."

언제부터 여자가 자신을 훔쳐본 걸까. 동희는 뭔가 들킨 사람처럼 기분이 묘하면서도 여자에게 아니라고 반박할 마음도 없어 조금 웃었다. 무심하게 앞을 바라보고 있는 여자를 힐끗 쳐다보았다. 무희인가? 자연 눈썹이라고 생각하기엔 좀 유별스러울 정도로 긴, 인조 속눈썹이 분명했다. 무언가 친근하면서도 낯설었다. 한국에서 흔히 마주치는 여느 여자와는 좀 다른 느낌이었고 그녀가 외국에서 오래 살다 왔다는 말이 사실처럼 여겨졌다.

"외국 어디……?"

동희의 질문이 막 끝나기 전에 커브를 돌던 건너편 차의 전조등 불빛이 택시 안으로 쏟아져 들어왔다. 여자가 눈을 질끈 감았다가 떴다. 부챗살처럼 촘촘하고 긴 인조 속눈썹 그림자가 여자의 얼굴 위를 빠르게 지나갔다. 검회색 물고기가 가볍게 물살을 가로지르며 빠져나가는 것만 같았다.

어찌 되었든 여자가 외국에서 오래 살다 왔다는 말에 동희는 조금 반가운 마음이 들었고 경계심이 슬며시 사라지는 게 느껴졌다. 그렇게 약 2분 정도 흘렀다.

"참, 언니, 제가 지금 현금이 없어서 그런데, 혹시 택시비를 대신 내주실래요? 제가 바로 내일 송금할게요. 제 핸드폰 번호 저장하세요."

여자가 빠르게 동희의 손에 들려 있는 전화기를 집어들어 번호를 입력했고 눌러 보라고 해서 동희가 눌렀더니 여자가 들고 있는 전화가 진동했다. 확인차 누른 것 같아 오히려 동희가 민망했다.

동희는 조금 어이가 없었지만 그래도 '안 돼요'라는 말이 입 밖으로 나오지 않았다. 혼자 타든 둘이 타든 어차피 택시비는 내야 했다. 싫으니 내리라고 말할 수도 없는 노릇이었다. 여자는 동희에게 명함까지 한 장 건넸다. 기사는 빠른 속도로 어둠을 뚫고 달렸다. 동희는 애써 태연한 척했다.

택시비 문제가 해결되어 안심을 했는지 여자가 말이 많아졌다.

외국에서 바쁘게 살았다는 얘기에서부터 짧은 눈썹 때문에 학교 다닐 때 놀림을 받았다는 얘기까지. 그래서 속눈썹을 꼭 붙이고 다녔고 이제 버릇이 돼서 떼지 못한다고. 이제 자신의 신체 일부로 느껴질 만큼 익숙하다고. 처음 만난 사람에게 친절을 베풀어 주셔서 고맙다는 말까지. 요즘에 이런 감동 느끼기 쉽지 않다는 말까지.

그래도 외국 어디에서 살다 왔다는 말은 없었다.

"우리처럼 외국에 오래 살다 온 사람들이 좀 순진해, 그치, 언니?"

'우리'와 '언니'라는 말 앞에 동희는 어쩔 수 없이 운명 공동체가 된 사람처럼 여자의 얘기를 들었다. 거리를 지나다니는 사람들은 거의 보이지 않았고 불 꺼진 상점들은 어둠 속에서 꿈틀거렸고 혼자가 아니라는 사실에 적이 안심되었다. 여자는 더 이상 할 말이 없는 듯 말없이 밖을 응시하고 있었다.

15분쯤 지나 여자가 말한 목적지에 도착했다. 여자는 환하게 웃으며 가볍게 내렸다. 그녀의 표정이 너무도 편안해 보여 동희는 은근히 불쾌감을 품었다.

"내일 꼭이요!"

여자가 인사 대신 다짐하듯 말하고 어둠 속으로 사라졌다. 동희는 보문역 불빛이 눈에 들어오자 안도감을 느꼈다. 긴장감이 사라진 자리에 온몸의 감각이 되살아나는 것만 같았다. 차 문을 닫고 돌아서는데 어둠 속에서 발을 헛디딘 사람처럼 그녀는 조금 휘청했다. 야간수업은 더 이상 못할 것 같았다.

* * *

　사람들은 가끔 동희에게 묻는다. 왜 다시 한국으로 돌아왔냐고. 한국을 떠날 때 왜 떠나느냐고 물었던 사람들처럼. 그들은 그냥 아무 의미 없이 묻는 것 같았다. 그 누구도 그녀가 한국을 떠났다가 다시 돌아오는 것에 대해 진지하게 생각하는 사람은 없었다. 그들은 자기 삶의 복잡한 형식만으로도 충분히 바쁜 사람들이었다. 그들은 단지 인사처럼, 다시 돌아온 사람에 대한 예의라고 여기는 것처럼 그냥 묻는 거라는 걸 동희는 모르지 않았다.

　동희는 그와 비슷한 말을 미국에서도 들었다. 왜 미국에 왔냐고. 왜 한국을 떠나 이곳으로 왔냐고. 왜 힘들게 정착한 미국을 다시 떠나려고 하느냐고. 동희는 그때마다 단답형의 대답을 찾아보려 했지만 늘 명쾌하지 않았다. 모든 것이 이유 같았고 모든 것이 이유가 아닌 것만 같았다. 입속에 맴도는 것들조차도 이유라고 말하기에 구차한 것들이 대부분이었다. 어떤 날은 외로움이 이유 같았고 또 어떤 날은 혼란스러움이 이유 같았는데, 그녀 자신도 정말 그것들이 이유가 되는 건지는 알 수 없었고, 그런 이유들은 때때로 열심히 사는 사람들에게는 모욕감을 안겨 줄 수도 있다는 생각이 들어 입 밖에 내보지는 않았다. 삶이 그렇게 명쾌하거나 속시원한 대답을 안겨 주지도 않았다.

그런데 분명한 것은 사람들은 결과보다 이유를 더 궁금해한다는 거였다. 자기 삶의 잣대로 듣고 이해하고 개입하고 싶어 했다. 동희는 그런 것들을 모두 그녀에 대한 호감으로 여기고 싶었지만 집요하게 묻는 사람도 없었기에 질문은 질문으로 끝나 버리고 말았다.

오늘 면접을 본 학원 원장도 그랬다. 동희는 꽤 사적인 질문인 것 같아 이유를 말하는 대신 조금 웃으며 머뭇거렸다. 원장은 그리 만족해하는 것 같지 않았다. 분명하고 정확한 것을 좋아하는 사람인 것 같았다.

"그 학원이 우리보다 페이가 세서 좋을 텐데, 관둬요? 아무튼 한 달 해보실래요?"

동희는 좋다고 했다. 야간수업 때문에 그 학원을 관뒀다는 말도 덧붙였다. 더 이상 야간수업은 노! 속으로 몇 번이고 외쳤다.

"무조건 지하철을 이용하세요."

아직 지리에 익숙하지 않다고 말하자 원장은 가장 쉬운 방법을 알려주는 사람처럼 말했다. 그것도 모자라 그녀의 손에 들려 있던 스마트폰을 빠르게 집어 들더니 지하철

노선 앱을 깔아 주겠다며 소파에 길게 등을 기댔다.

"수요일은, 저희도 야간수업이에요. 11시에 끝나요. 막차 놓칠 일은 없을 거예요."

분명히 야간수업은 못한다고 말했는데. 못한다고 말하고 일어설까. 동희는 몇 초간 망설이다 그냥 알았다고 말했다. 잠들지 않는 어느 별에 온 기분이었다. 그녀는 조금 작은 목소리로 야간수업은 한 달만이라고 토를 달았다. 원장은 언제까지라고 정확하게 대답하지 않는 대신 다른 분 찾을 때까지요, 했다.

동희는 새로 들어온 문자가 있는지 확인하며 걸었다. 정작 취업을 기대했던 회사에서는 면접을 보자는 연락조차 없었다. 서류심사를 통과하고 바로 한국행 날짜를 잡았는데 너무 일찍 귀국한 걸까.

전화를 막 가방 속에 넣으려는데 문자가 들어왔다. 뜻밖에도 그 밤의 여자였다.

제가 깜박했네요. ㅠㅠ 이런 이런. 미안해요, 언니.
택시비 얼마죠??

동희는 만 이천 원만 보내 달라는 문자와 함께 계좌번호도 보냈다. 너무 야박한 것 같아, '급하지 않으니 천천히

요'라고 문자를 한 번 더 보냈다.

그런데 그것뿐이었다. 계좌번호를 잘못 찍어 줬나. 몇 번이나 확인해도 틀림이 없었다. 그럼, 뭐지? 더 이상 문자도 없었고 돈은 안 들어왔다. 다시 독촉하기에 뭐했다. 그럴 마음도 없었다. 동희는 처음부터 '택시비라니요, 됐어요!'라고 말하지 않은 게 몹시 후회스러웠다. 한밤에 낯선 곳을 같이 빠져나와 준 것만도 고맙긴 했다. 그건 돈으로 따질 수 없는 도움이었다.

그런데 여자가 그걸 이용했다면 문제는 다를 거였다. 얼굴을 떠올려 보려 해도 긴 인조 속눈썹만 떠올랐다. 동희는 여자의 카카오톡 프로필 사진을 다시 들여다보았다. 감고 있는 두 눈이 크게 클로즈업되어 있었다.

여자에게서는 여전히 아무 연락이 없었다. 전화를 걸어 독촉하기에도 모양새가 우스웠다. 적은 금액이어서 다행이라는 생각보다 오히려 적어서 불쾌감이 컸다. 감정사기를 당한 기분이었다. 그것도 같은 교포에게. 교포가 교포를 등쳐먹는다는 얘기는 외국에서만 있는 줄 알았다. 외국에서도 안 겪었는데 한국까지 와서 직접 겪었다는 게 동희는 믿기지 않았다. 불쾌감은 거기에서 시작된 것만 같았다. 더 이상 야간수업은 자신이 없었다. 그 일 때문에 페이가 좋은 학원을 미련 없이 관뒀는데 변한 건 없었다.

* * *

지하로 내려오면 방향감각을 잃었다. 오랫동안 지하철을 탈 기회가 없었던 게 이유였다. 오목교역으로 가는 계단을 내려갈 때도 동희는 슬슬 불안해지기 시작했다. 방화 쪽으로 가는 전철을 타야 하는지 마천 쪽으로 가는 전철을 타야 하는지 먼저 결정해야 했다. 색색의 길들이 그려진 노선도는 건드리면 터질 것처럼 숨가쁘게 얽혀 있었다. 지상의 길들만큼이나 출구 없는 미로였다.

5호선을 타고 오목교에서 내려 7번 출구. 동희는 비밀번호처럼 숫자를 외웠다. 출입국관리사무소를 가는 길이었다. 국제전화카드를 파는 잡상인들과 이민 업무를 소개하는 사람들이 건물 앞에 모여 있었다. 그들은 알아들을 수 없는 중국말과 국적을 알 수 없는 또 다른 언어로 말했다. 여자에겐 '언니', 남자에겐 '삼촌'이라고 부르며 명함을 내밀고 전화카드를 사라며 불러 세웠다. 동희도 '언니'라고 부르며 다가오는 여자가 건넨 전단지를 얼떨결에 하나 받아 쥐었다. 생전 처음 본 사람에게 언니라니. 이상한 가족

주의. 잘못해도 대놓고 따지지 못하게 만드는 저 호칭들. 이방인들의 비굴한 생존법 같아서 전단지를 버리고 싶었다. 택시에 동승했던 여자가 다시 떠올랐다. 언니라고 살갑게 부르던 목소리가 더 생생하게 기억되었고 가시지 않는 불쾌감이 똬리를 틀었다.

생각해 보니 여자는 미국에서 살다 왔다는 말을 하지 않았다. 단지 '외국'이라고만 했었다. 그런데 동희는 왜 당연히 미국이라고 여겼던 걸까. 자신의 모습이 그 여자에게 투영되었던 것은 아니었을까.

짧은 눈썹 때문에 학교 다닐 때 놀림을 받았다는 여자의 얘기. 그건 동희의 이야기였다.

동희는 딱 한 번 속눈썹을 붙이고 파티에 갔었다. 고등학교 졸업반이었다. 여학생들은 웨딩드레스처럼 흰 드레스를, 남자들은 양복에 나비넥타이. 동희는 같은 반 베키의 도움을 받아 드레스를 골랐고 그녀가 자주 간다는 미용실에 갔다. 올림머리를 하고 긴 드레스를 입고 거울을 봤다. 남의 옷을 억지로 빌려 입고 온 사람처럼 키 작고 오밀조밀한 이목구비를 가진 여자가 거울 속에 있었다. 그때 베키가 깜짝 선물이라며 그녀에게 작고 투명한 플라스틱 케이스를 열어 보였다. 방금 기름칠을 한 것처럼 윤기가 흐르는 빳빳한 인조 속눈썹이 가지런히 그 안에 누워 있었다. 눈썹을 붙이고 거울을 보던 동희는 길게 탄성을 지르며 입을 가렸다. 완벽해. 완벽해. 베키가 팔짝팔짝 뛰며 더 좋아했다. 거울에는 서양 여자 같은 동양 여자가 놀란 듯 서서 동희를 바라보고 있었다. 눈꺼풀이 아주 무겁게 느껴졌지만 동희는 그 어느 때보다 완벽하고 충만한 기분에 사 로잡혔다. 그건 분명 어떤 소속감이나 성취감 같은 거였다. 그런 기분은 죽 이어졌고 파티는 화려하게 끝났다. 누군가 2차를 준비했다는 말에 그녀도 우우 몰려갔다.

동희는 누가 먼저 이쑤시개를 눈썹 위에 올리자는 게임을 시작했는지 기억나지 않았다. 남학생들이 여자들 눈썹 위에 하나둘 이쑤시개를 올릴 때마다 박수가 터졌고 술이 한 차례 더 돌았고 여자들 몇은 포기했고 동희와 베키만 끝까지 남았다. 동희가 거의 눈을 뜨지 못할 정도로 눈꺼풀이 무겁게 느껴졌을 때 풀이 마른 한쪽 속눈썹이 맥없이 툭 떨어졌다. 아슬아슬하게 쌓아 올렸던 이쑤시개들이 함께 흘러내렸다. 폭소가 터졌고 남학생들이 동희 주변으로 우우 모여들었다. 그들은 떨어진 눈썹을 서로 찾겠다며 수선을 떨었고 술병을 쓰러트렸다. 웃음소리가 천장을 때렸다. 누군가는 지갑을 열고 지폐를 꺼내 흔들며 내기를 걸었다. 동희의 한쪽 눈썹 위에는 여전히 이쑤시개가 아슬아슬하게 쌓여 있었고, 눈썹이 떨어져 나간 다른 한쪽은 발진이 난 것처럼 붉어져 있었다.

한 남학생이 바짝 다가서더니 동희의 얼굴을 빤히 들여다보았다.

"비 오면 빗물이 눈에 그냥 다 들어가겠네!"

그는 아주 작은 소리로 동희의 귀에 대고 속삭였다. 뜨거운 입김이 그녀의 귓불에 닿았다. 동희는 손으로 귀를 쓸어내렸다. 혀가 닿았던 것 같기도 했다. 불쾌한 물기가 끈적거렸다. 남학생은 그 어떤 게임보다 흥미롭다는 표정이었다. 그의 얼굴은 피가 잔뜩 몰려 붉은 빛이 돌았고 파란 눈은 더욱 파래 보였고 말할 때마다 붉은 혀가 안에서 꿈틀거렸다. 그날 찍었던 우스꽝스러운 사진은 돌고 돌았다. 〈Artificial - 인조〉라는 사진 제목은 베키가 형광펜으로 쓴 거라는 소문과 함께. 그리고 그 사진은 끝내 동희에게 돌아오지 않았다.

동희는 출입국관리사무소에 걸린 현수막을 눈으로 읽으며 건물로 들어섰다.

〈외국인과 더불어 사는 열린사회 구현〉

검은색이나 짙은 감청색 점퍼를 껴입은 남자들과 머리와 목에 머플러를 두른 여자들 몇 명이 입구에 서성거리고 있었다. 한눈에 봐도 그들은 한국에서 태어나 한국에서 자란 '한국 사람'처럼 보이지는 않았지만 생김새만 가지고 굳이 말한다면 동네에서 흔히 만날 수 있는 그런 '한국 사람'이었다. 저마다 살길을 찾아 민들레 홀씨처럼 흩어졌다 다시 모인, 모두 '한국'이라는 공통분모를 가진 사람들이었다. 동희는 억양은 좀 낯설지만 또렷한 한국말로 대화를 주고받는 그들을 잠시 바라보다 건물 안으로 들어섰다.

동희는 번호표를 먼저 뽑았다. 102번이었다. 82번 숫자가 전광판에 찍히자 중년을 넘긴 남자가 어린아이와 아내처럼 보이는 앳된 여자의 손을 잡고 창구로 다가갔다. 국제결혼으로 부인을 동남아에서 데리고 온 남자인 듯했다. 동희의 눈길이 자연스레 아이의 얼굴로 갔다. 앳된 아기엄마의 모습보다는 중년 남자의 모습을 더 많이 닮은, 눈이 작은 아이였다. 중년의 남자는 그 아이를 보듬고 볼에 입술을 비벼댔다. 순서를 기다리는 사람들은 모두 지루하다는 듯 벽에 걸린 TV를 보고 있었다.

순서를 기다리는 사람들의 손에 여권이 들려 있었다. 겉표지의 색깔만으로도 국적을 알 수 있었다. 동희는 같은

색의 여권을 들고 있는 사람들에게 약간의 친밀감을 느꼈다. 상대방도 그런 눈빛으로 그녀를 바라보는 것만 같았다.

전광판에 98번이라는 숫자가 찍혔다. 동희는 그녀와 같은 색의 여권을 들고 있는 여자 옆으로 자리를 옮겼다. 여자는 적당히 살 오른 몸에 제 피부처럼 쫙 달라붙은 물 빠진 청바지를 입고 있었다. 가죽 조각들을 굵은 털실로 이어 붙인 반코트는 누가 봐도 한국산이 아닌 옷이었다. 조금 낡아 보이는 가방이 무릎 위에 놓여 있었는데, 한눈에 알아볼 정도의 유명 상품이었고 여자의 두 손이 아기를 감싸듯 가방을 품고 있었다. 오십은 넘어 보였다.

"몇 번 표 가졌수?"

여자가 동희가 들고 있던 여권을 빠르게 훑어보며 물었다.

"102번이요."

"나보다 하나 뒤네."

그러는 사이 전광판에는 '100'이라는 숫자에 빨간 불이 켜졌다.

"처음이유?"

"아, 네⋯⋯."

"미국 어느 주에서 살았어요?"

"가장 오래 산 곳은 캘리포니아요. 어디에서……?"

"난 동부 쪽에도 살았고, 엘에이도 좀 몇 년 살았어요. 미국 들어가기 전에, 처음엔 브라질로 들어갔다가, 휴스턴에도 몇 년 살고…… 재작년에는 일본 오사카에도 일 년쯤 있다가……."

동희가 가보지 않은 곳이 대부분이었다. 여자가 말하는 도시들을 숨가쁘게 머릿속으로 그려볼 뿐이었다. 어느 곳에도 정착하지 못했다는 말처럼 들렸다.

어느새 전광판은 101번을, 그리고 그 옆 창구 번호판에는 102번을 알렸다. 동희와 여자는 거의 동시에 의자에서 일어났다.

동희는 출입국관리소 여직원이 입고 있는, 털로 짠 붉은색 망토에 시선을 고정하며 정신을 집중했다. 뭐든 물어 보면 막힘없이 대답하고 싶었다.

"여권이요."

동희는 직원의 말에 여권을 내밀며 마른침을 삼켰다. 여자는 여권 속 사진과 동희의 얼굴을 빠르게 대조했다. 여직원의 날카로운 눈빛에 동희는 잠시 움찔했다. 여권의 사진은 약 3년 전에 찍은 것이라 지금의 그녀와는 조금 다를 거였다. 동희는 말소된 호적등본과 외국국적동포 국내 거소신고서 용지를 같이 내밀었다.

"거소증은 2년간 유효합니다. 체류 기간을 연장하시려면 다시 오셔서 재신청해야 하고요. 다른 규칙들은, 나가실 때 입구에 붙어 있는 안내문을 한번 읽어 보세요."

직원은 3일 후에 와서 거소증을 찾아가라고 말했다. 반드시 본인이 오라는 말과 거소증이란 주민등록증처럼 외국인등록증 같은 주민증이라는 설명이 뒤를 이었다.

동희는 출입국관리사무소를 나오면서 출입구에 붙어 있는 안내문을 눈으로 읽어 내려갔다.

"……이사한 후 14일 이내에 체류변경 신고를 하지 않았을 경우엔 최하 10만 원에서 100만 원의 벌금에 처해……."

'벌금'이라는 말이 목에 걸렸다. 동희를 '똥희'라고 발음하던 사람들의 표정처럼 생경스러웠다.

"아, 체류 기간 연장하러 오는 것도 이젠 지겨워."

여자가 어느새 동희 옆으로 다가오더니 담배에 불을 붙여 한 모금 빨았다.

"저 사람들 다 체류 기간 연장하러 온 사람들이야. 한국서 뭐 벌어먹겠다고……. 그래도, 거절당하면 정말 미치지. 내가 그 심정 모르는 거 아니야. 실은 나도 미국에서 한

4년 불체자였으니까. 체류 신청 거절당해도, 저 사람들 다
시 제 나라로 안 가지. 하기야 여기가 원래 자기 조상들 나
라인 사람들이 대부분이지만. 저 사람들, 한국 땅 어디든
숨어들 거야."

동희는 엉거주춤하게 서서 여자의 말을 들었다. 여자가
꽁초를 화단 쪽으로 버렸다. 건너편에 서 있던 왜소한 몸
집의 남자가 여자를 향해 무어라고 지껄였지만 알아들을
수 없는 언어였다. 그들의 표정이 언어보다 더 정확할 거
였다. 여자는 가방에서 껌을 하나 꺼내 씹으며 동희에게
도 내밀었다.

둘은 5호선 전철을 타기 위해 오목교 쪽을 향해 걸었다.
여자는 동희에게 목적지를 물었고 자신은 반대 방향이
지만 같은 5호선이라고 말했다. 여자는 말을 맛있게 하는 재
주를 가진 사람 같았다. 걸어가는 동안 내내 쉬지 않고 말
했고 동희는 여자의 말이 지루하지 않았다.

"출입국관리사무소에서 관리하는, 말하자면 우리는 관
리 대상자인 거야. 우리가 언제 미국을 가는지 언제 오는
지 어디서 사는지, 법적 체류 기간은 얼마나 남았는지……
이 모든 걸 다 알고 있다 이거지."

"그러면 오늘부터 저도 관리 대상자네요?"

"그런 셈이지. 동포지, 한국 국민은 아닌 거지. 쉽게 말하면 우리가 양다리 걸치고 있는 거지. 그래도 좋은 건 없어. 솔직히 우리 얼마나 불편하냐. 은행 같은 데 가서 주민등록증 대신 거소증 내밀면 한 번 더 쳐다보구. 인증서 받기 너무 복잡하고. 인터넷 개통해도 계약금 더 요구하고. 전화기 단말기 혜택도 제대로 못 받고. 세금은 다 똑같이 내는데."

그래도 자신들은 출입국관리사무소 앞에서 만난 다른 국적 동포들보다 좀 대접을 받는다는 사실에 동희와 여자는 서로 고개를 끄덕였다. 그러곤 잠시 말이 없었다. 그게 무슨 의미일까 잠시 그런 생각을 하는 사람 같았다. 여자가 다시 이야기를 이어갔다.

"나는 요즘 한국에서 여생을 보낼까, 다시 미국에 들어갈까 고민이야. 고향이나 타향이나 다 사람 사는 데가 똑같지. 그렇게 마음먹었다가도 글쎄, 언젠가 하나를 정해야 하는데 싶기도 하고. 이 넓은 세상 다 내 땅이려니 하고 살려고 하지만 쉽지 않네. 하여튼 여기 가도 저기 가도 뭐가 하나는 모자라. 그렇지요?"

여자의 말이 맞았다. 동희는 미국에 살아도 한국에 나와 있는 지금도, 뭐가 하나는 쑥 빠져 있다는 느낌이 들었다. 뭘까. 그 커다란 빈 구멍은. 한국 국적을 재취득하면 좀 나아지려나. 동희는 자신도 모르게 상념에 빠져들었다.

"어디 사는 게 중요한 것이 아니라, 결국 어디에서 죽느냐의 문제더라고. 체류 기간 2년 동안 잘 생각해 봐요."

여자가 가는 방향의 전철이 먼저 들어왔다. 여자는 동희에게 무거운 숙제를 던져 주고 홀연히 몸을 돌렸다. 여자가 다시 뒤를 돌아보며 전화번호를 줄까 큰소리로 물었다. 동희는 아니라고 대답했다. 여자가 사람들 속에 가려져 보이지 않았다. 동희는 손을 조금 흔들다 내리며 중얼거렸다.

어디에서 죽느냐, 그런 문제를 고민하기에는 아직 너무 이르다는 생각이 드네요.

* * *

〈나비〉날개를 달아 드립니다.
속눈썹 연장 전문. 속눈썹 파마. 속눈썹 영양제 판매.

가방 속에서 명함을 발견했을 때 동희는 그 밤의 여자를 다시 떠올렸다. 생각할수록 어이가 없는 일이라 잊히지 않았다. 문자도 씹을 거면서 명함은 왜 줘. 동희는 명함을 구겨 버리려다 호기심이 일었다. 명함에 있는 전화 번호를 눌렀다. 여자의 이름은 몰랐지만 목소리는 기억할 것 같았다. 몇 번의 신호음 끝에 젊은 여자가 전화를 받았다. 그 여자는 아니었다. 그건 분명했다. 혹시 다른 직원도 있냐고 물었다.

"네? 아뇨. 아……. 시술받으시려고요?"

"제가 그곳 명함을 하나 받았는데……. 혹시 며칠 전에…… 밤에, 택시 타신 적 없지요? 이태원에서."

"네? 없는데요. 전화…… 잘못 거신 거 아닌가요?"

여자가 조금 실망스럽다는 듯이 말했다. 동희는 자초지종을 들려주려다 관뒀다.

"여기 오시는 손님들에게는 명함을 꼭 드려요. 아마 제 손님이 드린 명함 같은데……. 싸게 잘 해드릴게요."

여자의 목소리에 생기가 묻어났다. 예약 날짜를 잡아 줄까 물었다. 동희는 아니라고 말하며 전화를 끊었다.

* * *

오피스텔 입구는 전철역 지하 통로와 바로 연결되어 있었다. 가구와 가전제품이 구비된 곳이어서 따로 구입해야 할 물건도 거의 없었다. '풀옵션'이라고 부동산 여자가 말했을 때 동희는 얼른 이해가 되지 않았다. 미국에서는 '풀퍼니시드'라고 부르는 데 익숙해져 있기 때문이었다. 언어가 변화하는 물줄기를 따라가다 보면 세상의 많은 것들이 이해될 것만 같았다.

동희는 새로 옮긴 오피스텔이 마음에 들었다. 공항 리무진 버스 정류장과도 가까웠고 밤이면 서울의 야경이 창을 통해 보였다. 부동산 여자의 말처럼 외국인이 많이 사는 건물이라는 점도 동희가 이사를 결정한 이유였다. 아직은 자신이 '외국인'에 더 가깝다는 생각을 떨쳐 버릴 수 없었다. 가끔 눈인사를 나눌 정도로 낯익은 얼굴들이 늘었다. 엘리베이터에서 마주치면 가벼운 일상을 서로 나눌 정도였다. 동희는 그들이 증권과 관련된 일을 하거나 그녀처럼 영어학원에서 일하고 있다는 사실도 알게 되었다.

음식물 찌꺼기가 들어 있는 축 늘어진 비닐봉지는 동희에게 어색하기만 했다. 미국에 산다면 상상도 할 수 없는 풍경이었다.

"한국, 대단해. 대단해. 분리수거!"

그들은 서로 어깨를 으쓱하며 어색한 눈인사를 나눴다. 능숙한 솜씨로 일회용 비닐장갑을 낀 채 봉지 양쪽 끝을 잡아 음식물 쓰레기를 처리하는 그들은 달인에 가까웠다. 음식물 찌꺼기를 옆으로 흘리며 엉거주춤하는 사람은 오히려 동희였다. 쓰레기는 거의 비슷한 내용물을 담고 있었다. 달걀 껍데기, 귤껍질, 그리고 불어터진 라면들과 녹색의 채소 줄기들. 모두 비슷비슷한 음식을 먹고 산다는 사실이 새삼스러웠다. 쓰레기가 같다는 것은 생활 방식이 비슷하다는 말이었다. 썩으면 다 같아질 것들이었다.

동희는 밤이 되면 오랫동안 창밖을 내다보곤 했다. 십대 때 떠난 한국을 사십대에 접어들면서 돌아온 이유에 대해 많은 생각을 하지 않기로 했다. 불분명한 것들이 오히려 진실 같았다. 캔 맥주나 방금 내린 커피가 손에 들려 있는 날은 더 오래 창밖을 바라보았다. 황사인지 미세먼지인지 모를 밤안개가 자욱한 날들이 이어졌다. 도시의 불빛이 희미하게 깜박였다. 모든 것이 흐릿한 가운데 그녀의 의식만이 분명했다. 한국도 미국도 아닌 현재 서 있는 곳이 그녀가 존재하는 곳이었다. 딱히 공간성도 시간성도 없는 원초적인 그리움 같은 게 뭉실뭉실 피어오르다 사라졌다.

동희는 문득 자신이 한국에 머문 지 어느덧 4개월이 되어 간다는 사실을 떠올렸다. 1년 8개월이 지나면 거소증이 만료된다는 사실도. 더 연장할 건지 떠날 건지 지금부터 고민할 필요는 없었다. 그것보다 더 중요한 것들이 많았다. 가령 어느 천변이 걷기에 좋은지, 어느 밥집이 맛있는지, 어느 마트가 친절한지, 어느 미용실이 샴푸를 더 깔끔하게 하는지 같은 거였다. 이 도시가 점점 몸에 익어 가는 것만 같았다. 동희는 제 몸 어딘가에서 잔뿌리들이 뻗어 나와 흙을 가르고 축축한 곳을 찾아 스스로 내려가고 있는 것만 같았다. 그것들은 본능처럼 익숙한 곳을 감지하고 저 홀로 뻗어 나갔다. 그러니 동희는 아무 일도 한 게 없었다.

연락처에 저장된 번호는 모두 스물세 개였다. 세탁소 번호와 경비실, 자주 가는 마트 전화번호도 있었다. 택시에 동승했던 여자의 번호는 '아티피셜'이라고 저장되어 있었다. 동희는 삭제 버튼을 누르려다 멈칫했다. 왠지 그 번호를 지울 수가 없었다. 마치 그녀의 본적 주소나 주민등록 번호 끝자리처럼 멀고도 가깝게 느껴졌다. 동희는 자신의 모습이 아름답게 스캔된 사진을 들여다보는 사람처럼 여자의 번호를 물끄러미 바라보았다.

동 국

아버지 장례식 부조금을 정리하다 낯선 이름 하나를 발견하고 멈칫했다.

동국, 최. 동. 국?

나는 오빠를 먼저 바라보았다. 회사 사람이야? 눈으로 물었다. 아니. 오빠는 과장되게 고개를 흔들며 엄마를 바라보았고 엄마도 나 역시 모르는 사람이라는 표정을 지었다. 우리는 너무도 생소한 그 이름을 속으로 중얼거리며 서로를 바라보다 봉투를 열었다. 조금 두툼해서 의아했는데 무려 백만 원이 들어 있어 다시 서로를 바라보았다.

골똘히 생각에 잠겼던 엄마가 느닷없이 작은엄마의 이름일지도 모른다고 말했을 때 모두 깜짝 놀랐다. 여자의 이름이라고는 생각지도 못했거니와 언젠가 '미숙'이라고 들었던 작은엄마의 이름이 희미한 기억처럼 떠올랐기 때문이었다.

"그렇게 많은 돈을, 최씨라면, 그러면 네 작은엄마 말고는 없어. 그나저나, 백……만 원?"

엄마는 다시 의아한 표정을 지었다. 기초생활수급자인 작은엄마에게는 너무 큰 금액이라는 말이었다. 우리에게는 백만 원이지만 작은엄마에게는 천만 원이라는 엄마의 말도 과장되게 들리지 않았다. 우리는 어디선가 본 글씨체라는 생각을 하는 사람들처럼 봉투 위에 또박또박 써내려간 그 낯선 이름을 눈으로 따라 읽었다. 조문객들의 이름과 시간대를 따져 보다 결국 작은엄마의 이름이 확실하다는 결론을 내렸다.

작은엄마는 내게 처음부터 '작은엄마'였다. 돌아가신 작은아버지가 작은엄마를 소개할 때도, "네 작은엄마 될 분이시다"라고 말했으니까. 그게 그녀의 이름이었고 그 이름 외에 다른 호칭으로 불리는 걸 들어 본 적이 없었고 궁금하지도 않았기에 작은엄마에게 이름이 있었다는 당연한 사실이 내게는 그저 놀라울 뿐이었다.

그런데 동국이라니.

내가 알던 그 작은엄마가 더 이상 아닌 것만 같았고, 아주 먼 곳에서 날아온 소식처럼 낯설었다.

"차라리 세욱이 엄마, 그렇게 쓰면 좀 좋아? 동국…….
어째, 그렇게……. 남자 이름 같니? 그래도 백만 원이라니!"

엄마는 여전히 동국이라는 이름보다 그 큰돈을 작은엄마가 부조했다는 게 더 믿기지 않는 눈치였다. 우리는 작은엄마가 그 돈으로 할 수 있는 많은 것들을 생각하는 사람처럼 잠시 말이 없었다. 곰팡이가 핀 벽지를 당장 새로 갈수도 있을 돈이었다. 등과 엉덩이가 반질반질한 검정 파카도 떠올렸다. 새 겨울 코트를 살 수도 있을 터였다.

엄마는 두말할 것 없이 돌려줘야 한다며 돈을 봉투에 다시 넣었다. 오빠는 작은엄마의 자존심에 상처를 줄 거라며 전화를 집어 드는 엄마의 손목을 잡았다. 그녀의 불행에 대해서는 현미경으로 들여다보듯 알고 있던 우리가 정작 그녀의 이름 석 자도 제대로 몰랐다는 생각에 모두 말을 삼킨 사람 같았다. 작은엄마가 시집온 지 벌써 40년이 흘렀다는 말이 엄마의 입에서 한탄처럼 흘러나왔을 때 우리는 결국 정리하던 부조금 장부를 덮었다.

작은엄마를 작은아버지에게 소개한 사람이 엄마였다. 엄마가 새댁이었을 때 동네에서 만나 '언니, 동생' 하고 지낸 짧은 인연으로 동서가 된 사람들이었다. 작은엄마가 크고 작은 일들을 겪을 때마다 엄마는 내심 그 무게를 같이 지고 두 사람을 이어준 걸 가끔 후회하는 눈치였다.

"작은아버지가 젊었을 때 오토바이만 타고 다니지 않

앉어도……."

"아니, 술 먹고 전봇대에 올라가지만 않았어도……."

"딸아이가 그렇게 험하게 가지만 않았어도……."

"아니, 아니야. 하나 남은 아들 녀석, 그 녀석만이라도 술독에 빠져 살지만 않아도……."

"에이, 박복한 사람 같으니라고!"

엄마의 입에서 '박복'이라는 말이 흘러나왔을 때 우리는 약속이나 한 듯 입을 다물었다. 닫힌 입속에서 끙, 하는 한숨 같은 메아리가 맴돌다 사라졌을 거였다.

작은엄마는 작은아버지의 검은 가죽 잠바와 오토바이에 홀딱 반해 결혼을 결심했다고 내게 종종 말했다.

"미국 영화에 나오는 배우처럼 어찌나 멋지던지. 네 작은아버지 뒤에 앉아서 허리를 잡고 달리는데, 세상에……. 그런 감정을 '황홀'이라고 부르나? 몸이 붕 뜨는 것 같았어. 사람들이 부르릉 소리만 듣고도 길을 비켜 주고, 내 긴 머리칼은 뒤로 휙휙 날리고, 바람을 가르고 달리면 가슴팍이 시원한 게……. 아, 이런 사람이랑 살면 내가 평생 답답함 없이 속시원히 뭐든 잘 풀리겠구나 싶었어."

작은엄마는 앨범을 펼쳐놓고 작은아버지랑 찍은 사진

들을 가리키며 말했다. 내가 알아듣든 말든 자기 기분에 취한 사람 같았다.

"자전거 타도 바람이 다 시원해."

나는 작은엄마의 들뜬 목소리에 그렇게 대꾸하곤 했었다.

"그래. 너 같은 꼬맹이도 아는데, 나는 그때 그걸 몰랐어. 오토바이를 타서 그런 게 아니라 네 작은아버지 덕분에 행복해서 내 속이 시원한 거라 믿었어."

작은엄마는 수줍어 보였다.

작은아버지가 직장 동료들과 회식을 하던 날이었다. 비가 추적추적 내렸고 술잔이 몇 번 돌았다. 갑자기 식당에 전기가 나가고 거리가 짙은 어둠에 갇혔다. 전기기사였던 작은아버지와 그의 동료들은 한마디씩 했다.

"어, 저것이 우리가 누군지 모르고 저러네."

그들은 어둠 속에서 낄낄거리며 라이터를 켜들고 식당 앞에 있던 전봇대를 바라보았다. 비 맞은 나무 전봇대의 시커먼 몸 위로 물비늘이 번들거렸다. 누군가 전봇대에 늘어진 전선을 잘라 다시 이어 주면 간단하다고 했다. 식당 주인이 힘 좀 써달라며 공짜 술을 내왔다. 남자 하나가 "까짓것" 하며 의자에서 몸을 일으켰다.

"이거, 이거, 일진이 안 좋아 보여."

가장 연장자인 남자가 껄껄 웃으며 말렸다.

"제가 가야죠. 선배님들은 여기 얌전히 빗소리 들으며 술맛이나 즐기세요."

그들의 눈이 입사한 지 얼마 안 되는 작은아버지에게 쏠렸다. 출퇴근도 오토바이로 할 정도로 건장하고 늘 얼굴에 웃음이 떠나지 않는, 아이 둘을 가진 젊은 아빠였다. 작은아버지는 주인에게 공짜 술이나 더 내오라며 우스갯소리를 했고 작업용 장갑과 장비를 챙겼다.

작은아버지는 능숙하게 전봇대를 타고 올라갔다. 끊어진 전깃줄 잇는 수리쯤이야 늘 하던 일이었다. 아래에 있던 동료들에게 손까지 흔들었다. 그렇게 몇 분. 작은 골목이 약속이나 한 듯 동시에 환해졌고 사람들의 환성이 터졌다. 여기저기서 사람들이 박수를 치며 잔을 부딪쳤다. 작은아버지가 비명을 지르며 떨어지는 걸 눈치챈 사람은 아무도 없었다.

"사고 났다는 전화를 내가 받았잖니. 그 이야기를 네 작은엄마에게 전해야 하는데 입이 떨어져야지. 다행히 안 죽었지만, 그걸 다행이라고 해야 할지……."

엄마가 어제 일을 떠올리는 사람처럼 말했다. 근무시간

외에 벌어진 사고였다. 피해자 가족에게 모든 비용과 고통이 고스란히 남았다. 나도 엄마를 따라 몇 번 병원에 갔다. 병실은 들어가 보지도 못한 채 밖에서 지루하게 엄마가 나오기만을 기다렸다. 그때 나는 어렸고, 감전되면 아프리카 사람처럼 평생 곱슬머리가 될 수도 있다는 오빠의 말이 정말 같았다. 어쩌면 작은아버지가 손에 쇠붙이가 붙는 마술사로 살아갈지도 모르겠다는 말을 들었을 때도 의심 없이 고개를 끄덕였다. 내가 상상했던 최악의 경우는 작은아버지가 더 이상 오토바이를 탈 수 없을 테니 작은엄마가 좀 심심해지겠다는 것뿐이었다.

작은아버지가 병원에서 보낸 2년은 아무것도 되돌리지 못하고 끝났다. 휠체어에 앉은 채 장정 세 사람이 그를 들어올려 세 들어 사는 이층 방에 뉘었을 때 작은아버지는 끙, 소리를 길게 내며 인상을 찌푸렸다. 반으로 접힌 채 굳어진 손가락은 단단한 쇠꼬챙이처럼 보였고 살이 내린 종아리는 그가 한때 오토바이를 타며 거리를 누볐던 사람이었다는 사실을 무색하게 만들었다. 그가 굳어진 손으로 배꼽 아래를 가리키며, "이 아래는 다 죽었대요, 다"라고 몇 번이나 말했을 때 작은엄마는 부끄러운 사람처럼 고개를 돌렸다. 그 방에 갈 때마다, 안 보려고 아무리 애를 써도,

내 눈길이 자꾸 침대 아래에 놓여 있는 오줌통에 가 닿았다. 가느다란 플라스틱 호스에서 유난히 노란 오줌 줄기가 방울방울 떨어지는 게 신기하고도 무섭게 느껴졌다. 방 안에 고여 있는 정체불명의 퀴퀴한 냄새 때문에 속이 울렁거렸다. 장난기 많고 잘 웃던 작은아버지가 혹시 우리를 재밌게 해주려고 속이고 있는 것은 아닌지 가끔 궁금했다. 침대 곁에서 눈만 멀뚱하게 뜨고 앉아 있던 세미와 세욱이가 갑자기 벌떡 일어서 "속았지롱!" 하며 방을 떼굴떼굴 뒹굴거라 기대했는데, 그런 일은 일어나지 않았다. 세미는 손톱만 잘근잘근 물어뜯고 세욱이는 잔뜩 화가 난 아이처럼 입을 꾹 다물고 있었다.

"발가락을 꼬집어도 꿈적도 안 해. 털실로 발바닥을 간지럼 태워도, 바늘로 찔러도. 그럼 죽은 거지? 근데 밥은 잘 먹어."

세미가 말했다. 손톱을 물어뜯는 것도 모자라 까슬까슬하게 올라온 거스러미를 벗기고 또 벗겼다. 손톱 주변에 피가 맺혀 있었다. 그것도 지루할 때면 세미는 긴 머리카락을 입에 넣고 질겅질겅 씹거나 자꾸 눈을 깜박였다. 전에는 없던 버릇이었다.

"성냥불로 한번 대보지?"

오빠가 짓궂게 말했다.

"그러다 발 데면?"

세욱이 퉁명스럽게 받아쳤다.

"그러면…… 놀라서 움직일 테니까 좋은 거지, 아닌가?"

여전히 세미가 그건 참 알 수 없는 일이라는 듯이 물었다. 산 사람인지 죽은 사람인지 모르겠다는 말이었다. 뭐라고 대답하기에 너무 어려운 질문이었다.

"반반이라니까! 반은 살고 반은 죽었다고!"

세욱이 짜증스럽다는 듯이 말하며 말귀를 못 알아듣는 세미의 엉덩이를 발로 찼고 세미가 울음을 터트렸다.

그런 상태로 살아 있는 게 다행인지 불행인지 알지 못했던 우리는 병문안 온 사람들이 사온 통닭을 맛있게 뜯었다. 사람이 다쳤는데 어른들이 돈 이야기만 나누는 게 이상했다. 오빠와 나, 세미는 열심히 통닭만 뜯었고 세욱이는 말없이 우리가 발라논 매끈한 뼈들을 눈으로 세고 또 셌다.

작은아버지는 침대 위에서 왕으로 군림했다. 작은엄마가 떠넣어 준 밥을 먹고 술을 마시고 신문을 보고 TV를 시청하며 가장의 자리를 놓지 않았다. 마치 마비된 신경이 그의 몸을 떠나지 않고 온통 뇌로 건너간 사람처럼 놀라운 기억력을 발휘했다. 한창 주식 투자가 붐이었을 때였다. 그는 누워서도 알짜배기 항목을 가려내 투자하고 수익을 올렸다. 그의 안부를 궁금해하던 옛 직장 동료들이 가끔 찾아왔고 작은아버지의 말을 듣고 함께 주식 투자를 하던 사람도 있었다. 어떤 날은 그의 방에 대여섯 명의 사람들이 작은엄마가 차려준 술상을 앞에 놓고 빙 둘러앉아 잔칫집에 온 사람들처럼 놀았다. 그런데 그것도 오래가지 못했다. 돈은 다 날렸고 사람들의 발길은 끊겼고 작은아버지는 술이 늘었다. 이 모든 게 정해진 순서 같았다.

작은아버지는 알코올의 힘을 빌려 입이 거친 사내로 다시 태어난 것만 같았다. 자신의 모든 불행을 혀에 담아 세상을 향해 독설을 퍼부었다. 오줌통과 연결된 플라스틱 호스를 잡아빼 내던졌다. 오줌은 사방으로 튀고 침대는 자주 젖었다. 작은엄마는 생활전선으로 뛰어들었고 세미와 세욱은 독이 튄 이파리처럼 파리해졌다. 세욱은 지칠 줄 모르고 술을 사다 날랐다. 아버지를 잠재울 방법은 술밖에 없다고 여겼다. 더 독한 술이 있어 아버지를 더 오래 잠재울 수만 있다면 세상 끝까지라도 갈 아이처럼 보였다. 세미는 매일매일 아버지의 더러운 침대를 치우는 것보다 머리를 노랗게 물들이고 밖으로 나가는 걸 더 좋아했고 점점 더 예뻐졌고, 그건 위험을 동반하는 일이었다.

어느 대문 앞에서 허리를 구부리고 학습지를 집어넣는 여자. 분명 작은엄마였다. 친구 집에서 막 나오던 나는 걸음을 멈췄다. 그녀는 마치 신문을 돌리는 소년처럼 날렵하게 몸을 돌려 학습지를 대문 아래 밀어넣고 사라졌다.

"작은엄마!"

몇 번이고 그렇게 불렀지만, 그리고 내 목소리가 충분히 그녀의 귀에 닿고도 남을 거리였지만 그녀는 끝내 뒤돌아보지 않았다. 나는 왠지 모르는 척해야 한다는 생각에 사로잡혔다. 따라가던 걸음이 저절로 멈춰졌다. 추적추적 내리던 비도 어느새 그쳐 있었다. 작은엄마가 입고 있던 노란색 우비가 자꾸 눈에 밟혔다. 며칠 전 우리 엄마 지갑에서 세미가 돈을 훔치는 걸 봤다는 말은 죽을 때까지 하지 말자고 결심했다.

오빠는 군대에 갔다 왔고 나는 훌쩍 자라 대학 졸업반이 되었다. 그해 겨울이었고, 성탄절 아침이었으며, 눈이 밤새 내렸고, 창밖은 나무마다 눈꽃들이 피어올라 아침 햇살과 함께 반짝였다. 더없이 평화로운 아침이었다. 우리는 엄마가 끓인 동태찌개를 앞에 놓고 TV를 보며 밥을 먹었다.

간밤에 일어난 사건 사고 소식을 전하는 아침 뉴스가 흘러 나오고 있었다. 반은 귀로 흘러들어오고 나머지 반은 가족 들 대화에 묻혔다. 너무도 낯익은 사거리 주유소가 TV 화 면에 나올 때까지 평화스러운 아침 시간은 이어졌다.

"아…… 저기…… 작은엄마네 사거리 아니야?"

오빠의 말에 우리는 모두 숟가락질을 멈췄다. 마치 불 행을 맛봤던 예민한 촉수가 다시 살아나 꿈틀거리는 것처 럼 얼굴이 굳어 있었다.

성탄절 새벽 3시. 좌회전을 시도하던 자동차가…… 사거리 에 위치한 주유소 앞에서 중심을 잃고……. 순식간에 화염 에 휩싸여……. 이십대로 보이는…… 전원…… 사망. 여자 하나. 남자 둘.

앵커의 목소리가 고드름이 녹아 흘러내린 물처럼 섬뜩 하게 내 귓속을 파고들었다. 나는 여자 '하나'라는 말에 온 몸에 소름이 돋는 걸 느꼈다. 아무도 말하지 않았지만 분 명 '세미'라고 들은 것만 같았고 그녀의 비명이 내 고막을 찢는 것만 같았다. 찰랑거리던 세미의 긴 노랑머리가 눈앞 에서 천천히 휘날리다 화염에 휩싸이는 걸 본 것만 같았다.

그녀가 그 차에 탔을 거라는 근거 없는 확신에 사로잡혔을 때 밥숟가락을 들고 있던 손이 달달 떨렸다.

"어휴, 세 명이나."

"젊은것들이 크리스마스다 뭐다, 놀다 그랬겠지."

"저 주유소가 저렇게 탔으니, 원…… 사람이……."

가족들의 말이 아득하게 들렸다. 그리고 얼마 후 작은엄마의 전화를 받았을 때 끔찍한 사고가 마치 내가 세미일 거라고 예감해서 벌어진 것만 같아 피가 맺히도록 내 팔뚝을 긁었다.

"근데…… 형님. 병원서 얼굴을 확인하러 오라는데…… 죽은 딸년 얼굴 확인하라니. 타다 만 얼굴을 어찌 봐요. 나는 못 가요. 나는 못 가. 누가 가야 해요? 안 가면 안 되겠죠? 누굴 보낼까나……. 그런데 꼭 봐야 해요? 사람을 두 번 죽여도 유분수지? 나는 못 가요. 세욱이란 놈 보내도 될까. 누워 있는 제 애비를 휠체어에 태워서 보낼까, 어쩔까요. 꼭 누가 가서 보고 확인해야 하나요? 타다 만 검정 가방도, 세미 거, 그년 거 맞아요. 그런데 꼭 누가 얼굴을 보고 확인을 해야 하나요?"

"아이고, 이 사람아. 이 사람아, 어째. 이 사람아, 이 사람아."

엄마는 같은 말만 계속 되풀이했다.

세상은 불행의 시간을 먹고도 지치지 않았는지 끝을 알수 없는 곳으로 계속 흘러갔다. 작은아버지는 불구가 되어 오토바이를 버렸고 저승으로 가면서 휠체어를 버렸다. 친척들은 옷자락 끝에라도 불행의 씨가 묻을까 작은엄마를 멀리했고 작은엄마는 그들로부터 스스로 멀어져 가는 방법을 택하며 자존심을 지켰다.

시간이 흐를수록 작은엄마의 불행도 세상의 많은 불행 가운데 하나로 여겨졌고 일상이 되어 갔다. 나도 마흔을 훌쩍 넘겼고 엄마와 작은엄마도 점점 나이를 먹었다. 엄마의 당부가 있어 그런 건 아니었지만 나는 가끔 작은엄마를 따로 만나 밥을 먹었다. 이상하게 지치고 힘들 때면 자연스레 그녀가 생각났고 만나서 같이 밥을 먹고 특별한 얘기 없이 헤어져도 마음이 풀렸다. 그녀는 자신의 불행한 삶이 조금 덜 불행한 사람들에게 위안이 되고 있다는 사실을 모를 거였고, 그 덜 불행한 사람들 속에 나도 있을 터이니 꼭 그녀를 위해 만났다고도 할 수 없었다.

"작은아버지 돌아가시고 연애라도 하시지 그랬어?"

나는 할머니처럼 늙어 버린 작은엄마를 마주 보며 말했

다. 스산한 그녀의 삶에 후덕한 인상의 할아버지라도 옆에 있었다면 조금은 덜 불행한 그림이 될 것만 같았다. 작은 엄마네 근처 추어탕집이었다. 함께 나온 돌솥밥이 찰지고 맛있었으며 겉절이가 짜지 않고 담백해 작은엄마와 가끔 찾는 곳이었다.

작은엄마가 내 말에 웃었다. 소주 몇 잔에 그녀의 얼굴은 이미 불콰해 보였다.

"술 한 병 더 시켜."

작은엄마가 마지막 잔을 비우며 말했다. 그녀는 오랜 세월 남편 술시중을 들다 천천히 중독자가 되어 있었다. 작은엄마와 술 한 병 이상은 마시지 말라고 엄마가 누누이 당부했지만 나는 한 병을 더 주문했다.

"연애? 흐흐. 야, 너가 이제 아줌마가 되니까 그런 말도 하고 너무 좋다야. 말총머리 묶고 내게 동화책 읽어 주던 새침데기였을 때가 엊그제 같던데. 언제 니가 이렇게 나이 들었냐?"

"내가, 작은엄마에게 동화책을 읽어 줬다고?"

"그래. 난 학교 근처는 가보지도 않았으니 까막눈이었잖아. 나중에 노인대학 가서 배웠지. 너 국민학교 다닐 때 나 앉혀 놓고 학교 놀이 하고 그랬잖아?"

"내가? 나, 선생? 작은엄마, 학생?"

"그래, 니가 그렇게 여우 같았어."

새로 시킨 술이 반쯤 남았을 때 작은엄마는 말이 많아지기 시작했다.

"내가 좋아하던 고향 언니가 있었어. 그 언니도 그 언니 남편도 내 집 일이라면 손발 걷고 도왔잖아."

"응, 그 박 언닌가 하는?"

"그래, 그래. 부천에 살고. 그 집에 가면 하루 자고 오고 그랬지. 우리 세욱이 술 먹고 난동 피고 동네 사람이 신고하고 그러면 그 형부가 다 빼주고 해결하고 그랬잖아."

"응. 알아."

"근데…… 하루는……."

작은엄마 목소리가 느려지더니 술을 한 잔 더 청했다. 나는 술을 따르고 반쯤 남은 추어탕을 주인에게 다시 데워 달라고 했다. 작은엄마가 빠르게 술잔을 비웠다.

"형부가, 그 언니 남편이 어느 날 나보고 나오래. 동네라고. 어찌나 반가운지 네네 그러는데, 혼자 왔으니 언니에게는 말하지 말고 와, 편하게 술이나 한잔 해, 그러는 거야."

"그래서 나갔어, 데이트?"

"아니…… 그냥 가슴이 막 뛰고. 뭐랄까…… 심장이 여기

붙었다 저기 붙었다……."

작은엄마가 손을 이쪽 가슴에 붙였다, 저쪽 가슴에 붙였다 했다.

"좋아했었구나?"

"아냐. 아니라니까. 그냥…… 뭐 그냥 사기당한 것처럼……. 있잖아, 그 형부가 내게 얼마나 친절했는데. 집에 들를 때마다 내 손을 꼭 잡고 힘내라고 하고. 등도 두들겨 주고, 쓸어 주고. 어떨 땐 그 언니 몰래 택시 타고 가라고 돈도 만 원짜리 찔러 주고……. 너무 고마웠는데, 근데 언니에게 말하지 말고 나오라니까……. 자꾸 그 '혼자' 왔다는 말이 귓가에 윙윙거리는 게. 갑자기 뭐에 속은 거 마냥 억울하고, 목이 콱 메고."

작은엄마가 술 한 잔을 더 비웠다.

"근데…… 가끔 그 형부가 생각나. 내가 미쳤나 봐. 그때는 내가 그래도 젊었고, 남편도 죽었고, 그냥 모르는 척 나갔다면 어땠을까. 그런데 내가 왜 이런 말을 네게 하냐? 내가 이제 돌았나 보다. 내가 그 형부를 오해했었나 싶기도 해서 죄스럽고. 그 이후로 그 부부를 못 만나겠더라고. 나 바보지?"

"그냥 못 이긴 척 연애 한번 하지 그랬어? 억울하지도 않아?"

"그렇지? 추억이라도 하나 만들었으면 어땠을까. 가끔 그런 생각이 들어. 뭔 일이 있으면, 뭐, 뭔 일이라는 게 기껏해야……, 기껏해야……, 여관밖에 더 갔을까……. 나이 들어 생각하니 그게 그렇게 큰 흉인가 싶네. 네 작은아버지……, 아랫도리 죽은 그 사람 몸 위에서도 가끔 내가 엉덩이를 비비며 혼자 얼굴이 붉어졌던 계집이었는데. 그게 뭐 대수라고? 야, 야. 내가 진짜 취했나 보다."

작은엄마가 두 손으로 마른세수를 했다. 울다 웃는 사람처럼 붉은 얼굴이 가만가만 보였다. 나는 쥐고 있던 술잔을 입술에 가져다 댔다.

"근데, 세욱이한테 왜 내 전화번호 가르쳐 줬어?"

나는 며칠 전 새벽의 일을 떠올리며 물었다. 그런 말을 하려고 작은엄마를 만난 게 아니었는데, 이야기가 이상한 방향으로 흘러갔다. 수화기 건너편에서 세욱은 누나, 누나, 하고 몇 번 부르더니 말이 없었다. 말도 제대로 하지 못할 정도로 취해 있었다. 내가 어디냐고 물어도 대답하지 못했다. 전화가 끊긴 것도 아니어서 오랫동안 집 전화가 먹통이었다.

"그게 무슨 소리냐? 걔는 지 전화도 없다. 내 전화를 쓰니 당연히 네 번호가 보여 눌렀겠지. 걔가 아무리 술을 먹고 사람 구실 못 하고 산다고 해도, 성품은 고운 애다. 너도 알잖아. 마음 약해 빠져서 술로 도망가는 거. 세미 그렇게 갔을 때, 반쯤 타버린 죽은 동생 얼굴 확인하고, 그 자식이 얼마나 충격이었던지 일주일을 집에 안 들어왔었어. 기가 다 빠진 사람처럼……."

"알아. 안다고."

세욱이가 사흘 내리 술 마시고 이틀 잠에 빠졌다, 다시 눈 떠 사흘 내리 술 마신다는 얘기를 들은 건 십여 년도 더 된 일이었다. 우울증 약과 수면제를 달고 산다는 얘기도. 스스로 시설에 들어가 자신을 가두는 일도 몇 번 있었지만 결과는 늘 똑같았다. 문만 열고 나가면 술은 지천에 깔렸고 세상은 떨쳐낼 수 없는 유혹들로 넘쳐났으니 목숨을 끊는 것보다 더 어렵다고 했던 말도 들었다. 혼자만의 의지로는 치유될 수 없는 게 알코올중독이라는 걸 모르지 않았다. 세욱이는 극도로 자제하는 눈치였지만 언제나 술이 이겼다는 허망한 소식만 날아들었다.

작은엄마가 남은 술을 마저 비울 동안 나는 작년 추석 때의 일을 떠올렸다. 오랜만에 작은엄마 댁을 찾았던 날이었다. 작은엄마가 자고 있는 세욱이를 억지로 깨워 밥상머리에 앉혔다. 반백의 헝클어진 긴 머리가 수세미처럼 거칠어 보였고 움푹 팬 볼과 눈 아래 드리워진 그늘이 짙고 검었다. 흉흉한 소식들이 다 지나간 얼굴이었다. 그가 나보다 다섯 살이나 아래라는 사실이 믿기지 않았다. 내가 안 본 몇 년 사이에 그는 어느새 흉물스러운 중년 남자로 변해 있었다. 그가 손가락을, 팔을, 그리고 머리를 움직이거나 입을 조금 뗄 때마다 곰팡내가 풀풀 나는 것만 같았다. 생선전도 잡채도 그 냄새 앞에서 상한 음식처럼 보였다. 그의 몸 일부가 아무도 모르는 새 이미 썩어들어갈지도 모를 일이었다.

세욱이는 고개도 제대로 가누지 못하면서 계속 뭐라고 중얼거렸다.

"누나, 어디 사는지…… 내게 절대, 절대, 말하지 마. 나…… 누나한테 찾아가서 돈 달라고 떼쓸지도 모르거든……. 그러면 되겠어? 그치?"

세욱이가 피딱지가 앉은 종아리를 계속 벅벅 긁으며 말하다가 어느 순간 조용해지더니 그대로 바닥에 누워 버렸고 밥상은 엎어졌다. 세욱이가 늘 그런 상태라는 건 작은엄마에게 조금 들어 알고 있었지만 직접 본 건 처음이었다. 그는 입을 약간 벌리고 두 팔을 가랑이 사이에 끼워 둔 채 잠들었다. 정신을 잃은 건 아닌지 걱정이었지만 작은엄마는 침착했다. 투명한 가을 햇살이 그의 얼굴 위에 드리워져 있었다. 입술 한쪽 끝에 맑은 침이 고이더니 바닥으로 흘러내렸다. 나는 엎어진 밥상을 치우면서도 그를 힐끗거리며 오래전 우리가 함께 뛰놀던 모습들을 떠올리고 말았다. 청년이 되어 보지도 못한 채 소년에서 어느 한순간 노인이 되어 버린 얼굴이 거기 있었다. 나도 모르게 눈가가 불에 덴 듯 뜨거워졌다. 그의 영혼이 멀리 꿈길을 헤매다 돌아온다면 갑자기 늙어 버린 제 얼굴을 못 알아보고 오래 서성이다 어디론가 사라질 것만 같았다.

작은엄마가 베개를 가져와 세욱이를 바로 눕혔다. 반쯤 열려 있는 그의 방이 내 눈에 오롯이 들어왔다. 대낮인데도 커튼이 드리워진 방안에는 많은 것들이 있었다. 벽에 걸려 있는 후줄근한 추리닝 바지, 둘둘 말려 있는 이불, 책 몇 권이 놓여 있는 책장, 여기저기 바닥에 흩어져 있던 책들, 구겨진 담뱃갑, 흘러넘치던 재떨이, 뒹구는 소주병, 찌그러진 맥주캔, 헝클어진 침대보. 그리고 내 눈이 빠르게 지나쳤지만 오래 기억에 머물렀던, 두루마리 휴지와 그 옆에 붉은색 팬티를 입고 가슴을 다 드러낸 서양 여자의 요염한 자태가 담긴 반쯤 펼쳐진 잡지. 나에겐 그 모든 것이 아픈 세욱이었다.

추어탕을 하나 포장해서 작은엄마 손에 들려 주었다. 작은엄마는 조금 비틀거렸다. 집까지 배웅해 주겠다는 내 말을 뿌리쳤다. 밥 얻어먹고 술 얻어먹고 배웅까지 받으면 자신이 너무 초라하다고 말했다. 집까지 혼자 걸어가야 힘이 생긴다며 돌아섰다. 작은엄마는 내가 알아들을 수 없는 노래를 흥얼거리며 총총히 사라졌다. 무슨 일인지 계속 그녀의 노랫소리가 내 귀에 들리는 것만 같아 오래 귓가를 쓸었다.

작은엄마를 모시고 제주도 여행을 하자고 내가 제안한 것은 작은엄마에게 부조금으로 받았던 백만 원이 마음의 빚처럼 남아 있었기 때문이었다. 엄마는 좋다고 하면서도 세욱이 걱정을 먼저 했다. 술만 마시면 환청에 시달리고 누가 쫓아오는 것처럼 무섭다며 작은엄마를 아무데도 못 가게 한다는 말을 자주 들었을 때였다.

여행 얘기를 꺼냈을 때 작은엄마는 조금 들떠 보였다. 이왕이면 세욱이 술 마시고 이틀간 잘 때, 그때 가면 참 좋겠다고 말하며 환하게 웃었다.

"우리 …… 세욱이 거 한 명 더 추가하면 비용이 얼마냐?"

여행을 나흘 앞둔 날이었다. 나는 작은엄마의 질문에 어찌 답할지 몰라 잠시 주춤거렸다. 그가 비행기를 탈 수 있을지도 의문이었다. 몸도 제대로 가누지 못하고 집 밖은 나가지도 않는 애를 데리고 가자니. 작은엄마가 못 간다는 말을 괜히 에둘러 대는 것만 같았다. 오랜만의 여행이었고, 항공권과 숙소, 렌터카도 예약했고, 맛집과 가야 할 곳들을 검색해 세세하게 시간표를 다 만들어 놓은 나로서는 난감한 일이었다. 예약도 힘들었지만 취소는 더 힘들 거였다. 게다가 세욱이랑 같이 간다는 것은 영원히 불가능한 일처럼 여겨졌다.

그동안 작은엄마에게 불편한 심기를 드러내 본 적이 없던 엄마가 입을 열었다.

"안 간다. 없던 일로 하자."

엄마는 그게 정답이라고 했다. 차라리 서울 근교에서 밥이나 먹자고 했다. 나는 이미 결제를 마쳤으니 변경은 가능하나 취소는 곤란하다고 말했다. 왜 생각지도 않은 세욱이 이때 끼어들었는지 모를 일이라고 혼자 투덜거렸다.

"아니, 그 사람은 자식 귀한 걸 왜 그렇게 표현해? 같이 가는 사람은 어쩌라고, 참."

엄마는 안 해도 될 일을 하면서까지 서로 감정 상하는

일은 만들고 싶지 않다고 했다. 나도 동감했다. 예약을 취소하면 얼마나 위약금을 무는지 알아보느라 분주할 때 작은엄마는 스스로 답을 찾아 주었다.

"세욱이 안 가면 나도 안 갈려고 했는데, 그 자식이 큰엄마랑 누나랑 제주도 잘 다녀오래. 자기는 할 일이 있어 바쁘다네. 우리끼리 가야겠다."

세욱이가 할 일이 있다니. 세욱이 안부를 물으면 "친구랑 여행 갔어" "친구 아버지가 무슨 인테리어 공사를 하는데, 도와달라고 불렀대" "요즘 무슨 학원에 등록했다나" 대답이 늘 그 가운데 하나였음이 문득 떠올랐다. 작은엄마의 말 안에서 세욱은 언제부턴가 바쁜 사람으로 살아가고 있었다. 사실을 확인해 본 적은 없었지만, 세욱이의 상태를 알고 있던 나로서는 그런 모든 일은 이미 불가능하다는 걸 모르지 않았다. 나는 그제야 작은엄마가 예전과 달라졌다는 걸 느꼈다. 그게 좋은 건지 나쁜 건지 알 수 없었다.

회색 바탕에 분홍색 땡땡이가 그려진 스카프, 그리고 빨간색 바지. 작은엄마가 내 이름을 부르며 다가오지 않았다면 나는 그냥 지나쳤을 거였다. 로고가 새겨진 큰 토트백은 누가 봐도 '짝퉁'이었고, 화장이 덜 먹은 얼굴은 어색하게 번들거렸다.

"아, 자네가 이렇게 멋부리고 올 줄 알았으면 나도 선글라스 가져올걸."

어색함을 깨고 엄마가 말했다. 엄마는 내가 외국에서 사다 준 선글라스를 작은엄마 앞에서 쓰기 미안하다며 몇 번이고 가방에 넣었다 뺐다 하더니 결국 두고 왔다.

"내 친구들이 좀 살잖아요. 형님, 일산 사는 그 친구. 이 옷도 다 그 친구가 준 거예요. 하도 멋쟁이 옷 같아서 언제 입을까 했더니, 오늘 입으니 좋네."

"남들이 준다고 다 넙죽넙죽 받나, 자네는?"

기어코 엄마는 정색을 하며 말했다. 마치 그게 자신의 일이라도 되는 양 자존심이 상한 듯 보였으나 실은 나이에 어울리지 않게 빨간 바지를 입고 온 작은엄마에게 대놓고 핀잔을 못 줘 하는 말이었다.

어색한 분위기는 좀처럼 회복되지 못했다. 오후 늦게 도착해 해안도로를 따라 드라이브하다 저녁을 먹고 숙소에 들었을 때도 냉랭함은 풀리지 않았다. 나는 세 개의 싱글 침대가 놓여 있는 방을 확인하고 만족스러웠다.

엄마와 내가 가방을 정리할 동안 작은엄마는 아까부터 계속 전화기를 만지작거리며 안절부절못했다.

"전화하지 말게."

"안 해요. 이 자식이 속이 깊어서 내게 전화도 안 하는 거 봐요."

"자네가 너무 오냐오냐했어. 솔직히 자네가 잘못한 게 뭔가? 그냥 자식이라면 벌벌……. 그거 믿고 세욱이가 그러는 거야."

엄마의 목소리가 조금 컸다. 나는 잠시 자리를 비켜 줘야겠다는 생각이 들었다. 회나 떠 오겠다며 슬그머니 밖으로 나왔다. "술도 좀……." 작은엄마가 내 등 뒤에 대고 말했고, 곧이어 "한 병만 사라" 엄마 목소리가 크게 뒤를 이었다.

나는 소주 3병과 맥주 3캔을 사왔다. 엄마가 뜨악한 표정을 지었다. 엄마도 나도 술은 조금밖에 못 하니 작은엄마 몫이 될 거였다. 그래도 여행이고 회를 떠 왔으니 건배 정도는 풍성하게 하자며 테이블로 불렀다. 두 여자는 침대에 누워 TV를 보고 있던 몸을 일으켰다. 나는 테이블에 회와 술을 꺼내놓고 의자를 끌었다.

홀몸으로 자식을 키우는 여자가 화면 속에서 울고 있었다. 연속극을 보다 눈물을 먼저 짠 것은 엄마였다.

"형님은 눈물도 흘리고 좋겠수."

작은엄마가 연거푸 소주 석 잔을 입에 털어 넣고 막 썰어서 가져온 갈치회를 자근자근 씹으며 말했다.

"울면 우는 거지. 못 울 건 또 뭔가?"

"난, 여기……."

작은엄마가 가슴팍을 두어 번 쳤다.

"여기에 뭐가 꽉 막혀서 눈물이 안 나와요."

작은엄마는 작은 종이컵이 성에 안 찼는지 화장대 앞에 놓여 있던 유리컵을 집어 들며 말했다.

"고맙네, 우리 조카딸. 딸년이 가고 없으니 조카딸을 주셨네!"

작은엄마는 소주병을 빠르게 집어 들더니 유리컵에 벌컥벌컥 따랐다. 내가 어찌해 볼 틈도 없이 그녀는 그렇게 연속 두 잔을 비웠다. 그녀의 얼굴은 이제 막 울고 난 사람처럼 뭔가 후련해 보였고 양볼은 붉은 기가 차올라 생기가 돌았다. 엄마는 예상했던 일이 터진 걸 지켜보는 사람처럼 그만, 그만을 외쳤다.

엄마가 술병을 치우라는 눈짓을 했을 때 이미 세 병이 거의 바닥을 드러냈다.

"다 형님 때문이야."

"아니 이 사람, 무슨 말이야?"

"형님이 나를 세욱이 아빠에게 중매해서 일어난 일이

라고요."

"중매는 무슨? 집에 찾아온 사람을 자네가 우연히 만난 거지."

"그래도 그게 인연이라고……."

"내가 결혼하라고 했나? 오토바이 타는 게 재밌고 사는 맛이 난다며 고맙다고 할 때는 언제고?"

엄마는 자세를 바로 고쳐 앉았다. 언젠가 이런 일이 있을 수 있다는 걸 대비하고 대답을 미리 준비해 둔 사람 같았다. 엄마가 내게 술잔을 내밀고 얼마 남지 않은 소주를 따르라고 했다. 엄마가 소주를 마시는 건 처음 보는 일이었다.

"자네, 요즘 왜 그렇게 꼬였나?"

"꼬이다뇨?"

"아니, 얘네 아버지 돌아가셨을 때, 자네 사정 뻔히 다 아는데, 백만 원이 뭔가? 언제 우리가 돈 따지는 사이였나?"

"내가 백만 원 못 하라는 법은 어딨는데요? 그래요. 내게 큰돈이지요. 그래도 그럴 때 쓸려고 찌라시 돌려 가면서 한 푼, 두 푼 모았어요. 내가 아직 건강하고 발이 빨라서 여기저기서 오라는 데가 많아요. 세욱이 자식이 술값 달라고 집안 다 때려부숴도 꼭 숨기고 안 내준 돈이에요. 나도 사람 노릇 한번 하고 싶어서요. 왜요?"

작은엄마도 미리 대답을 준비한 사람처럼 막힘없이 터트렸다. 화면은 어느새 가요 프로그램으로 바뀌어 있었다. 엄마는 못 마시는 술 탓인지, 작은엄마를 몰아세워서 말한 게 미안했던 탓인지 침대 쪽으로 슬며시 가더니 누웠다. 나는 볼륨을 좀 줄이려고 몸을 일으켰다. 그때 의자에 앉아 있던 작은엄마가 자리에서 벌떡 일어섰다. 조금 휘청거렸지만 그래도 그녀는 금세 자세를 바로잡고 서더니 두 팔을 겨드랑이에 딱 붙이고 엉덩이를 좌우로 흔들기 시작했다. 화면에는 이름도 모르는 여자 아이돌 가수들이 빠른 동작으로 몸을 움직이고 있었다. 작은엄마는 엉덩이만으로는 성에 안 찼는지 머리까지 흔들기 시작했다. 팔다리가 성가셔 귀찮다는 듯이 몸을 틀었다. 팔을 허공으로 높이 쳐들더니 헛헛한 바람이라도 날려 보내는 사람처럼 휘휘 저었다. 다리가 침대 모서리에 부딪히고, 엉덩이가 테이블을 툭툭 건드려도 멈추지 않았다.

"아니, 아니, 저 사람이 실성했나? 지금 춤추는가?"

"네. 춤춰요. 춤이라도 춰야지요. 내가 백만 원 부조금 냈으니, 천당에 가셨을 아주버님이 굽어살피시겠죠?"

"그럼 봉투에 세욱이 엄마라고나 적지, 최동국이라고 하니, 내가 알 리가 있어?"

엄마가 큰 소리로 말했다.

"형님도 이제 나를 동국아, 그렇게 불러 줘요. 이제 다 벗어 버리고 싶어요. 세욱이 엄마라는 것도, 세미 엄마라는 것도. 나는 그냥 최동국. 예전에는 부끄럽고 남자 이름 같아서 안 썼는데, 동국, 최. 동. 국. 있는 그대로 받아들이려고 해요."

작은엄마 목소리가 엄마보다 더 컸다. 그녀는 크게 팔을 벌리고 과장되게 박수를 치며 화면 앞에 서서 몸을 계속 흔들었다. 엄마는 이런 작은엄마의 모습이 기가 막히기도 하거니와 이해 못 할 일도 아니었기에 그냥 침대에 누워 TV 화면도 작은엄마도 아닌 그 어떤 허공의 중간을 바라보고 있었다.

"난 세욱이가 고맙고 미안해 죽겠어요. 내가 먹어야 할 술을 나 대신 다 마셔서, 사람 노릇도 평생 못 해보고……. 날 위해 죽지 않으니 고마워요. 술이라도 먹지 않으면 개가 견뎠겠어요? 남편 죽고 딸 죽었는데, 개가 살아 있어서, 아들까지 먼저 보낸 년이라고 사람들이 욕하지 않는 것이 다 그 녀석 덕이에요. 그 이상의 효도가 어디 있겠어요? 제 동생 얼굴 봤을 때, 끔찍하게 죽은 제 동생 얼굴 봤을 때, 걔는 이미 미쳤어요. 그때 이미 죽었어요. 나 대신 술이라도 먹고 살아 주느라……. 어머, 형님. 나도……, 내 눈에도 뭐가 흐르네.”

엄마는 어느새 잠이 들었고 나는 테이블을 정리하고 실내 전등을 하나만 남기고 모두 껐다. 작은엄마는 울다가 웃다 작은 몸짓으로 두 팔을 앞뒤로 흔들며 작은 실내를 서성거렸다. 나는 이 모든 것들이 너무도 부자연스럽게 여겨지면서도 더할 나위 없이 자연스러운 모습일 수도 있겠다 싶어 말리지 않았다.

내가 샤워를 하고 나왔을 때 실내는 아무 일도 없었던 것처럼 고요했다. TV는 이미 꺼져 있었고 작은엄마도 지쳤는지 곤히 잠들어 있었다. 나는 나이트 스탠드를 끄려다 그녀의 얼굴을 가만히 들여다보았다. 편안한 숨소리가 새어 나올 때마다 일자로 꾹 다문 입이 조금 열리더니 약간 돌출된 입술이 움직거리며 말하는 것만 같았다.

내 이름은 동국이야.

오토바이를 타고 길 위를 쌩쌩 달리던 처녀 동국의 환한 얼굴이 거기 있었다. 이제야 그녀는 오토바이 없이도 오토바이 타는 맛을 제대로 아는 사람이었다.

동국, 겨울 국화라는 뜻일까.

그녀의 스산했던 삶이 이제야 겨우 은은한 향기를 풍기는 것만 같았다.

라스트
북스토어

The Last Bookstore

출근을 서두르는 동생을 따라나섰다. 엘에이 다운타운 한복판에 있는 헌책방, 'The Last Bookstore'에 가기 위해서였다. 귀국을 이틀 앞둔 날이었다. 나는 '마지막'이라는 단어가 풍기는 뉘앙스에 발목이라도 잡힌 사람처럼 센티해져 있었다. 책들의 목소리가 마지막 구애처럼 터져 나오는 곳일까. 그곳에서도 안 팔리면 이제 더 이상 책이라는 이름으로 불리지 못하는 활자들의 무덤을 상상했을 때 괜스레 조바심이 일었다.

나는 3년째, 여름이면 이 도시에 왔다. 여든을 훌쩍 넘긴 노모를 모시고 동생네 가족을 보러 왔다. 엄마는 여행 내내 늙은 여자의 쇠락한 몸으로 세상을 살아간다는 게 얼마나 힘든 일인지 온몸으로 보여주었다. 관절 주위가 부어올라 걷기도 힘들어했다. 물기 마른 피부에서 몸 비듬이 떨어졌고 자고 일어난 침대에서 정체를 알 수 없는 눅눅한 냄새가 피어올랐다. 변기 위에서 몸을 일으켜 세울 때도 낡은 배의 모터처럼 *끄릉끄릉* 소리가 터져 나왔다. 기내에서도 나와 함께 화장실에 가길 원할 정도로 의존적이었다.

그래도 여름이 오면 엄마는 아들이 보고 싶은 마음을 누르지 못했다. 일 년 동안 꼬깃꼬깃 모아 두었던 돈을 내게 건네는 표정은 결연해 보이기까지 했다. 비행기 탈 생각만으로도 온몸이 마비된다는 엄살도 사라졌다. 당신 사는 곳으로 아들을 오라고 하면 좋을 텐데 막무가내였다. 엄마는 아들이 먹고 일하고 자는, 그 모든 움직임의 장소를 눈으로 직접 봐야 만난 것으로 여기는 사람 같았다. 공항에 동생 내외가 마중 나왔을 때 엄마는 괜히 자기 설움에 겨운 사람처럼 이번이 정말 마지막 여행 같다며 눈가를 적셨다. 그런 말을 우리는 해마다 들었던 터라 슬프지 않았다. 거죽이 늘어진 엄마의 팔을 쓰다듬었고 잉크가 뚝뚝 떨어진 자국처럼 검버섯 핀 얼굴을 바라보며 다시 또 올 수 있을 거라고 예전처럼 말해 주었다.

출근 차량이 길게 이어지는 도로는 정체가 심했다. 나는 동생과 무슨 얘기라도 나누고 싶었다. 전에 살던 곳보다 렌트가 오백 달러나 더 비싼 곳에 사는 기분이 어떤지. 생활이 너무 빠듯한 건 아닌지. 너무 바쁘게 살고 있는 건 아닌지. 다시 한국으로 돌아가 살고 싶은 건 아닌지. 피아노를 전공하는 딸과 이제 대학에 들어간 아들 하나 키우기 위해 남은 인생 전부를 건 것은 아닌지. 아무리 동네가 안전하고 좋다지만 방 두 개짜리 아파트는 부부만을 위한 공간이 없으니 좀 넓은 곳으로 이사 가는 건 어떤지.

그런데 그 많은 의문 가운데 내 입에서는 정작 다른 말이 튀어나왔다.

"매일 그러니, 올케?"

"뭐?"

"아, 그 화장실. 물도 안 내리고."

나는 상황 설명을 하기도 무안했다. 아무 일도 없는 사람처럼 물도 내리지 않고 화장실에서 나오는 올케와 벌써 세 번이나 마주쳤다. 처음에는 아무 느낌도 없었는데 두 번째는 고개가 갸우뚱거려졌고 세 번째는 걱정으로 변했다.

동생은 대답이 없었다. 그에게는 그리 놀랄 일이 아닌 것만 같았다.

"집에서 애들이랑 얘기도 하고 그러지, 왜 만날 너는 컴퓨터만 하고 있니?"

나는 이 모든 게 동생 탓인 양 걱정스럽게 말했다.

"재밌잖아."

동생의 대답은 간단했고 말투가 냉정했다. 컴퓨터가 재

미있다는 말인지 아침마다 마주치는 그 광경이 재미있다는 말인지 알 수 없었다. 그 둘을 다 아우르는 말처럼 들리기도 했다. 그런데 그의 말이 '그따위가 뭐가 중요해?'처럼 이해되는 순간 귀에 딱 들러붙어 떨어지지 않았다.

"네 와이프가 좀 서운해하겠더라."

차라리 텔레비전을 한 대 사든가. 그렇게 한마디 덧붙이려다 말았다. 딸의 피아노 연습에 방해된다는 올케 말이 떠올랐다. 그랜드 피아노를 들여놓느라 딸에게 안방까지 내어준 부부였다. 덕분에 엄마와 나는 난생처음 검정 그랜드 피아노와 오래된 축음기와 LP판들이 가득 들어찬 방에서 머물고 있지만 거실 한쪽을 책장으로 막아 침실로 쓰고 있는 동생네를 볼 때마다 미안하고 불편했다.

"작년보다 연희가 더 명랑해 보여서 좋긴 좋더라."

나는 올케의 이름을 예전처럼 부르며 다정함을 드러냈다. 정말 이름을 부르고 나니 오래전의 시간으로 되돌아간 느낌도 들었다. 그때는 많은 것들이 지금보다 더 좋았다는 생각도 들었다. 막연한 희망과 기대가 있었던 것도 같았다. 스타벅스 커피숍과 맥도널드와 간판이 똑같은 24시간 피트니스센터가 반복해서 우리 곁을 스쳐 지나갔다. 지나온 거리가 너무도 비슷한 것만 같다는 생각이 들었을 때 신호대기에 걸려 차가 멈췄다. 엘에이 다운타운 한복판이었다. 언젠가 세상의 모든 거리가 똑같게 변할 것만 같았다. 관광은 사라지고 여행만 남을 시간이 올 것만 같았다. 만나고 싶은 사람들을 보러 가기 위해 길을 떠나는 사람들. 문득 여행의 본질이 바로 그런 것이 되어도 좋겠다는 생각이 들었다.

신호등이 다시 녹색으로 바뀌자 동생이 입을 열었다.

"우울증 약을 바꿨는데, 이번 건 잘 듣나 봐."

"우울증 약? 왜, 올케가? 언제부터?"

나는 버섯처럼 몸을 웅크리고 있는 노숙자들을 보고 있던 시선을 급히 거두며 물었다. 혹시 내가 잘못 들었나 싶었다. 동생에게 질문을 던져놓고도 노숙자들이 대부분 왜 남자이며 흑인일까 생각했다.

"몰랐어?"

그제야 나는 동생의 옆얼굴을 빤히 바라보았다. 누나는 어디까지 알고 있는 건데? 동생의 말투가 분명 내게 그렇게 묻고 있는 것만 같았다.

그러고 보니 올케가 너무 달라졌다. 과묵하고 속 깊은 표정이 사라진 자리에 웃음과 고음의 목소리가 자리했는데, 그게 영 편하지 않고 어떤 불안감을 내게 안겨 주었다.

순두부찌개를 먹으러 갔던 날도, "미국까지 와서 외식을 겨우 순두부로?" 물었을 뿐이었는데 그녀는 박장대소했고 나는 그녀의 웃음소리와 표정이 과하다고 느꼈다. 내가 마트에서 오이를 한 보따리 집어 들며 "엘에이 물건값 정말 싸네, 한국으로 수출해도 되겠다!" 감탄했을 때도 그녀는 눈물을 찔끔거릴 정도로 계속 소리 내어 웃어 의아했었다.

"누나, 몰랐구나. 괜히 말했네. 아는 척하지 마. 지랄할라. 모르는 척해 줘, 정말."

동생은 더 이상 그런 대화는 나누고 싶지 않은 사람처럼 라디오를 틀었다. 이미 주파수가 거기에 맞춰져 있었는지 한국 뉴스가 기다렸다는 듯이 흘러나왔다. 동생은 머그잔에 담긴 식은 커피를 천천히 입에 가져다 댔다. 엘에이 다운타운 한복판에서 한국말을 하는 아나운서가 들려주는 서울발 뉴스가 이국의 언어처럼 겉돌며 차 안을 채웠다. 우리는 기이한 표정으로 앞만 바라보고 있었다. 귀에 감기지 않는 저 너머 세상의 이야기를 듣고 있는 사람들 같았다. 왜 이 먼 곳까지 와서 한국의 정치판 얘기와 교육과 노조 문제를 듣고 또 들어야 할까. 동생도 나와 비슷한 생각을 하는 사람처럼 계속 말이 없었다. 그래도 우리는 라디오를 끄지 않았다. 불필요한데 익숙했다. 우리는 오랫동안 익숙한 것에 몸과 마음을 기대고 의지한 채 살아온 것만 같았다. 익숙한 게 막연히 진실이라고 여겼고 익숙하지 않은 걸 받아들이는 방법을 배우지 못했다는 사실조차도 인식하지 못했다. 시간이 오래 걸려도 세상은 언젠가 스스로 가야 할 곳으로 갈 거라는 바람을 희망이라고 오인했다.

나는 동생의 다음 말을 기다렸다. 내비게이션이 목적지까지 5분 남았다고 알려주었다.

"연희한테 말하지 마, 누나. 정말이야. 요즘 겨우 새 약에 적응하는 것 같아."

"알았어."

"내가 이따가 끝나고 데리러 올까?"

"너 퇴근까지는 지루해 못 있을 거야."

"택시 불러 줄게. 갈 시간만 알려줘."

"뭐, 그렇게까지……."

"몰이나 가지. 아웃렛이나. 무슨 헌책방을……."

나는 그냥 씩 웃었다. 나도 나를 모르겠어. 네 웃음도 내게 보여줘, 그런 웃음이었는데 동생은 웃지 않았다.

"올케에게 데리러 오라고 그래 줘. 시간 되면."

차가 신호대기에 다시 걸렸고 동생은 오른쪽을 가리키며 "저기야" 했다. 나는 걸어서 갈 테니 내려 달라고 했다.

버스 정류장 근처에 노숙자들이 많은 걸 본 동생이 "조금 더 가서" 그랬다. 나는 차에서 내리기 전에 뒷좌석을 힐끗거렸다. 동생의 점심이 담겨 있는 오렌지색 아이스박스였다. 아침부터 올케가 부지런히 준비한 샌드위치, 사과 반쪽, 딸기 한 줌, 그리고 아직 온기가 남아 있을 찐 달걀 두 개가 서늘하게 가슴에 닿았다.

"너나 따뜻한 거로 점심 사먹어. 궁상떨지 말고."

내가 차문을 닫고 내렸을 때 동생은 닫혔던 창문을 조금 내리며 "조심해" 그랬다.

나는 뒤돌아보지 않고 빠르게 걸었다. 책방을 알리는 입간판이 눈에 들어왔을 때 내 발걸음이 더 빨라졌다. 동생의 차가 소실점을 향해 천천히 사라졌을 거였다.

몸피가 큰 흑인 경비원이 내게 가방을 맡기고 들어가라고 했다. 나는 가방을 건넸고 열쇠를 받았다. 온통 검은 페인트칠 때문일까, 힙합이 쾅쾅 흘러나오는 거대한 클럽 안으로 빨려 들어가는 느낌이었다. 손이 홀가분해지니까 사물들이 더 가깝게 다가왔다. 한쪽 구석에 희귀본을 파는 코너 앞을 지났다. 메릴린 먼로와 오드리 헵번의 커다란 흑백 사진이 입구에 걸려 있었다. 에곤 실레의 그림이 분명해 보이는, 금방이라도 눈이 튀어나올 것만 같은 남자의 얼굴이 다가오지 않을 시간을 응시하고 있었다. 갤러리 같은 헌책방이었다. 책만 파는 곳은 아니었다. 고급 벼룩시장이라고 불러도 좋을 만큼 책들이, 음반들이, 그림들이 차고 넘치는 곳이었다. 이미 백 년도 훨씬 전에 쓴 작가들의 작품들부터 최근에 발행된 만화책들도 있었다. 재즈, 팝, 히피 문화가 한데 어우러져 소리치고 있었다. 너덜너덜할 때까지 살고 가는 게 인생이라고!

미국이 땅덩이가 넓긴 넓구나. 헌책방이 이렇게 크다니.

나는 속으로 중얼거리며 책방을 둘러보았다. 만 평 이상은 되어 보였다. 아니 어쩌면 그 이상이었다. 그냥 '만'은 내가 사용할 수 있는 최대치 숫자 같은 느낌일 뿐이었다. 차 안에서 동생과 나누었던 대화와 무거운 느낌들이 자취도 없이 사라져 홀가분했다.

나는 어느 동양인 여자 곁을 천천히 지났다. 여자는 책을 하나 펼쳐 들고 붙박이처럼 서 있었다. 더운 선풍기 바람이 책장 구석구석을 훑고 지나가다 가뭇없이 사라지던 끝이었다. 여자의 헐렁한 황톳빛 칠부 바지는 인사동에 가면 흔했다. 여자가 힐끗 뒤를 돌아보았을 때 나와 스치듯 눈길이 닿았고 나는 여자가 한국 사람이라는 확신이 들었다. 여자가 펼쳐 들고 있는 책을 힐끗 쳐다보며 내 눈을 의심했다. 분명 한글이었다. 게다가 그녀는 아주 작은 소리로 그 책을 읽고 있었다. 나는 다시 고개를 들어 안내판을 눈으로 읽었다. 고전문학 코너였다. 한국어로 쓰인 책이 있을 거라고는 생각하지도 못했는데 의아했다. 나는 여자를 뒤로하고 평전들과 회고록들이 진열된 책장으로 건너갔다. 뒤를 돌아보니 여자는 여전히 그 자리에 서 있었다.

나는 여자가 사선 방향으로 바라다보이는 곳에 서서 책들을 둘러보았다. 여자가 손에 들고 있던 한국 책에 대한 궁금증은 사라지지 않았다. 묵직한 사진첩을 하나 빼들고 펼쳤다. 카프카, 체 게바라, 간디 같은 눈에 익은 사람들의 아주 젊었을 때 모습들이 담겨 있었다. 나는 그들에게도 풋풋하게 젊었던 한 시절이 있었다는 사실이 너무도 신기하게 느껴졌다. 그들을 처음부터 실존주의의 대가였거나 혁명가들의 아버지였거나 정신적 국부로 태어난 사람들이라고 오해하고 있었다. 나는 사진첩을 책장에 다시 꽂아두고 손에 잡히는 대로 다른 책 한 권을 집어 들었다. 존 레넌과 오노 요코의 사진이 겉표지로 된 책이었다. 존 레넌의 눈동자는 금방이라도 튀어나올 듯이 생생하게 느껴졌다. 그 눈동자는 분명 카메라를 응시하고 있었을 텐데 나를 보고 있는 것만 같았다. 슬프고도 강렬한 시선이었다. 퇴폐적이면서도 스스로를 제어하는 어떤 단호함이 묻어 있었다. 한 시대를 풍미한 '시대의 눈동자'라고 불러도 좋았다. 나는 눈을 뗄 수가 없었다. 오노 요코의 가늘고 긴 입술은 버드나무 잎을 닮았다. 그들이 나뭇잎처럼 부드럽고 싱그러운 긴 대화를 주고받을 것만 같았다. 그녀는 어느 동부 유럽 사회주의 국가 출신 여자 같은 분위기를 풍겼다. 검소하고 두려움이 없는 사람처럼 보였다. 베레모와 세트처럼 보이는 목도리가 그녀를 정갈한 성품의 소유자라고 느끼도록 해주었다. 한 덩어리. 하나의 물질처럼 둘은 분리될 수 없는 사람들 같았다. 존 레넌을 사랑하거나 우상화한 누군가에게는 방아쇠를 당길 만큼 맹독성을 띤 질투심을 유발하기에 충분했다. 뒷면에 있는 존 레넌의 사진은 이미 누군가 찢어 버렸는지 반쪽뿐이었다. 누군가 그 사진을 잘근잘근 씹어 삼키며 존 레넌과의 일체를 꿈꾸었을지도 모를 일이었다.

1980년 발행. 1.99달러.

나는 기막힌 보물이라도 찾은 사람처럼, 누가 채가기라도 할까 봐 그 책을 잽싸게 빼들고 옆구리에 단단히 끼었다. 그리고 커다란 창가에 LP판들이 진열된 곳으로 발길을 돌렸다. 여자가 있던 쪽을 다시 힐끔거렸는데 보이지 않았다.

LP판들이 진열된 곳은 거대한 온실 같았다. 잎이 긴 작은 나무들과 뿌리가 화분 밖까지 길게 자란 화초들이 창가에서 크고 있었다. 어느 노인이 데리고 온 검정 개가 화분에 코를 대고 킁킁거렸다. 높은 천장은 모든 빛과 소리를 빨아들일 듯 보였다. 창밖으로 엘에이 다운타운의 복잡하고 바쁜 일상이 그림처럼 걸려 있었다. 동생은 지금 어디쯤 가고 있는 걸까. 순간, 아주 짧은 순간, 사물의 움직임이 감지되지 않을 만큼 아득해졌다. 우리 모두가 지금 알 수 없는 곳에 있다는 생각이 들었을 때 내 몸의 일부가 어디에선가 기우뚱거리는 것만 같았다. 올케와의 어느 날이 떠올랐다. 아들이 커밍아웃을 했다는 말을 하면서 그녀는 울었다. 녀석은 애써 당당한데 나는 두려워요. 바르르 떨던 올케의 목소리가 다시 들리는 듯했다. 어릴 때부터 섬세하고 숫기 없던 그 아이를 조마조마한 마음으로 지켜봤다는 말은 차마 할 수 없었다. 한국이 아니라 미국이라 다행이라고 말할 수도 없었다. 어디에 살든 올케에게 아들의 일이라는 사실은 변하지 않을 거였다. 언젠가 시간이 우리를 조금 덜 힘든 곳으로 데려갈 거라는 말도 낯뜨거웠다. 그런 세상이 쉽게 오지 않는다는 걸 우리는 이미 알아 버렸으니까. 더 불행한 일에 비교하고 용기를 내고 견뎌내라는 말은 지극히 아름다우면서도 동시에 얼마나 무책임한 말이 될 수 있는지 느꼈을 뿐이었다. 그 어떤 말도 위선 같았기에, 마치 '내게 일어나지 않은 일이라 다행이야'처럼 들릴까 봐 나는 결국 아무 말도 할 수 없었다.

지금쯤 동생은 차를 주차하고 버릇처럼 점심이 담긴 아이스박스를 집어 들고 사무실이 있는 건물을 향해 걸어가고 있을 거였다. 그렇게 살아온 긴 시간들이 그로 하여금 그 방법이 가장 익숙하고 가족에게 안전하다는 걸 알게 해주었을 것이다. 나는 다시 창밖으로 시선을 던졌다. 사람들은 모두 바쁜 듯 발걸음이 빨랐고 뜨겁지도 밝지도 않은 아침 햇살이 건물들 틈을 헤집고 겨우 들어오고 있었다.

생각보다 빨리 올케가 전화를 했다. 목소리가 금방 날아오른 새처럼 활기차고 맑았다. 나는 그녀의 목소리에 안심하면서도 뭔가 깨지기 직전의 얇은 유리창을 들여다보듯 불안감을 누를 수 없었다. 시간을 정하고 끊었다. 시계를 보니 앞으로 두 시간이 더 남아 있었다.

나는 손에 들려 있는 존 레넌의 전기를 꼭 사야겠다고

생각했다. 1.99달러의 구애를 물리치고 싶지 않았다. 언젠가 존 레넌의 무덤이 있는 스트로베리 필드에 가서 붉은 장미 한 송이를 놓고 책의 한 줄을 골라 읽어 줘야겠다는 엉뚱한 생각도 했다. 나는 다시 주변을 둘러보았다. 그런 순간에도 내 눈은 여전히 여자를 찾고 있었는데 보이지 않았다. 나는 어느새 LP판들이 쓰러질 듯 쌓여 있는 곳에 들어서 있었다. 벽을 가득 메운 것도 모자라 매대 위까지, 그야말로 오래되고, 누군가에게는 이미 쓸모없는, 누군가에게 이미 버려진 LP판들이 헌옷가지들처럼 내 앞에 놓여 있었다. 검은 플라스틱으로 압축한 봉인된 목소리들이 금방이라도 터져 나와 내 고막을 찢을 것만 같았다. 나는 클래식, 재즈, 팝, 가스펠 판들을 헤집다가 시선을 멈췄다. 'ASIA' 섹션 앞이었다.

PANSORI. Korea's Epic Vocal Art.

한복을 입은 여자의 춤사위. 이승을 떠나기 전에 기어코 누군가의 영혼 한 자락이라도 끌어내고 말겠다는 고집스러움이 손가락 끝에 배어 있었다. 몸을 잔뜩 웅크리고 양 미간은 찡그린 채 인상을 구기고 있는 표정. 누구도 흉내낼 수 없는 그 표정은 분명 공옥진이었다. 나는 와락 반가움과 함께 판소리 LP판을 사들고 태평양을 건너왔을 어느 이민자를 떠올렸다. 우리는 어떤 식으로든지 세상을 떠도는 유목민이라는 생각이 들었을 때, 그 이민자가 나이거나, 내 동생이거나, 내 엄마이거나 이미 돌아가신 아버지가 아니라는 말은 할 수 없었다.

"이것도 좋은 물건이에요."

여자가 새것처럼 보이는 LP판을 한 장 들고 바로 내 앞에 서 있었다. 나는 한국말이 들려 놀라운 게 아니라 눈에 보이지 않던 여자가 바로 내 옆에 서서 나를 한국 사람으로 확신하고, 그것도 모자라 한국말로 친절하게 상품을 설명하는 직원처럼 보여 깜짝 놀랐다.

"1948년에 제작된 차이콥스키 바이올린 협주곡인데, 스크래치 하나 없어 놀라울 정도예요. 알고 보니 오디세이 레코드사의 견본품이었더라고요."

여자는 들고 있던 LP판을 내게 조금 내밀었다. 마치 제 소장품을 들고 설명하는 것처럼 느껴져 의아했다. 스치듯 볼 때는 몰랐는데 눈가에 주름이 깊고 귀밑머리가 눈부시게 하얬다.

"사세요. 값나가는 물건이 될 거예요."

나는 여자에게 그러는 당신은 왜 안 사냐고 눈으로 물

었다. 아마도 내 입가에는 빙긋이 미소도 번졌을 거였다.

"제가 판 거예요. 옛 애인의 소장품이었어요."

여자가 손끝으로 책방 한쪽 구석을 가리켰다. 사람들이 책이나 음반 또는 그림들을 팔기 위해 늘어서 있는 곳이었다. 나는 여자를 다시 보았다.

"아, 정말이에요?"

나는 그걸 어떻게 단언할 수 있냐는 눈빛으로 물었다. 여자가 내 마음을 읽은 듯 들고 있던 LP판을 뒤집어 뒷면 아래를 가리켰다. 흐릿하게 뭉개진 깨알 같은 흔적들. 'ㅂㅎㅅㅇㅈㅎ' 애인과 자신의 한글 초성이라고 했다. 나는 이 모든 게 너무도 믿기지 않았고 동시에 신비한 감정에 휩싸이게 되어 여자를 다시 바라보았다. 여자가 살짝 미소를 지었다. 나는 존 레넌의 전기와 판소리 LP판을 옆구리에 끼고 얼떨결에 여자가 건네준 LP판도 받았다. 모두 15 달러 정도면 구입할 수 있는 물건들이었다. 옛 애인을 마음속으로 떠나 보내는 의식치고는 독특하고 집요함이 있어 보였지만 나는 여자의 그 모든 게 행위예술처럼 느껴졌다. 낡고 오래되었다는 이유만으로도 이곳에서 충분히 빛나는 존재들이 될 수 있다는 것을 여자는 이미 알고 있는 사람 같았다.

"여기 자주 오시나 봐요?"

"가끔이요. 내가 좋아하던 소설가가 죽었다는 소식을 며칠 전에 들었거든요."

나는 여자의 말을 금방 이해하지 못했다.

"한국 소설가요?"

"네. 제 책장에서 그의 책을 찾아 들고 나왔어요. 이 책방을 돌면서 그의 소설을 눈으로 읽어 주는 퍼포먼스를 혼자 하고 있어요. 마음에 드는 문장을 만나면 나도 모르게 입술이 그냥 움직거려져요. 내가 택한 애도의 한 방법이지요."

그 소설가가 누구냐고 물으려고 했을 때 여자는 겨드랑이에 끼고 있던 책을 손으로 빼들며 몸을 돌렸다. 여자는 내가 뭐라고 더 말할 틈도 주지 않고 다시 고전문학 코너로 걸어가더니 아까 서 있던 그 자리에 서서 책을 펼쳐 들었다.

"화장실이 어디에 있습니까?"

"여기에 화장실은 없어요."

점원은 이 귀한 물건들을 이토록 싸게 파는 것도 힘든 일인데 화장실까지 기대한다고요? 그런 눈빛으로 나를 쳐다보며 대답했다. 나는 겨드랑이에서부터 땀이 차오르는 더위와 요기를 느꼈다. 이곳에서 화장실을 찾는 행위가 비문화인 것처럼 여겨지는 당연함에 대해 어느새 승복하고 있었다. 근처에 커피숍이 있냐고 물었다. 내심 서울에서 흔히 볼 수 있는 대형서점이 그리웠다. 화장품, 향수, 귀걸이, 목걸이, 가방, 심지어 건강보조식품들까지 책과 함께 널려 있어 백화점을 방불케 하는 곳이었지만 화장실은 쾌적하고 넓어 편리했다.

"스타벅스는 저 길 건너편에서 10분 정도 서쪽으로 걸어가면 보여요."

점원은 흐릿한 유리창 너머 길을 가리켰다.

"커피 마실 거 아니면……."

점원이 내게 어떤 비밀을 알려주듯 몸을 조금 낮췄다.

점원의 말은 정확했다. 책방을 나서서 오른쪽으로 한 블록 지나 다시 오른쪽으로 바로 돌았을 때 작은 PC방 간판이 눈에 들어왔다. 모니터가 한 대도 켜져 있지 않은, 고장 난 듯이 보이는 컴퓨터가 흉물스럽게 자리만 차지하고 있는 초라한 PC방이었다. 스페인어 신문이 가판대 안에 가득 들어 있었고 계산대 뒷벽에는 금액이 다른 전화카드들이 빼곡했다. 딱히 뭐를 '판다'고 할 수 없는, 그러나 분명

상업 행위를 하고 있는 것처럼 보이긴 했다.

화장실을 쓸 수 있냐고 물었다. 멕시코 출신처럼 보이는, 얼굴이 거무칙칙하고 몸집이 크고 영어 악센트가 심한 여자가 투박한 손으로 검지를 추켜세우더니 1달러를 요구했다.

"돈을 받는다고요?"

여자는 꾹 다문 입을 열지도 않고 고개를 끄덕였다. 싫으면 관두라는 표정이었다. 미국에서, 그것도 고층빌딩들이 즐비한 엘에이 한복판에서 화장실 사용료를 받는다는 게 믿기지 않았다. 변기 위에 앉아서도 불쾌감은 사라지지 않았다. 희귀본에 가까운 존 레넌의 전기가 겨우 1.99달러였다는 사실이 허망하게 떠올랐다. 거금 1달러를 내고 소변을 보는 행위가 자본이라는 거대한 질서에 비굴하게 순종하는 행위처럼 느껴질 정도였다.

"어디야?"

동생이었다.

"아직 책방이야."

"안 지루해?"

"걱정 마. 올케가 온대. 아직 한 시간 남았어."

"응. 시간 맞춰 가라고 문자 넣었어. 입구에서 기다려.

타기 좋게."

"너, 안 바빠? 왜 전화했어?"

"응. 그냥."

"응?"

"응. 안 바빠."

'경기가 안 좋구나'라고 말하려다 말았다. 동생네 집에 검은 커튼처럼 무겁게 드리우던 침묵이 경제적인 이유 때문만은 아니라는 걸 모르지 않았다. 나는 애써 올케의 화사한 표정과 얼굴이 비칠 정도로 반짝거렸던 검정 그랜드 피아노를 떠올렸지만 마음 한끝이 무거웠다. 누군가 피아노 왼쪽 끝 건반을 계속 누르고 있는 것만 같았다.

2층 발코니에서 내려다보이는 1층은 레고로 지은 거대한 놀이터 같았다. 책장들은 자연스럽게 길을 막거나 새로운 길을 만들어 주며 미로처럼 놓여 있었다. 사람들은 저마다의 길을 찾아 헤매는 것처럼 바삐 움직이고 있었다. 1층이 한눈에 다 들여다보인다는 생각을 하면서 나는 여자를 눈으로 계속 찾고 있었다. 그리고 드디어 멀리 여자의 모습이 눈에 들어왔을 때 이상한 안도감이 밀려왔다. 검정 머리가 동그란 흑점으로 보였다. 여자는 아까 있던 그 장소에서 책을 펼쳐 들고 서 있었다. 세상의 마지막 정거장을 지키는 사람처럼 움직임이 없었다. 누군가 우리의 끝, 세상이라는 이름의 아찔한 절벽 끝에 묵묵히 서 있다는 생각이 들었을 때 나는 미안하리만치 깊은 위안을 받았다.

올케가 올 시간이 점점 다가오고 있었다. 나는 2층을 제대로 둘러보지도 못했다는 사실에 마음이 급해졌다. 한 시간만 더 있다가 오라고 전화를 걸었는데 올케는 받지 않았고 나는 진작 말하지 못한 게 후회스러웠다. 헌책들이 장작더미처럼 쌓여 있는 곳을 지날 때 습하고 오래된 흙냄새가 났다. 1층보다 더 낡은 책들이 'ㅅ' 모양의 책꽂이에 꽂혀 있었다. 그들은 말 없는 노인들같이 놓여 있었다. 책도 계급과 신분이 있었다. 헌책일수록 그런 것들이 더 극명하게 드러났다. 1층에서 팔리지 않는 책들은 2층으로 올라오고 2층에서도 팔리지 않는 책들은 화염이 솟구치는 불구덩이 속으로 곧 들어갈 것만 같았다. 작가들의 생생한 목소리들이 마지막 비명을 내질렀다. 헌책들을 벽돌처럼 이어 붙인 둥근 조형물 앞에 외국에서 온 관광객들이 북적댔다. 그들은 책과 책 사이에 고개를 밀어넣고 웃고 떠들며 서로의 카메라를 들이댔다. 젊은 남자 점원이 "여기는 관광지가 아닙니다" 몇 번이고 외쳤지만 그의 말을 듣는 사람은 없었다. 외국어를 모른다는 이유만으로도 충분한 핑

계였다. 점원은 거의 부들부들 떨 정도로 경멸의 눈초리로 그들을 쏘아보았다. 나는 사람들의 무리를 헤치며 헤밍웨이와 칸트와 로맹 가리와 버지니아 울프와 레이먼드 카버, 그리고 이름도 알 수 없는 수많은 작가의 책들이 폐지처럼 쌓여 있는 곳을 아무 느낌도 없이 지났다. 그 책들은 단지 누군가 99센트를 내고 자신의 낡고 육중한 몸을 들어올려 주길 간절히 기다리느라 낯빛이 허옇게 변한 귀신들 같았다. 낡고 오래되고 찢기고 퇴색되고 뒤처지고 이리저리 치이다 마지막 장소에 모여든 것들. 소수자에서 더 소수자로 전락한 것만 같아. 낮게 읊조리던 동생의 목소리가 희미하게 메아리치다 사라졌다.

입구에서 가방을 찾지 않은 채 잠깐 통화를 하고 들어오겠다며 책방을 나왔다. 후텁지근한 공기가 끈적끈적하게 목덜미를 핥고 지나갔다. 올케는 계속 전화를 받지 않았다. 데리러 오겠다는 시간은 벌써 20분이나 지나 있었다. 동생도 답답했는지 그사이에 내게 두 번 더 전화했고 결국 우버 택시를 불러 줄 테니 타라고 했다. 나는 어찌 대답할까 망설이다 한 번 더 올케에게 전화를 하고 결정하기로 했다.

신호음이 떨어지기 무섭게 올케가 전화를 받았을 때 내 입에서 안도의 한숨이 저절로 흘러나왔다.

"어디야, 올케? 안 와?"

"네? 어디를요?"

이제 막 잠에서 깨어난 듯한 올케의 목소리가 내게 어떤 아득함을 불러일으켰다. 변기통의 오물과 치약이 가득 묻어 있는 채로 굳어 있던 칫솔과 바닥이 시커멓게 타버린 냄비들과 세탁기 안에서 꾸덕꾸덕 말라 가던 빨래들이 내게 살려 달라며 달려드는 것만 같았다. 엄마가 혀를 끌끌 차며 돌아섰을 때도 누구에게나 있는 건망증이라고 애써 태연한 척했었는데, 모두 내 탓인 것만 같았다.

"연희야!"

나는 울음 섞인 목소리로 올케의 이름을 부르며 주저앉았다. 엘에이 한복판에서 그 누구도 알 수 없을 이름이었다. 연희는 올케이기 이전에 아끼던 후배였다. 우리는 예쁜 한 시절을 함께 보냈다.

연두를 영어로 표기하면 Yellowish green인데, 이 말이 너무 신비하고 적확하고 그래서 영어가 참 재미있다며 내게 긴 편지를 썼던 소녀였다. 그녀의 꿈이 버터 향이 물씬 풍기는 빵을 아침마다 식탁 위에 올려놓는 것이라고 했을 때 나는 자연스럽게 동생을 떠올렸다.

수화기 건너편에서 올케는 아무 말이 없었다. 먼 시간의 실타래를 애써 잡아당기는 사람 같았다. 나는 시커먼 파도 더미가 동생네 아파트를 덮치는 현장을 목격한 사람처럼 조바심이 일었다. 모든 것이 휩쓸려가고 뼈대만 남은 폐허 속에 남겨진 사람들을 본 것처럼 아득해졌다. 올케는 담담한 목소리로 지금 당장 출발하겠다며 기다려 달라고 말했다. 그 말 속에 모든 결심이 다 담겨 있는 것만 같았다. 나는 시간이 아무리 오래 걸려도 좋으니 꼭 오라고 말했다. 그녀가 데리러 오지 않으면 절대 돌아가지 않을 거라고 고집을 부렸다.

긴 여행을 하다 온 사람처럼 피로가 밀려왔다. 책방 안에 있는 모든 게 갑자기 시들해졌다. 소파가 있는 책방 한가운데로 걸어갔다. 많은 사람이 책을 펼쳐 들고 앉아 있었다. '여기는 도서관이 아닙니다' 안내문이 무색해 보였다. 누군가 일어선 자리에 가서 앉았다. 거대한 선풍기가 탈탈거리며 더운 바람을 내뿜고 있었다. 규칙적인 그 소리가 내 귀에 감기자 조금 안정되었다. 소파 옆에 놓인 오래된 축음기에서 노래가 흘러나오는 것도 들렸다. 물기를 머금은 듯 낮고 느리게 흘러나오며 내 어깨를 감쌌다. 내 두 발이 땅

아래로 조금씩 파고 들어가는 것만 같았다.

　나는 지루함을 참지 못하고 페이스북에 접속했다. 캐나다에 살고 있던 소설가 박상륭의 부음이 오래된 뉴스처럼 떠돌고 있었다. 언젠가 집어 들었던 《죽음의 한 연구》가 떠올랐다. 세상일에 조바심을 치던 날들이 책을 덮게 했다. 끝마치지 못한 숙제 같은 독서로 기억에 남았다. 그때 내게 죽음은, 혹은 구원은 너무도 먼 세계의 일이었고 익숙하지 않은 마지막이었는데…….

　나는 불현듯 여자가 떠올라 두리번거렸다. 책방 어디에도 그녀의 모습은 보이지 않았다. 그녀가 애도하던 소설가가 박상륭이 아니라도 상관없었다. 헤어진 연인이나, 세상을 떠난 그 어떤 누구라도, 심지어 너덜너덜한 모든 책들에게 바치는 애도라도. 어쩌면 그녀는 세상의 끝, 어떤 순간의 마지막을 배웅하면서 스스로를 위로하는 사람인지도 모를 일이었다. 나는 쓰다듬는 것이 내가 할 수 있는 전부인 것처럼 손에 들고 있던 책과 LP판을 계속 쓸어내리고 있었다. 연희가 내게 달려오는 길을 떠올렸을 때 아직 내게 닿지 않은 먼 시간의 얼굴이 희미하게 보일 듯 말 듯 했다.

천천히
초록

계절이 한 뼘은 더디게 오는 길이군.

아마도 나는 그런 생각을 하며 차창 밖을 바라보고 있었을 거였다. 연둣빛 잎사귀들이 검은 나뭇가지들을 가리고 있는 풍경이 푸른 띠처럼 이어지는 길이다.

포천, 철원, 김화…….

입술에 익숙하지 않은 지명들을 속으로 중얼거린다. 낯선 얼굴을 손으로 더듬는 것만 같다. 버펄로Buffalo나 터코마Tacoma 같은 이정표를 만났을 때도 그랬다. 여전히 혀에 감기지 않는 이름들. 매캐한 화약 냄새와 함께 희미하게 누군가가 들려오는 것 같은 지명들. 어디에선가 흙먼지가 풀풀 이는 것만 같아 눈을 찡그린다.

이 길에 들어섰을 때 나는 분명 무언가 내게 가깝게 다가오다 멀어지는 걸 느꼈다. 불분명한 기억이거나 꿈일까.

희미한 것들이 사라지지 않고 끊기다 이어지기를 반복한다. 감정의 덩어리가 잡히지 않는 느낌이다. 그것들을 애써 밀어내려고 하는 의식과 끝까지 붙들어 보려는 의식이 서로 팽팽하게 맞서고 있다.

이정표는 우리가 43번 국도에 들어섰다고 알려주었다. 분명 처음 온 길일 텐데 기시감이 인다. 빗줄기가 잦아들자 그가 와이퍼를 껐다. 벚꽃 진 자리에 연초록 나뭇잎이 빼곡하게 채워진 나무들이 이어진다. 차가 점점 속력을 낸다. 비에 젖은 검은 아스팔트가 눈앞에서 번들거린다. 검정 실타래가 점점 커지며 내게 감겨 오는 것만 같다. 검은 길은 계속 이어졌고, 어딘가로 깊이 빨려들어가고 있는 것만 같았다.

"무슨 소리 안 들려?"

갑자기 단발의 총소리가 내 귀를 빠르게 스쳐 지나가는 것만 같았을 때 정신이 번쩍 들어 그에게 물었다. 그는 고개를 돌려 좌우를 살핀다. 옆으로 휙휙 스쳐 지나가는 나무들과 멀리 키 낮은 산등성이를 바라본다. 밖을 잠시 내다보던 시선을 거두며 창문을 조금 연다. 빗길을 질주하는 자동차 바퀴의 마찰음이 기다렸다는 듯이 차 안으로 쏟아져 들어온다.

"소리, 글쎄?"

그가 나를 쳐다본다. 괜찮아? 눈으로 묻고 있다.

내가 들은 게 분명 총소리일 거라고 단정지었을 때, 와수리라는 지명이 동시에 솟구쳐 올랐다. 한국을 떠나 미국에 살았던 그 오랜 시간 동안, 나는 단 한 번도 이곳을 애써 떠올리지 않았다는 사실도 떠올렸다.

와수리는 완성되지 않은 내 유년의 집이다. 그곳에서 태어나 세 살 때까지 컸다. '출생지'라는 이름으로 내 흔적의 첫 페이지를 장식했지만 내 기억은 늘 초라했다. 다리가 푹푹 빠질 정도로 눈이 내리던 날에 태어났다는 말을 들었을 때 나의 첫 계절은 언제나 겨울이었다. 그건 너무도 이상하고 당연한 일 같았다. 와수리를 떠올리면 계절에 상관없이 매서운 추위가 느껴졌으니 내 느낌은 틀리지 않았다.

흙냄새가 차 안 깊숙이 스며들었다. 그가 고개를 차창 밖으로 내밀며 숨을 들이켠다. 나는 그의 어깨가 조금 올라가다 내려가는 걸 보았을 뿐인데 그의 폐부 깊숙이 봄바람이 스며 들어가는 걸 본 사람처럼 흐뭇하다.

"서울보다 바람이 차고 맑다."

그가 말했다. 드라이브 오길 잘했지? 묻는 눈치다. 운전대를 잡은 모습이 편안해 보인다. 그에게는 눈 감고도 갈

수 있을 만큼 낯익은 길이라 그럴 것이다.

"저 산 말이야."

오른편에 있는 산을 그가 가리켰을 때 나도 고개를 돌린다.

"소흘읍에 위치한 산이어서 소흘산이라고 불러."

"여자 산인가 보다. 무슨 '아씨'나 '마님' 이름 같아."

"그래? 산도 여자 산, 남자 산이 있나?"

"없으리란 법은 없지?"

산은 높지도 낮지도 않았고 이름은 둥근 몸체와 완벽하게 어울린다. 나는 소흘산이 분명 여자의 이름이라고 여긴다. 인왕산이 남자의 이름처럼 들렸던 것처럼.

"저 산을 보면 아이 태어날 때가 생각나. 본가가 철원에 있잖아. 아이 태어나고 3년을 그곳에서 부모님 신세를 졌지. 모든 게 막막했을 때였어."

"응."

나는 그가 말할 때마다 고개를 끄덕인다. 그는 때로 너무도 친절해서 내가 알고 싶어 하지 않는 것도 자세히 말한다. 그는 그게 진실이고 나에 대한 예의라고 생각하는 것 같았는데 나는 불편했다.

"차도 없었고, 버스는 덜컹대고, 아내 배는 불렀고. 나는 다니던 대학원을 때려치우고 사업 한다고 여기저기 뛰어다니며 준비 중이었고. 철원 가는 길에 차 안에서 어찌나 졸리던지. 깜박 잠들다 깼는데, 소흘산 줄기에 구름이 걸쳐져 있는 모습이 눈에 들어왔어. 빛이…… 무지개 같았어. 채운이라고 하더라. 다음날 애가 태어났지."

"응, 응."

나는 계속 고개를 끄덕이며 그의 이야기를 듣는다. 그는 오래전 이 길을 지나 본가에 가던 기억을 떠올리는 것 같았다.

"당신 얘기도 좀 해줘."

그가 고개를 내게 돌리며 물었다. 우리 이야기가 아닌데 우리가 함께 겪은 이야기를 묻는 것처럼 들린다.

"응. 순산했어."

"뭐야, 그렇게 간단해?"

"입덧도 없었고 배도 그리 부르지 않았고. 간호사들은 친절했고 병실은 일류 호텔처럼 깨끗하고 조용했어. 미국 병원은 다 그래. 아기가 태어난 날 첫 식사 메뉴가 뭔 줄 알아? 스테이크였어. 미역국을 기대하지는 않았지만, 아무리 미국이라도 산모에게 스테이크라니."

"응, 응."

이번엔 그가 고개를 끄덕이며 내 얘기를 들어 준다.

"약간 핏물이 보이는 정도로 살짝 익힌 스테이크. 정말 못 먹겠더라고."

"그래도 먹었어야지."

"스테이크와 같이 나온 으깬 감자만 먹었어. 좀 느끼했지만 고소했어."

"미역국이라도 가져 달라고 해서 먹지 그랬어."

그의 손이 어느새 내 손등을 쓰다듬고 있다. 산과 나무들이 더 푸르게 눈에 들어왔다. 며칠 만의 외출이다.

우리는 그날 작은 일로 심하게 다퉜다. 모든 게 위태롭게 느껴지던 날이었다. 이유는 내게 있었다. 아버지의 기일이 얼마 남지 않았다는 생각에 일상을 놓치던 날들이 이어졌을 때였다. 아버지는 미국에 있는 요양원에서 혼자 돌아가셨다. 그곳은 따뜻하고 아름다운 곳이지만 가족이 없는 땅이었다. 아무도 아버지 임종을 지키지 못했다. 모든 자식이 부모의 임종을 지키는 건 아니라고 말해도 내게는 나만의 죄의식이 깊었다. 1년 전이었다. 전화에 부재중 전화가 열여덟 번이나 찍혀 있었다. 한국의 새벽 시간이었고 나는 깊은 잠에 빠져 있었고 그곳은 오전 9시 즈음이었다. 열여덟 번이나 놓친 전화. 아버지의 손을 열여덟 번이나 뿌리친 것과 다르지 않았다.

그는 화가 난 사람처럼 꽝 소리가 나도록 현관문을 닫고 나가더니 다시 돌아오지 않았다. 현관문이 닫히는 소리를 들었을 뿐인데 나는 극심한 불안을 느꼈다. 꽝 소리가 연이어 들리는 것만 같아 귀를 잡아떼고 싶을 정도였다. 나는 무작정 밖으로 나왔다. 신발에 어둠이 묻어날 만큼 늦은 시각이었다. 목적지도 없었는데 걸음이 빨랐다. 잎 없는 검은 가로수들이 내 옆으로 휙휙 지나갔다. 꽝꽝거리는 소리가 귓구멍을 파고 들어가 뿌리를 내린 것만 같았다. 커피숍과 옷가게와 핸드폰 가게들이 순서를 바꿔 가며 지나갔다. 도시는 여전히 이어졌고 이명처럼 소음이 사라지지 않았고 걸음은 도망가는 사람처럼 점점 빨라졌다. 버스 정류장에 닿았다. 첫 번째 오는 버스를 탔고 그 버스가 영영 돌아올 수 없는 곳으로 가고 있을지도 모르겠다는 공포가 엄습했을 때 내렸다. 불 꺼진 상점들이 많은 거리였다. 나는 뛰다시피 걸었다. 한참을 걷다 보니 집으로 되돌아오고 있었다. 극심한 피로감이 몰려왔다.

잠을 깨우는 것은 허기였다. 끈질긴 귀신처럼 내 위장을 쥐고 틀었다. 모자를 눌러쓰고 편의점에 갔다. 햇살이 더 익어 있었다. 벚꽃이 피었다 지고 있었다. 피는 듯 지는 듯 계절이 가고 있었다. 바닥이 울퉁불퉁해 보였다. 삼각김밥과 샌드위치와 찐 달걀을 집어 들었다. 소름이 돋을 만큼 차고 먹고 싶지 않을 정도로 포장이 단정했다. 시큼하고 들큼하고, 달걀은 잘 넘어가지 않았다.

오래 자다 깼다. 그가 창가로 저벅저벅 걸어가는 게 보였다. 커튼을 걷어내는 그의 손길에서 분노가 느껴졌다. 커튼을 걷어내기 위해 멀리에서 온 사람 같았다.

"학원에서 전화 왔더라. 아프다고 둘러댔다. 잘릴 것 같더라."

그는 마치 그 말을 하기 위해 며칠을 꼬박 고민하다 온 사람처럼 표정이 굳어 있었다. 빛이 무심하게 실내를 파고들었다. 일어나고 싶은데 몸이 침대에 들러붙은 것만 같았다. 그가 따뜻하게 젖은 수건을 내게 내밀었다. 더 깊은 잠속으로 들어가고 싶은 유혹이 맹렬하게 피어올랐다. 그곳은 너무도 안락한 곳이었지만 들어가면 다시는 스스로 못나올 것만 같아 두려웠다.

"청소하자. 다 버리자. 다시 시작해."

그가 계속 중얼거리는 말이 환청처럼 들려왔다.

화병의 물은 썩고 꽃은 시들었다. 먹다 남은 샌드위치에 하루살이가 윙윙거렸다. 모든 것에서 악취가 풍겼다. 내 몸에서도 악취가 풀풀 나는 것만 같았다. 어정쩡하게 미국에서 살다 다시 어정쩡하게 한국으로 돌아와 사는 내 삶에서 풍기는 냄새 같았다.

그가 화병에서 마른 꽃을 빼들었다. 마른 장미 꽃잎이 그의 손등 위로 후드득 떨어져 내렸다. 진득한 물이 따라 올라왔다. 썩은 냄새가 더운 공기처럼 빠르게 작은 공간을 채웠다. 오랫동안 베란다에 널어 두었던 빨래는 먼지를 뒤집어쓴 채 퍼석거렸고 변기에는 수성펜으로 그려 넣은 것처럼 희미한 빛의 둥근 띠가 생겼다. 라면 찌꺼기가 그대로 남은 개수대는 물기 없이 말라 있었고 현관에는 신발짝들이 어지럽게 뒤섞여 있었다.

그는 손에 집히는 대로 집어 들더니 쓰레기봉투 안에 넣었다.

"화분 버리지 마."

꽃대가 시든 화분을 쓰레기봉투에 처넣으려던 그를 말렸다.

"내가 키울 거야. 키울 수 있다고. 물 주면 살아."

나는 그의 손에서 화분을 낚아채듯 빼앗았다.

"다 죽어 가는 꽃 따위가 뭐가 중요해? 왜 그러는데?

도대체 왜 그러느냐고?"

숨 돌릴 틈도 주지 않고 그가 나를 몰아세웠다. 그가 다그칠수록 이상하게 숨통이 트인 것처럼 편안해졌다. 그가 분을 참지 못하고 쓰레기봉투를 바닥에 내팽개쳤다.

"그냥 잠이 와. 그것뿐이야. 왜 그렇게 오랜 세월 한국을 떠나 살다가 되돌아왔냐고 묻지 마. 뭔가 실패한 기분이야. 그런 질문을 받고 나면 나도 모르게 우울해져. 이민 가서도 비슷한 질문을 숱하게 들었거든. 이제 정말 지겨워."

어렵게 말문이 트이자 다음 말들이 기다렸다는 듯이 내 입에서 쏟아졌다.

"나를 떠올리면 그림의 한 부분이 지워지거나 뭉개져 있는 느낌이 들어. 시간의 한 부분이 뭉텅뭉텅 잘려 나간 느낌이 든다고. 그런 기분 모르지? 머리와 다리만 있는 몸으로 사는 느낌. 앞으로 한국에서 계속 살 거냐는 질문도 하지 마. 날 자꾸 몰아내는 것 같아. 어디에서 사는 게 뭐가 그리 중요해?"

내 말이 끝나기 무섭게 그가 쓰레기봉투를 끌고 나갔다. 닫힌 문 뒤로 그가 걸어 나가는 모습이 보이는 것만 같았다.

"그래, 지워진 부분이 뭔지 찾아봐!"

엘리베이터 앞에서 그가 소리치는 게 희미하게 들려왔다.

길은 계속 이어지고 있었다.

"휴전선 부근에서 이 길이 끝나. 그러니까 우리는 지금 가로막힌 길을 가고 있는 거라고. 사는 게 다 그래."

신철원을 지날 무렵 그가 말했다.

"사는 게 다 그렇다니. 다 살아 본 것 같은 말 너무 싫어."

"이건 내 말이 아니야. 오래 산 사람들이……."

"다 보거나 다 갔다 온 사람 같은 말투잖아. 맥 빠지는 말이야."

나는 속으로 중얼거리듯 말했다. 그가 꿍, 하는 소리를 들은 것만 같다.

먼지 낀 보호난간 너머 오래된 참호가 눈에 들어온다. 낡은 시멘트 구조물이 흉물스럽다. 툭툭 삐져나온 철근들이 그대로 방치된 채 시커멓게 녹이 슬었고 어린아이 주먹만 한 크기로 뻥 뚫려 있는 곳은 총탄의 흔적으로 보였다.

"전쟁의 상흔을 그대로 간직한 자리야."

그가 내 시선을 좇아 가며 말한다. 참호 위에 소나무 한 그루가 자라고 있고 주변에 볏이 붉은 닭들이 한가롭게 노니는 모습이 오히려 비현실적으로 느껴진다.

그것들을 보니 지나온 길은 평화로웠다. 화원들이 즐비한 거리와 가구단지, 그리고 맛집들이 늘어선 거리는 생기가 넘쳤다. 우리는 점심으로 뭐를 먹을까 얘기했다. 나는 막국수와 닭갈비를 떠올렸다. 오랜만에 입에 침이 돌았다. 맥도널드 드라이브 스루에서 커피를 주문했다. 차 안에 커피 향이 번지자 드라이브를 가는 마음이 한결 가볍게 느껴졌다.

"네가 태어난 곳에 가보고 싶었어. 그 근처라도. 그냥 그곳에 가서 흙냄새를 맡고 하늘을 보고 그러면 네가 뭔가 기운을 차리지 않을까. 막연히 그런 생각이 들었을 뿐이라고."

내가 생각해 보지도 않은 드라이브 이유였다. 그가 나 때문에 괜한 고생을 하고 있다는 생각이 들었다. 시계는 오전 11시를 넘어서고 있었다. 물류 차량이 들어올 때라 그가 하루 중 가장 바쁘게 움직일 시각이다.

왜 나는 한 번도 이곳을 오려고 하지 않았을까.

"이 길을 지나갔던 무수히 많은 사람을 떠올려 봐. 전쟁통에 피난민도 있었을 거고 산골에서 서울로 가겠다고 지나간 사람들도 있었을 거고. 남녀가 눈이 맞아 도망간 길이기도 했을 거고. 세 살의 너도 있을 거고, 네 엄마, 아버지. 또 군대 간 애인을, 자식을, 형제를 면회 가는……, 사람, 사람들. 수많은 사람들 말이야. 아무튼 그들이 우리와 다를 게 뭐가 있겠어. 삶이 다 똑같지."

"뭐가 똑같아? 다 똑같다니? 그런 말 좀 하지 마."

나도 모르게 목소리가 높아졌다.

"다 똑같으면, 왜 우리가 싸우고 울고 일하고 먹고 섹스해? 그냥 앉은 채로 죽지. 살아 봐야 뻔한데."

무언가 겨우 부여잡고 일어서려는데 속에서 다시 와르르 무너지는 것 같았다. 누구나 똑같은 삶이라니. 겨우 그거뿐이라니. 징그러웠다.

"미안하다는 말이었어. 사랑한다는 말이었다고."

"사랑한다는 말 따위 믿지 않으려고 해."

"그래도 믿어야 해. 우리를 구원하는 건 그래도 사랑일 거야. 그것마저 버리면 삭막해서 어찌 사니."

"싫어, 그런 표현. 토할 것 같아. 당신만의 구체적인 언어로 말해 줘. 차라리 내 음부의 살이 다 내리고 종잇장처럼 얇아져도, 음모가 다 빠져 시커먼 구멍 하나로 남아도 곁에 있어 준다고 말해 줘. 아니야, 그것도 아니야. 내 죽은 몸을 다 발라서 뼈는 묻고 살은 태워 날려 보내주겠다고 말해 줘. 아니야, 아니야. 그것도 아니야. 당신이, 그냥 당신이 나라고 말해 줘. 미쳐 날뛰고 있는 내가, 당신 눈앞에 있는 내가 바로 당신의 모습이라고 말해 줘. 그래야 믿겠어."

이 길이 수상하다. 사람을 조금씩 미치게 만든다. 내가 쏟아낸 말들이 오물 같아 구토라도 일으킬 것처럼 속이 울렁거린다. 그가 차를 갓길에 세웠다.

"되돌아갈까?"

"뭐? 어디로?"

갈 수 없는 길을 억지로 만들어 가는 사람들처럼 우리는 서로를 잠시 바라보다 다시 시선을 앞으로 돌린다.

우리는 왜 이 멀리까지 온 걸까. 가봐야 빤한 길인데. 멈추는 곳, 그곳이 끝인데. 가보고 아는 바보들처럼 어리석은 사람들.

아마도 그런 생각들을 하고 있을 거였다.

군용 트럭이 우리 차를 앞질러 갔다. 트럭 뒤에 앉아 있는 젊은 군인이 졸고 있다. 아주 잠깐 젊은 군인이 고개를 들어 우리 쪽을 쳐다보다 다시 고개를 떨군다. 갸름한 턱이 보이다 사라졌다. 내가 아는 사람처럼 낯이 익다. 군복을 입은 사람들은 모두 내게 아버지의 얼굴을 떠올리게 만든다.

43번 국도가 춥고 어둡고 포탄 냄새가 나는 길처럼 여겨지는 것은 모두 아버지 때문인 것만 같다. 아버지는 발에 굳은살이 박이도록 이 길을 자주 지나다녔을 거였다. 한국전쟁이 터졌을 때 아버지는 어린 학도병으로 전쟁에 나갔다. 어찌어찌해서 직업군인이 되었고 엄마와 결혼했다. 땀과 먼지에 젖은 군복은 아버지의 미래를 약속하지 못했다. 전쟁이 끝나도 전쟁이었다. 장교가 되는 게 가장 빠른 출셋길이라고 믿은 할머니는 아버지가 장교가 되길 바랐지만 아버지는 끝내 별을 달지 못했다.

아버지는 군인이라는 직업이 어울리지 않는 사람이었다. 굵은 곱슬머리에 하얀 피부, 길고 가느다란 흰 손가락이 내게 그렇게 말해 주었다. 노래를 부르는 모습은 아니더라도 책장을 넘기는 모습이 더 어울릴 아버지였다. 나는 아버지가 군복을 벗은 이유를 나름대로 생각했었다. 섬세하고 유약한 성격이 가장 큰 이유였을 거라고 여겼는데 아니었다.

부하 병사에게 총을 겨눴대.

지 여편네 귀를 스쳤으니 망정이지, 일 센티만 옆으로 갔어도…….

어휴, 끔찍해. 그 총알에 부하가 맞았으면 어찌 될 뻔했어. 잘못했으면 사람이 두 명이나 죽었을 뻔했잖아.

집에 찾아온 부하가 제집에 온 사람처럼 마루에서 밥을 먹고 있는 걸 보고 쐈다잖아.

남자가 충분히 오해할 만하지.

술김에 그랬다지만, 제 여편네 못 믿어서 그랬겠지.

못 믿긴 뭘 못 믿어? 인사차 찾아온 부하에게 밥을 주지, 그럼 술을 줘?

총기 사고로 장교로 진급하긴 글렀으니 옷을 벗은 거지. 제 발로 걸어 나온 거라고. 제 여편네가 평생 총알받이가 돼준 거야.

오래전 어느 해 명절이었고, 나는 친척들이 아버지 이야기를 쑥덕이던 걸 우연히 듣고 얼어붙은 듯 서 있었다.

아버지가 그렇게 희고 가느다란 손가락으로 엄마에게 총을 쐈다니.

나는 그 어떤 것도 상상할 수조차 없을 정도로 놀랐는데, 어찌 된 일인지 엄마를 향해 방아쇠를 당기는 아버지의 얼굴을 바로 앞에서 똑똑히 본 사람처럼 다리가 후들거렸다. 아버지가 쏜 총알이, 그 뜨겁고 단단한 총소리가 내 귓속을 파고든 것만 같았다. 나는 두 귀를 꽉 움켜쥐었다. 그제야 엄마의 귓불과 귀 뒤쪽 주변에 남은 검붉은 화상 자국에 대한 의문이 풀렸지만 의문이 사라진 자리에 탕, 소리가 들어가 박혔다.

군복을 벗은 아버지는 평생 변변한 직업을 갖지 못했다. 일자리가 생겨도 그리 내켜 하지 않았다. 모든 것이 그냥 지나가길 바라는 사람처럼 보였다. 그까짓 일을 하면 뭐 해. 엄마의 핀잔에 아버지 대답은 늘 같았다. 무능하고 게으르게 평생을 살았다. 군인으로 살았던 세월을 크게 후회하면서도 총을 들었던 손으로 다시 펜을 들지는 못했다. 미국에 사는 고모가 형제 초청을 했을 때 아버지는 미련도 후회도 없이 우리를 데리고 이민 길에 올랐다. 세상은 아버지의 등 뒤로 빠르게 지나갔다. 아버지는 이국의 언어를 배우지 않았고 점점 한국말도 놓쳤다. 아버지의 얼굴은 늘 신문 속에 파묻혀 있었고 어떤 날은 신문을 부여잡고 있는 앙상한 두 주먹만 보였다. 아버지를 떠올릴 때마다 두 주먹이 먼저 떠올랐다. 내게는 아버지가 놓쳐 버린 별 같은 두 주먹이었다.

막연히 군사도시라고 여기고 있었는데 와수리는 오밀조밀하고 살뜰하다. 군인들이 자주 눈에 띈다. 어느 젊은 군인과 함께 걷는 여자의 긴 머리가 바람에 찰랑거린다. 평생 놓지 않을 것처럼 그들은 다정하게 서로의 손을 잡고 있다. 그 둘이 들어간 막국수집 간판을 보고 우리도 근처에 차를 주차했다.

철 이른 민소매 셔츠를 입은 젊은 여자가 주문을 받았다. 나는 여자의 팔에 새겨진 푸른 문신에서 눈을 뗄 수가 없었다. 허연 팔뚝 위에 푸른빛이 감도는 검은색 사선들. 내가 지나온 길의 여정처럼 선명했지만 해독되지 않는 기호들처럼 어지러운 문양이다. 방금 들어온 젊은 연인은 두 손을 서로 포갠 채 컵을 쥐고 얘기하고 있다. 초로의 남자 셋이 막 식사를 끝내고 일어선다. 옆 테이블에 가족처럼 보이는 사람들이 젊은 군인 한 명과 함께 식사를 하고 있다. 그들은 별로 말이 없다. 아들처럼 보이는 군인이 편육을 한 점 입에 넣고 씹을 때 관자놀이가 불끈불끈 뛰었다. 내 시선은 손님들이 벗어놓은 신발에 닿는다. 젊은 여자의 검정 하이힐과 빛이 반짝이는 군화는 이제 막 새로 산 것처럼 깨끗하다. 흙 묻은 장화 옆에 내 검은색 단화, 그리고 그의 운동화. 4월이 지나가고 비가 그쳤다. 거리는 흐릿한 회색빛이었고 5월의 햇살이라는 게 믿기지 않을 정도로 창백하다. 벽에는 여전히 오리털 겨울 파카가 걸려 있고 어디에선가 목련과 벚꽃이 피고 졌다. 모든 게 뒤섞여 있다. 모든 기억들도 섞여 있다. 아버지가 엄마를 향해 총을 겨넜던 그 순간의 긴박함을 나도 문득문득 같이 느끼고 있었다. 공기의 작은 입자들처럼 내 기억 속에 들러붙었다. 내 오랜 불안은 그 지점에서 출발한 것일까.

"편육이 돌덩어리 같아."

그가 참지 못하고 기어코 젊은 여자를 부르더니 새로 해 달라고 했다. 젊은 여자가 이유도 묻지 않고 주방을 향해 다시 큰 목소리로 주문한다. 그는 결코 까다로운 사람이 아닌데 억지를 부리는 것만 같아 불편했다.

"근처에 이동갈빗집이 있는데. 그곳으로 갈걸. 육질이 아주 부드러웠어."

그는 모처럼 나왔는데 내게 질긴 고기를 먹게 해 미안한 사람처럼 말했다. 고기는 그런대로 부드러웠다.

"왜 그래, 까다롭게. 비교할 걸 비교해야지."

그가 오늘따라 유난스럽다는 생각이 들었다. 편육과 갈비는 비교 대상이 아닌 것만 같다. 사과와 오렌지처럼. 둘 다 과일이지만 다른 종류의 과일인 것처럼. 아버지, 엄마, 나. 모두 다른 삶인 것처럼. 처음부터 비교의 대상이 아닌 것들이 비교당하고 있다는 생각이 들었을 때 그의 말에 은근히 화가 난 거였다.

"서로 다른 성질의 것들이야. 그렇게 다른 것들을 같은 조건으로 비교하면 고유한 것들이 묻혀 버리고 말잖아."

내 목소리는 작고 낮았다. 무슨 생각을 하며 이런 말을 주절대고 있는지 모를 노릇이다.

"지금 누구와 누구를 비교한다는 거야?"

갑자기 그의 음성이 높아졌다. 옆에 있던 젊은 연인이 우리를 힐끗거린다. 편육이 다시 나왔고 우리는 음식을 남기지 않고 먹었다.

우연이었지만 장날에 맞춰 내려온 게 운이 좋은 거라고 그가 말했다. 농기구를 펼쳐놓고 파는 곳에 사람들이 쭈그리고 앉아 있다. 낫, 곡괭이, 삽, 호미가 햇볕을 고루 받으며 날을 세우고 있었다. 나는 그것들이 무시무시한 총이나 칼로 보여 섬뜩했다. 탄피들을 녹여내 만들었을지도 모를 일이다. 살생 무기들이 사람을 살리는 농기구로 변할 수도 있다는 사실에 기괴한 느낌이 들었다. 죽음과 삶이 한 장소에 떠돌고 있는 곳에 들어선 기분이다.

"이 길을 지나갔을 그 많은 사람들을 떠올려 보라니. 겨우 그거였어?"

"겨우라니? 그게 전부지."

"겨우, 세 살 때였어. 내가 뭘 기억할 수 있겠어?"

"기억하라는 게 아니야. 더듬어 보라는 거야. 느껴 보라는 거야."

그가 뜻 모를 얘기를 했다. 뭘까? 그가 정작 내게 하고 싶은 말은. 단지 내가 태어나 젖을 빨고 겨우 걸음마를 배웠던 곳인데 내 생에 무슨 의미가 있을까.

'갑작스러운 포성에 주의하시오.'

낮은 건물 외벽에 걸려 있는 현수막을 눈으로 따라 읽는다. 지뢰밭은 어디에나 있다는 말처럼 들린다. 밟으면 곧 터지고 말 것들이 바로 두 발밑에 도사리고 있을 거였다. 팔과 다리가 허공으로 날아가고, 내장이 터지고, 심장이 파열되고, 눈이 멀고. 그제야 지뢰밭에 들어섰음을 깨닫게 되겠지.

"지뢰밟이라는 말 있잖아."

"응. 들어 본 것 같아."

"좀 끔찍한 말이긴 한데, 지뢰밭을 지날 때 희생물로 앞에 내세우는 사람이나 동물을 말하거든."

"사람이라니? 끔찍해. 누굴 위한 개죽음이야?"

"그래도 전쟁 중엔 흔했던 일이래. 지뢰밭을 건널 때 포로들을 앞세우고 갔다는 말은 들어 봤지? 터지면 죽는 거지."

"응. 터지면 죽는 거야."

나는 그의 말을 어린아이처럼 따라 하며 긴장감을 놓지 않는다.

"그런데 지뢰밭에 들어섰다는 말, 그게 꼭 절망적이지만은 않다는 생각이 들어."

그가 이상한 말을 했다.

"그러니까…… 지뢰밭을 건넌다는 말. 그 긴장된 순간이야말로 생에 대한 욕구를 가장 강렬하게 느끼는 순간일 수도 있다, 이거지. 죽음의 땅을 지나갈 때, 무슨 힘으로 다리를 떼겠어? 살아야겠다는 신념일 거야. 그것에 온 신경이 집중되겠지. 죽음에 대한 극심한 공포. 생에 대한 강렬함. 아이러니하게 이 둘은 샴쌍둥이처럼 붙어 있어. 나는 가끔 지뢰밭을 건너는 사람들을 상상하면서 마음을 가다듬을 때가 있어. 군대 갔을 때 사고로 동기를 잃고 나서 더 그래. 비켜 가거나 폭파하고 마는 거. 결과는 둘 중에 하나겠지만. 원했던 결과가 일어나지 않는 것, 그걸 불행이라고 부르겠지."

그는 모든 이에게 불행이 존재하는 이유라도 설명하는 사람 같았다.

폐허가 된 허허벌판이 눈앞에 펼쳐졌다 사라졌다. 지뢰밭. 어두운 숲속. 지옥을 통과하는 단테. 그가 무시무시

한 지옥을 빠져나올 수 있었던 것은 베르길리우스 때문이었고 단테에게 베르길리우스를 보내준 건 그가 사랑하는 베아트리체였다. 그러니 그는 지금 내게 삶과 죽음이 한몸인 사랑에 대한 설법을 한 셈이다.

생각지도 않은 곳에서 강줄기를 만났다. 우리는 조금 들뜬 사람들처럼 차에서 내렸다. 다리를 건널 때만 해도 아름다운 물줄기와 마주하리라고는 생각하지 못했다. 어쩌다 이른 곳이 강이었다고 해야 옳다. 마른 억새가 허리 높이까지 자란 숲 뒤편에 강물이 숨어 흐르고 있었다. 지나간 겨울과 완연하게 물오른 봄. 두 개의 계절이 함께 숨쉬고 있었다. 나는 마른 억새를 헤집고 들어갔다. 강물은 맑은 초록빛이었는데 주변을 에워싸고 있는, 신록으로 우거진 산그림자가 내려와 만든 물빛이었다. 주변이 천천히 초록으로 물들어 가고 있었다. 내 발길이 여기에서 멈춘 것처럼 길도 강물도 어디론가 흘러가다 멈추고 스며들 거였다.

"강 이름이 뭔지 알아?"

그는 우리가 막 건너온 다리 옆에 세워진 이정표를 보며 소리쳤다.

"아니. 이곳도 내게 처음인데……."

나는 하류로 향하는 강줄기를 바라보며 섰다.

"화강이래."

"화강? 꽃의 강이란 말이야?"

갑자기 눈앞이 환해진다. 매캐한 화약 냄새가 온데간데 없이 사라지고 꽃냄새가 물씬 나는 것만 같다.

"강 이름이 아니고…… 옛 지명이라네. 조선 시대 강원도 김화군의 별칭. 꽃이 만발하는 골짜기로 큰 강이 흐르는 고을이라는 데서 비롯된……."

화강이었다니, 김화가?

나는 다시 강물을 바라본다. 붉은 꽃잎들이 유유히 강물을 적시며 흘러가고 있는 것만 같아 눈을 떼지 못한다. 부드러운 물의 혀가 지나간다. 잠든 아이의 손등을 닮았다. 산그림자가 강물에 드리워진다. 엄마는 나를 업고 강물을 바라보고 있다. 먼 길을 가는 사람처럼 가방이 들려 있다. 강물도 그녀도 등에 업힌 아이도 고요하다. 엄마는 화강이 주변에서 가장 아름다운 곳이라는 것을 그제야 깨달은 사람처럼 걸음을 멈춘 것이다. 엄마는 불안한 여정을 앞둔 것도 잠시 잊고 노래를 부른다. 한쪽 귀로만 들려오는 제 목소리가 멀리서 들려오는 것만 같아 점점 목소리가 커진다. 그녀가 흥얼거리는 콧노래가 내 귓가로 흘러들어온다. 내가 엄마 나이가 되어 강물을 바라본다. 내가 노래였다가,

강물이었다가, 초록으로 차오르는 풀이었다가, 다시 물이면서 흙이었다가.

"43번 국도가 끝나는 곳을 보여주고 싶었어. 그래야, 당신이 뭔가 정리할 수 있을 거라는 생각이 들었어."

나는 그의 말을 다 이해할 수는 없었지만 고개를 끄덕였다. 내가 들은 건 총소리뿐이 아니었다. 드문드문 노랫소리도 분명 들었을 거였다.

차가 어느새 와수리를 벗어나고 있었다. 43번 국도가 끝나가는 지점이 점점 다가온다. 성동삼거리다. '성동계곡'이라고 쓴 이정표가 보인다. 그가 속력을 조금 늦추더니 갑자기 이해할 수 없다는 표정으로 두리번거린다.

"어, 어?"

그가 내 얼굴을 쳐다본다.

"47번 국도네."

그가 믿을 수 없다는 듯이 말했다. 꿰맨 자국 없이 길이다시 이어졌다. 언제인지도 모르는 사이에 우리는 어느새 47번 국도 위를 달리고 있었다. 이 모든 것이 길의 속성이라는 걸 그제야 배운 사람들처럼 우리는 서로를 바라본다. 길이 바뀌어도 우리가 여전히 함께 있다는 사실이 당연하면서도 이상한 사람들 같았다.

어느새 내 손에 운전대가 잡혀 있다. 그가 의자를 뒤로 길게 빼며 눈을 감는다. 나는 라디오의 볼륨을 줄인다. 차 창 밖으로 보이는 산과 낮은 언덕들이 푸른 옷을 입고 달리기하는 소년들처럼 뛰어간다. 한때 가장 격렬했던 격전지였다는 사실은 모두 거짓 같다. 단정하게 갈아진 이랑에 푸른 것들이 고개를 내밀고 있다. 아버지가 왜 순간적으로 총을 빼들었는지 묻지 않는다. 그 총구가 처음부터 부하를 향한 것이었는지 엄마를 향한 것이었는지 혹은 불온한 세상을 향한 아버지의 울분이었는지 모른다. 왜 그날의 아버지가 그날의 엄마를 향해 총을 겨눴는지 묻지 않을 것이다.

"우리, 이제 여기 오지 말자."

그가 뜻 모를 이야기를 남기고 다시 눈을 감았다. 곤한 잠 속으로 빠져든 사람처럼 고개를 점점 외로 꼰다. 나는 백미러로 멀어져 가는 길을 잠시 바라보다 시선을 앞으로 옮겼다.

아무것도 기억하지 않을 것이다.

내가 본 것은 신문지를 꽉 움켜쥔 아버지의 두 주먹뿐. 묻지 않아도 될 것과 알지 않아도 될 것들 속에서도 삶은 충분히 완전체로 흘러갈 거였다.

로사의
연못

운전을 하던 남편이 전화를 받다 잘못 들어선 길이었다. 어찌 된 영문인지 그는 돌아 나갈 생각을 하지 않았고 오히려 동네 깊숙이 더 들어가 차를 세웠다. 남편 옆에 앉아 있던 로사는 주변을 두리번거리며 속으로 탄성을 터트렸다. 원룸 신혼집이 있는 동네는 완벽하게 잊은 사람 같았다. 그들은 아이를 하나 둔 젊은 부부였다. 아이는 입에서 젖내가 날 만큼 어렸는데 주먹 쥔 손은 자그마했고 혀로 핥아도 짜지 않을 땀이 조금 배어 있었다. 그들은 늘 '큰 집'으로 이사 가는 날을 꿈꾸는 평범한 사람들이었고 막연하게 그런 날이 올 것이라는 기대를 희망으로 품고 살았다.

맞은편 산 위에 무지개가 선명했다. 선을 긋고 그린 듯 정확하게 일곱 색깔의 반원이었다. 동네 이름이 마노아라고 남편이 말했을 때 로사는 속으로 마. 노. 아. 따라 불러 보았다. 자음과 모음이 하나씩 결합된 세 음절이 귀 안쪽에 있는 얇은 막을 툭 건드리며 지나갔다. 새로운 단어를 받아들이기 위해 자신의 귀가 조금 열리는 것만 같았고 그 단어는 가슴까지 닿았다. 부드럽고 따뜻한 빵조각을 막 뜯어 입안에 넣은 것처럼 기분이 좋아졌다. 마침내 긴 여행을 끝내고 돌아온 사람처럼 두 발이 편안해지는 것만 같았다.

남편은 유학 시절부터 살고 싶었던 곳이라고 말하며 동네를 둘러보자고 했다. 그는 차 트렁크에서 유모차를 먼저 꺼냈고 로사는 기저귀 가방을 챙겨 들었다. 유모차를 밀며 앞서 걷던 남편이 마노아는 거의 매일 물 뿌리듯 비가 조금 오고 무지개가 자주 뜨는 신비한 곳이라고 말했다. 로사는 동화책에나 나올 법한 얘기라는 생각을 하면서도 주변을 살피느라 두 눈을 바쁘게 움직였다. 동네는 오래된 골목처럼 아늑했고 띄엄띄엄 서 있는 집들은 나무에 가려져 그녀의 눈을 붙들었다. 어떤 집은 빨강 지붕 끝이, 하얀 칠을 한 베란다가, 또 다른 어떤 집은 현관까지 오르는 긴 돌계단이 숲 속에 숨어 있는 열매처럼 고개를 내밀었다.

"마노아는 하와이 원주민 언어야. 속이 꽉 차고, 깊은, 단단하고 견고한, 뭐 그런 뜻이래. 그걸 알고 이 동네가 더 좋아졌어."

남편은 그런 단단한 집을 떠올리는 사람 같았다. 동네

에 대해 잘 알고 있는 사람처럼 보였다. 로사는 계속 고개를 끄덕이면서도 '마마'와 '엄마'라는 단어를 떠올리고 있었다. 조금 길쯤하고 둥근 수저 모양의 동네와 이름이 서로 조화롭다는 생각이 들었을 때, 그녀는 "아, 자궁처럼 생긴 동네네!"라고 소리쳤다. 한 번도 입 밖으로, 그것도 큰 소리로 뱉어낸 적이 없는 '자궁'이라는 단어가 알 수 없는 열기와 함께 튀어나온 거였다. 유모차를 끌던 남편이 걸음을 멈췄다. 여자의 은밀한 곳을 아무렇지 않게 길 위에서 들먹이는 아내를 정말 이해할 수 없다는 듯이 바라보았다. 남편은 입이 거친 아버지와 형제들 사이에서 컸다는 사실이 믿기지 않을 정도로 단정하고 정제된 언어를 고집하는 사람이었다. 로사는 가끔 그 사실을 떠올리며 말조심을 했는데 어쩌다 튀어나온 말은 막을 수가 없었다. 어찌 되었든 길 건너편에 개를 끌고 산책하는 사람은 외국인이었고 자궁이라는 단어를 알아듣는 사람이 남편뿐이었기에 로사는 와락 서운한 마음이 들었다.

로사는 가끔 서울에 사는 엄마에게 편지 대신 녹음한 테이프로 안부를 전하곤 했다. 엄마는 딸이 보고 싶을 때마다 테이프를 들었고 편지보다 목소리 듣는 게 더 좋다고 했다. 로사는 오전에 학교 다니고 오후에 관광 상품을 파는 가게에서 일주일에 서른 시간을 일했다. 졸업을 바로 앞두고 아이가 생겨 난감했지만 남편이 일하는 시간을 더 늘리겠다고 했다. 남편과 아이가 잠든 일요일 밤이면 그녀는 욕실 바닥에 앉아 녹음기 버튼을 눌렀다. 언제부턴가 학교 다니며 일하고 아이 키우느라 힘들다는 말은 다 빼고 마노아에 갔다 온 이야기만 쏟아냈다. 동네에 빽빽하게 들어찬 나무들과 붉고 푸른 뾰족지붕의 유럽풍 집들과 유물처럼 남겨진 오래된 벽난로 굴뚝과 나뭇가지를 차고 날아오를 때 놀랍도록 가슴팍이 노란 새들에 관한 이야기였다. 그것들은 모두 그녀에게 탄성을 불러일으키는 거라고 말했다. 그리고 그렇게 말하는 순간 그녀도 모르게 목소리가 커졌다.

"그곳에 집을 짓고 아이를 키우며 살고 싶어. 그러면 나는 정말 행복할 것 같아."

녹음이 끝날 때쯤이면 그녀는 같은 말을 남기곤 했다.

그 동네를 보고 온 날부터 로사에게는 한 가지 소원이 생겼다. 소원은 목표가 되었다. 목표 지점이 보이자 사고는 단순해졌다. 그리고 시간은 오래 걸렸지만 소원이 이루어졌다. 소망, 절제, 순종, 그리고 성취. 종교에 버금가는 믿음이 이뤄낸 결과였다. 로사에게는 그 긴 시간이 길게 느껴지지 않았다. 오히려 치열하게 뭔가를 향해 치달았던 시간이었으니 그녀의 생에서 가장 행복한 시간이었다고 기억했다.

로사의 집은 언덕 위에 있었다. 언덕 아래 집들이 부드러운 생크림 케이크라면 그녀의 집은 케이크 탑에 놓인 붉은 장미꽃처럼 절정을 이루며 도드라졌다. 동네 사람들은 그 집을 '모두에게 아름다운 집'이라고 불렀다. 보는 것만으로도 행복한 집이라는 말이었다. 일 년 내내 푸른빛이 감도는 산이 집 뒤를 병풍처럼 감싸고 있었고 무지개가 지붕 위로 자주 걸렸다. 흰색의 외벽과 프렌치 윈도는 그린 듯 완벽했다. 남쪽 창에 바다가, 북쪽 창에 산이, 거실 통유리에 맞은편 동네가 그림엽서처럼 오롯이 담겨 있어 안에서도 밖이 다 보였다.

가족들은 다 완성된 집 앞에 섰다. 아이의 손은 이미 커졌고 뺨은 분홍빛이었고 튼튼한 치아를 드러내며 자주 웃었다. 아이는 막 굳기 시작한 시멘트 바닥에 손바닥을 꾹 누르고 나뭇가지를 꺾어 이름과 날짜를 적어 그날을 기념했다. 아이의 열 손가락이 움푹 새겨진 그곳에 빗물이 고이고 흙먼지가 쌓이며 시간이 흘러갈 거였다.

"대를 이어 물려줄 거야."

남편은 자신이 직접 설계하고 지은 집 앞에서 충만감에 젖은 목소리로 말했다.

스미스 할머니는 어두커니 서서 로사네 집을 자주 올려다보았다. 부스스하게 헝클어진 머리는 뒤엉킨 털실 뭉치처럼 크고 둥글었다. 어쩌다 석양의 역광 속에 서 있을 때면 붉은 헬멧을 쓰고 있는 사람 같았다. 흐릿한 눈동자에 핏발이 서 있었고 탄력 없는 피부는 팔과 목 근처에 빈 주머니처럼 늘어져 타조를 떠올리게 했지만, 그 모든 것이 스미스 할머니였기에 멋있게 보였다.

스미스 할머니는 동네에서 가장 존재감이 있는 사람이었다. 동네에서 가장 오래 산 사람이었고 그곳에 사는 모든 사람을 알고 있었고 동네 사람들도 모두 그녀를 알고 있었다. 그녀의 집은 시에서 관리하는 '보존할 만한 가치가 있는 고택' 가운데 하나였다. 150년이 넘은 집이라고 했다. 동네에서 가장 컸고 넓은 정원과 작은 수영장도 있었다. 그녀의 구부러진 등과 오래된 나무로 된 현관문은 하나인 듯 닮아 보였다. 집 한쪽에 유리로 지은 커다란 온실이 있었는데 길 쪽에서 바라다보면 안이 훤히 보였다. 오래된 책들이 빼곡하게 꽂혀 있는 책장과 웃자란 식물들이 서로 뒤엉켜 있는 모습은 언제 보아도 괴기스러웠다.

"내 할아버지는 포르투갈 출신인데 사탕수수 농장주였어요."

그녀는 자랑스럽게 말하곤 했다. 아들의 결혼식도 집 마당에서 치렀다고 했다. 주지사도 하객으로 왔다는 말을 할 때 그녀의 눈에 생기가 돌았다.

"하객이 백 명이나 넘게 왔는데도 이 동네가 복잡하지 않았어요. 그만큼 집이 드문드문 있었다는 말이지요."

그녀는 로사의 집을 넌지시 바라보며 평화로웠던 시간을 떠올렸다.

"음식 냄새, 꽃 냄새, 음악 소리. 동네 전체가 파티를 즐기는 기분이었지요. 온갖 꽃들이, 정말 온갖 종류의 꽃들이 다 우리 집 정원에 피어 있었지요. 정말 아름다운 결혼식이었어요."

로사는 집 짓느라 소음을 일으켜 미안하다고 했다. 스미스 할머니가 많은 얘기를 들려준 이유도 다 그 때문이라는 걸 로사도 모르지 않았다.

"오, 끝났군요. 끝났어. 다행이에요. 참, 당신은 이름이……?"

"로사라고 부르세요. 영세명이에요. 제 한국 이름, '희주'를 정확히 발음하는 사람이 없거든요."

로사의 말을 듣고 있던 그녀가 재미있다는 듯이 입술을 오물거리며 "희쭈, 히추" 했다.

로사는 사람들이 그녀의 이름을 서툴게 발음할 때마다 뭔가 안에서 작은 것들이 질서를 못 찾고 헤매는 기분이 들었다. 한 방향으로 쭉 뻗어 가던 선이 목표 지점을 바꾸며 트는 그런 느낌이었다. 그럴 때마다 고개를 저으며 입술을 양옆으로 길게 늘이고 희 - 주, 희.주. 하다 포기했다. 로사라는 이름이 부르기 더 쉬웠다.

"로사는 아름답고도 슬픈 이름이지요. 알고 있나요?"

"네, 장미꽃이라는 뜻이에요."

"알고 있군요. 로사는 원래 이사벨라라고 불렸던 성녀지요. 그녀의 자태가 너무도 아름다워 로사라는 이름을 갖게 되었지요. 주위에서 아름다움을 칭송하는 일이 많아지니까 고행을 위해 후추로 얼굴을 문지르고 다녔대요. 모두에게 아름다웠지만 그녀에겐 오히려 족쇄가 되었던 거지요."

그녀는 로사가 고개를 끄덕이는 모습에 신이 난 사람처럼 말을 이었다.

"그것도 모자라 자신의 몸을 쇠사슬로 꽁꽁 묶고 자물쇠를 채운 다음 열쇠를 우물에 던졌대요. 대단하지 않나요?

그래서 성녀가 되었던 걸까요?"

　로사는 기억이 가물가물했다. 중학교 때 교리반에서 수녀님에게 얼핏 들은 얘기와 비슷한 것도 같았다. 그래도 몸을 쇠사슬로 묶었다는 얘기는 처음 들었다. 로사가 아름다운 여인이었다고 들었던 기억은 났다. 로사라는 영세명을 갖게 된 것은 단지 그녀가 같은 8월에 태어났다는 우연 때문이었다.

　"로사네 꿈을 꿨어요. 막 집을 짓고 있을 때였지요."

　"꿈이라고요?"

　로사가 호기심을 갖고 귀를 기울였다.

　"땅을 파더군요. 아주 깊게. 그런데 그곳에서 물이 계속 솟는 거예요. 아주 맑고 깨끗한 물이었죠. 물론 좋은 꿈이겠죠? 아, 한 가지 더. 원숭이가 한 마리 나무에 올라가 앉아 놀고 있었어요. 많이 늙은 원숭이였지요. 원숭이는 무슨 의미일까요? 동양 사람들은 해석을 잘한다면서요?"

　"샘물이 솟는 것은 뭔가 좋은 일 같고……. 원숭이는…… 원숭이는……."

　로사는 장미꽃 이야기만 듣고 헤어지지 못한 게 후회스러웠다. 뭔가 듣고 싶지 않은 말을 들은 기분이었다.

　"당신도 당신의 집도 다 아름답다는 얘기예요."

스미스 할머니는 로사의 표정을 살피며 말했다.

남편이 뒷마당에 연못을 만들자고 했을 때 로사는 마뜩잖았다. 꼭 스미스 할머니의 꿈 이야기 때문은 아니었지만 관련이 없다고도 말할 수 없었다. 어찌 되었든 로사는 그 어떤 부정적인 이미지도 그녀의 아름다운 집에 묻히고 싶지 않았다. 푸른 잔디와 꽃, 그리고 나무만 있는 정원도 충분히 만족스러웠다. 그런데 뭔가 다 채워지지 않은 위장처럼 포만감과 허기가 함께 묻어 있어 의아했다.

"그럼 어째? 저 자리는?"

남편은 흙을 파헤친 자리를 손으로 가리켰다. 구덩이가 검은 입을 벌리고 있었다. 생기를 뿜어내고 있는 푸른 잔디 때문인지 구덩이도 흙도 석탄 가루를 뿌려놓은 것처럼 검게 보였다. 죽은 흙인 것만 같았다.

"아냐. 오래전 화산재 때문이래."

남편은 더 깊게 구덩이를 팠다. 그의 기대와는 달리 파면 팔수록 더 검은 흙이 끊임없이 쏟아져 나왔다. 벨벳처럼 빛이 나는 검고 검은 흙에서 검은 물이 흘러나올 것만 같았다.

로사는 앞으로 다가올지도 모를 불행의 얼굴을 미리 본 사람처럼 표정이 굳었다. 구덩이가 마치 검은 무덤 같다든지, 박쥐가 튀어나올 것 같은 썩은 동굴 같다든지, 더 파다 보면 구더기가 덕지덕지 붙은 시체가 나올지도 모를 일이라고 소리치고 싶었다. 흉측하게 터진 내장 같으니 그만 파라고 말리고 싶었다.

그런데 말들이 터져 나오지 않았다. 무덤, 동굴, 시체, 내장. 남편이 결코 좋아하는 단어들이 아니었고, 더 놀라운 것은 그녀도 이해할 수 없을 만큼 주체할 수 없는 호기심이 그녀 안에서 맹렬하게 솟구쳤기 때문이었다.

남편은 정원 손질의 마지막 단계에서 뜬금없이 연못 이야기를 다시 꺼냈다.

"그래야 완벽해. 작은 연못을 만들자."

남편은 이미 결심을 굳힌 것 같았다. 의식을 준비하는 사람처럼 성스러운 데가 있었다. 땅을 보고 설계를 하고 기둥을 세울 때도 그랬다. 지우고 바꾸고 다시 세우기를 반복했다.

남편의 손에 묵직한 비닐봉지가 들려 있었다. 흰색과 검은색의 작은 반점들 가운데 커다랗고 선명한 주홍색 반점이 있는 비단잉어 치어였다. 풀지 않은 비닐봉지에서 비린내가 풍겼고 로사는 미간을 찡그렸다.

"연못 안에 비단잉어를 풀어놓으면 멋질 거야. 장수와

재물의 상징."

남편은 흡족한 눈으로 검은 흙이 쌓여 있는 뒤뜰을 바라보았다.

초대한 손님들은 로사네 부부와 오래전부터 알고 지내던 세 쌍의 부부였다. 로사는 아침부터 집 안을 청소하고 정원에 물을 주었다. 잘 손질된 잔디가 햇살에 반짝거렸다. 집에 손님들을 초대하는 일은 처음이라 그녀는 설레고 흥분되었다. 로스트비프는 육즙이 촉촉하게 배었고 치즈 브로콜리 밥은 노릇노릇하게 잘 익었다. 남편은 현관 앞을 쓸고 슬리퍼를 가지런히 맞춰 정리하고 소파의 위치를 다시 바꾸며 뿌듯해했다. 하얀 레이스가 늘어진 커튼 사이로 햇살이 거실에 쏟아져 들어왔다.

손님들은 탄성을 지르며 집에 들어섰다. 남자들은 식탁에 둘러앉았고 여자들은 음식을 먹는 둥 마는 둥 하더니 일어섰다. 이 방 저 방 열어 보고 스마트폰으로 사진을 찍느라 분주해 보였다. 여자들이 다시 식탁으로 모였을 때 이미 남자들은 술판을 벌이고 있었다. 로사는 과일과 견과류를 내왔다. 남편이 빠른 속도로 비우는 술잔을 걱정스레 지켜보았다.

남편은 반은 영어, 반은 한국어를 섞어 말했다. 점점 영어에 더 가까웠다. 술이 과하면 나오는 버릇이었다. 초대한 사람들 가운데 남편의 술버릇을 모르는 사람이 없었다. 모두 남편과 비슷한 시기에 이민을 왔거나 유학을 왔다 정착한 사람들이었다.

"이 사람은 술 취하면 꼭 언어를 섞더라. 완전 창조적인 제3의 언어로 말이야!"

회계사로 일하는 C였다. 웃자고 하는 말이었는데 웃지 않은 사람은 남편뿐이었고 그의 표정을 본 C는 벌리고 있던 입을 슬그머니 다물었다. 집이 멋지다고 말하며 다시 웃었다.

"연극처럼, 흉내만 내고 사는 거지."

남편의 말에 로사는 갑자기 얼굴이 달아오르는 게 느껴졌다. 누구의 무엇을 흉내 낸다는 말인가. 집 사느라 빚은 늘고 가구도 거의 없는 빈껍데기만 등에 지고 사는 거라고 고백하는 말처럼 들렸다. 그래도 그녀는 이 모든 걸 '흉내'라고 부르고 싶지는 않았다. 영혼까지는 아니어도 땀과 체온이 밴 온전한 그들의 것이라고 여겼다. 그녀는 좋은 날에 쓸데없는 생각에 사로잡혀 있는 자신을 스스로 책망하며 기분을 애써 바꿨다.

"게스트하우스로 쓰면 좋겠다. 펜션 같잖아. 이삼 일 머무르면 딱 좋겠다. 그치, 여보?"

C의 부인이 거실을 다시 둘러보며 말했다. 풍광이 좋은 곳에서 게스트하우스를 하며 노년을 보낼 거라고 입버릇처럼 말했던 사람들이었다.

"내가 가이드 노릇 할 때……."

남편의 말에 로사는 처음 듣는 얘기라 귀를 종긋했다. 부모들이 보내준 학비로 공부만 했다고 들었는데 아니었다. 어느새 남편의 목소리는 여행 가이드처럼 변해 있었다.

"관광객들에게 가장 많이 던졌던 질문이, 다이아몬드 헤드가 어떻게 이름 지어졌는지 아는 분 손 들어 보라고 묻는 거야. 요즘이야 다 인터넷 보고 알고들 오지만, 그때는 그런 테마가 인기였어. 당연히 손 드는 사람이 없었어. 난 더 신이 나서 말했지. 제임스 쿡 선장이 처음 이 섬을 발견했을 때 마침 황금빛 노을이 산 이마에 닿아 빛나고 있었는데, 다이아몬드가 숨겨져 있을지도 모르겠다는 생각에 밤새 못 자고 흥분했었다고."

남편이 잠깐 숨을 돌리는 사이에 식탁에 둘러앉아 있던 남자들이 연극 대사를 읊는 사람처럼 다음 말들을 이어갔다.

"그런데 그 거대한 다이아몬드가."

"아침에 보니 그냥."

"평범한 돌덩어리였다는 사실!"

"그걸 모르고 잠들던 밤이 행복의 절정이고 바로 클라이맥스지!"

남편이 이야기의 결말을 큰 소리로 말하자 남자들은 맞아 맞아, 맞장구치며 서로 잔을 부딪쳤다. 언제 들어도 고개를 끄덕이게 하는데 이 집에서 들으니 더 실감 난다는 말도 했다.

"결국 그게 인생이지, 뭐."

한국 유학생 코디네이터로 일하는 P가 추임새를 넣었다.

"이 집이 이 친구의 땀과 눈물의 산물이라고 생각하니까 누에고치가 떠올라 짠하다, 난."

회계사 C가 말했다. 남편은 C의 말에 별로 감동하지 않는 눈치였다. 아름다운 집이 고생 끝에 얻은 산물이라는 진부한 표현에 오히려 불쾌감을 느끼는 것 같다고 로사는 느꼈다.

"실 뽑아내느라 날개 근육이 약해져서 누에나방은 날지도 못해. 날개가 있어도 날지 못하는, 바로 우리 같은 남자들의 이미지가 확 겹쳐지지 않아?"

호텔 경영을 꿈꾸다 결국 작은 한식당을 운영하는 K도 뭔가 생각 났다는 듯 끼어들며 한마디 했다.

　K의 말에 여자들이 좀 서운한 표정을 지으며 어깨를 으쓱했다. 전공과는 무관하게 음식 서빙을 하거나 옷가게에서 세일즈를 하며 남편 뒷바라지에 청춘을 바친 자신들이 더 억울하다고 눈으로 말했다.

　밖은 이미 어둑어둑해졌다. 정원이나 둘러보자는 말에 모두 신발들을 찾아 신고 밖으로 나왔다. 스위치를 켜자 부채 모양의 빛 문양이 어둠 속에서 환하게 일어서며 집을 감쌌다. 대문에서부터 언덕으로 오르는 길까지 설치된 태양등에서 은은한 빛이 흘러나와 바닥을 적셨다.

　탄성을 질러댔던 남자들과 여자들이 속이 깊게 파인 구덩이 앞에 서자 모두 입을 다물었다. 반쯤 깔린 부직포와 툭툭 삐져나온 배수로 파이프, 그리고 중간에 놓인 대형 순환펌프와 축 늘어진 수중식물들. 공사가 다 끝나지 않은 연못은 수술을 하다 포기한 환자의 몸처럼 흉측하고 난감하게 버려져 있었다. 습기를 머금은 축축한 흙이 불빛에 번들거리며 더 검게 보였다. 어둠 속에서 누군가 침을 꼴깍 삼키는 것만 같았다. 그들은 죽은 동료의 무덤 앞에 서 있는 사람들처럼 적당히 꺼낼 말이 없어 보였다.

"야, 조금 섬뜩하네……."

P가 그렇게 말하자 여자들이 기다렸다는 듯이 고개를 끄덕였다.

"이곳에 비단잉어를 풀어놓고 키워 봐. 유 노? 컬럴드 칼프? 코이 피쉬라고도 부르지. 그것들이 노니는 걸 봐, 예술이야."

남편은 연못을 다 완성하지 못하고 사람들을 초대해 후회하는 눈치였다.

로사는 한 발을 떼며 바닥을 보았다. 신고 있던 슬리퍼 아래가 축축했다. 어디서부터 시작된 물줄기인지 검은 물이 조금씩 잔디밭을 물들이며 언덕 아래로 흘러가고 있었다.

검은 웅덩이를 본 사람들이 다시 집 안으로 들어갈 생각을 하지 않았다. 누군가, 이만 가지? 하고 말했고 여자들이 약속이나 한 듯이 안으로 들어가 가방과 자동차 열쇠를 주섬주섬 챙겨 나왔다.

손님들을 배웅하고 나서도 남편은 검은 웅덩이 앞에 한참을 쭈그리고 앉아 있었다. 검은 웅덩이와 한덩어리가 된 것처럼 그의 어깨도 검게 보였다. 어두웠던 뒤뜰에 달빛이 조금씩 차올랐다.

"펜션이라니, 누에고치라니, 천박하게."

낮게 웅얼거리는 남편의 목소리가 검은 웅덩이 안으로 잠겼다. 로사는 커다란 욕조에 물을 가득 받았다. 집에서 누리는 유일한 호사였다. 창밖은 달빛에 잠겨 환했다. 모든 소리가 어디론가 빨려 들어간 듯 동네가 고요했다. 집도 길도 모두 유리 조각으로 빚은 것처럼 투명하고 차갑게 빛났다. 로사는 눈으로 그것들을 따라 걷고 있었다. 어깨에 길고 검은 망토를 두르고 중세의 어느 마을을 거닐고 있는 여자가 된 듯한 착각이 일었다.

모든 문은 잠기고 모든 이는 잠들었으리.

깊고 검은 웅덩이는 뒤뜰에 있고 치어들은 어항에서 자라네. 깨어 있는 사람은 오직 나 혼자이리.

로사는 자신도 모르게 창밖을 보며 흥얼거렸다. 어쩌면 누군가 그런 노래를 부르고 있을지도 모를 일이었다. 모든 것이 움직임을 멈춘 듯 고요하고 수상한 순간이었다. 어디에선가 플루메리아 꽃잎이 톡 소리를 내며 떨어질 것만 같았고 비단잉어는 조심스럽게 지느러미를 파닥일 것만 같았다.

로사는 남편이 노크도 없이 불쑥 욕실 문을 열고 들어와도 좋을 밤이라고 상상하며 옷을 벗었다. 그런 일은 한 번도 일어나지 않았으니 앞으로도 일어나지 않을 거였다. 거울에 비친 그녀의 몸 위에 달빛이 닿았다. 가슴은 예전보다 더 부풀어 올랐고 유두는 달빛에 더 까맣게 보였다. 로사는 부드럽고 따뜻한 혀가 그녀의 유두에 닿는 상상을 하며 몸을 떨었다. 자신도 모르게 손으로 가슴을 꽉 움켜쥐었다.

욕조에 몸을 담그려던 로사는 얼핏 창밖에 어른거리는 물체를 보았다. 남편이었다. 그는 삽을 들고 웅덩이 안으로 들어갔다. 그의 어깨가 밖으로 솟아오르다 안으로 사라지기를 반복했다. 삽 끝이 올라올 때마다 검은 흙이 밖으로 쏟아졌고 그것들은 검정 스카프가 바람에 날리는 것처럼 길게 흩어지다 쌓였다.

로사는 하루의 일과를 끝낸 뒤 개와 함께 동네를 산책하고 집으로 돌아오는 저녁 시간을 가장 좋아했다. 멀리서 불빛들이 창밖으로 새어 나오는 모습을 보며 걷는 시간이었다. 그녀의 생이 잘 흘러가고 있다는 느낌이 걸음을 뗄 때마다 들었다. 오랜 여정 끝에 목표 지점에 도달했다는, 안전한 곳에 두 발을 디뎠다는 안온한 느낌이 차올랐다. 사람들은 그런 감정을 행복이라고 불렀으니 집은 그 관념의 완전한 실체라고 그녀는 믿었다.

그랬던 로사가 언제부턴가 불안해지기 시작했다. 행복한데 왜 불안한지 알 수 없었다. 뭔가 쫓기듯 연극이 끝나고 무대에서 내려온 것만 같은 심정이 되었다. 불꽃이 한 번 터지고 탄성을 내지르고 나니 모든 게 사라진 것만 같았다. 갑자기 찾아온 고요한 순간을 맞이하는 사람처럼 생경한 느낌에 사로잡혔다.

로사는 그런 감정을 느끼는 자신을 이해할 수 없어 걸음이 더 빨라졌다.

"로사, 어디 가나요?"

스미스 할머니였다. 부스스했던 머리가 물에 젖어 딱 들러붙어 해골만 남은 몰골이었다. 그녀가 가까이 다가왔다. 진한 물비린내가 로사의 코끝을 건드리며 대기 중에 흩어졌다. 로사는 스미스 할머니가 혼자 수영하는 모습을 보았던 어느 밤을 떠올렸다. 수영장은 커다란 조롱박처럼 전체가 둥글고 위로 올라갈수록 좁은 모양이었는데 물은 밤하늘처럼 검푸르렀다.

"집으로……. 아, 내가 내 집을 지나쳐 왔네요!"

로사는 힐끗 뒤를 돌아보며 소리쳤다. 스미스 할머니가 고개를 갸우뚱했다.

"집은 늘 등 뒤에 있어요. 이렇게 나와 있어도 뒤를 돌아보면, 짠!"

스미스 할머니는 자신의 집도 등 뒤에 있다며 손가락으로 대문을 가리키며 웃었다.

로사는 자신이 집을 지나쳐 왔다는 것이 믿기지 않았다. 모두에게 아름다웠던 집이 어느 순간 숲 속에 있는 많은 열매 가운데 하나처럼 시들해 보였다는 말이었다. 아무리 멀리까지 산책한 날도 그녀는 집 근처에 이르러 감탄하듯 제집으로 빨려들어 가곤 했었는데 그날은 달랐다.

로사는 먼발치에 서서 언덕 위를 올려다보았다. 남의 집인 듯 스치고 지나온 제집을 바라보는 거였다. 푸른 저녁 빛이 여전히 집 주변을 감싸고 있었다. 창가에서 흘러나온 연주황 불빛들이 환했다. 불빛들은 잠자리 날개처럼 투명했다. 하나하나가 꽃잎 같은 창이었다. 어디에서 봐도 완벽하게 제 모습을 갖추고 있었는데, 하나도 변한 게 없는데 예전의 집이 아닌 것만 같았다. 그녀는 이 모든 게 농담 같았다. 그 어떤 설렘도 없다는 사실이 믿기지 않았다. 설렘은 사물이 만들어내는 감정이 아닌 것만 같았다. 집이 아니라, 절대적인 아름다움이 사라진 쓸데없이 큰 흰 박스가 그녀 앞에 놓여 있다는 생각이 들었을 때 로사는 뭔가에 단단히 속은 기분이었다. 그녀는 문이 없는 집에 도착한 사람처럼 현관 앞에서 허둥거렸다. 몸이 한쪽으로 쏠리며 조금 뒤뚱거리는 것만 같아 당황스러웠다.

남편은 대문 근처에서 알 수 없는 썩은내가 난다며 얼굴을 찡그렸다. 로사는 연못에 있던 비단잉어가 이유 없이 죽었다고 말했다. 남편은 불길한 소식을 전해 들은 사람처럼 낯빛이 변했다. 비단잉어를 풀어놓은 지 불과 열흘도 안 되어 일어난 일이었다.

처음부터 연못이라고 부르기에 좀 크고 깊었다. 남편은 바닷가에서 가져온 돌들을 부지런히 연못 옆에 쌓았다. 구멍이 송송 뚫린 검은 돌이었다. 가볍게 보였지만 절대 만만하지 않은 무게였다. 풀들이 그 틈을 헤집고 고개를 내밀었다. 플루메리아 꽃들이 향기를 뿜었다. 연꽃잎이 둥글게 자리를 잡아 갔다. 비단잉어를 연못에 풀어놓았을 때 남편은 대단원의 공사가 비로소 마무리되었다는 듯 흡족해했다.

"죽은 잉어를 마당에 묻었다고?"

남편은 삽을 찾아 들었다. 죽은 잉어가 묻힌 자리를 파냈다. 그리고 검은 흙이 담긴 비닐봉지를 멀리 내다 버렸다.

연못은 비린내를 풍기며 썩어 갔다. 분무기로 뿜어내는 것처럼 하루에 한 번씩 비가 흩뿌렸다. 비린내는 무겁게 가라앉으며 더 지독하게 뿌리를 내렸다. 아무리 물을 갈고

정화시설을 점검해도 검은 거품이 일었다. 비단잉어는 더러운 거품 아래 숨어 있다, 보란 듯이 죽은 몸으로 붕 떠올랐다. 로사는 뜰채로 죽은 잉어를 건져 올렸다. 비릿한 냄새에 속이 뒤집혔다. 묵직한 무게감이 손목에 그대로 전해져 눈을 질끈 감았다. 죽은 여자의 몸에서 떼어낸 자궁처럼 여겨져 섬뜩했다. 아름다운 것들에 가려졌던 추악한 것들이 보란 듯이 모습을 드러내는 것만 같았다.

"악취를 풍기고 썩고 있는 건 우리야."

로사는 있는 힘껏 소리 질렀다. 남편은 로사의 말에 대꾸도 없이 의자에서 벌떡 일어섰다. 새로운 자리에 연못을 파겠다며 삽을 찾아 들었다. 더 깊고 더 넓게. 마치 그게 모든 것의 답이라고 여기는 사람 같았다.

새 연못 자리가 제법 자리를 잡아 갔다. 남편이 로사를 불렀다. 그의 손에 하얀 플라스틱 막대기 같은 게 쥐어져 있었다. 로사가 그것을 손으로 집어 들더니 이리저리 살폈다. 제법 단단한 뼈였다.

그들은 의아한 눈빛으로 서로를 바라보았다. 신고한 지 10분 만에 경찰이 왔다. 스미스 할머니도 경찰차를 보자 이유가 궁금했던지 언덕을 올라왔다. 그녀는 마치 재밌는 거라도 발견한 사람처럼 눈을 반짝이며 호기심을 드러냈다.

남편은 동물의 뼈라고 말했다. 경찰은 조사를 해봐야 안다고 했다.

"동물의 뼈일 수도 있고……."

"오래된 원주민들의 무덤이 여기저기 있어서 가끔 공사 중에 이런 일이 있어요."

스미스 할머니가 갑자기 경찰의 말을 가로채며 확신에 찬 눈빛으로 말했다. 그녀는 고개를 길게 빼고 웅덩이를 들여다보더니 혀를 찼다. 경찰은 플라스틱 봉지에 뼈를 담았다. 검은 흙이 쌓인 곳에 띠를 두르고 공사를 중단시켰다.

"저 연못…… 저 검은 웅덩이, 저 검은 물. 나는 정말 더 이상 못 견디겠어."

"연못은 새로 파면 돼."

로사는 다시 예전의 동네로 돌아가고 싶다고 말했다. 남편은 그녀의 말이 어리석다며 돌아섰다. 로사는 가끔 포옹을 하고 입맞춤을 했던 예전의 작은 집으로 가고 싶다고 혼잣말처럼 중얼거렸다. 그녀의 말에 남편은 갑자기 멈칫했다. 너무도 멀리 와 집으로 되돌아가는 길을 잃은 사람의 표정을 지었다.

그는 삽을 찾아들었다. 삽을 놓는 순간 집도 연못도 그리고 그마저도 다 사라질 거라고 믿는 사람 같았다.

"내가 나무와 흙을 져 나르는 동안 당신이 져 나른 것이 뭐지?"

남편이 나지막이 물었다. 갑자기 노인이 된 사람처럼 수척해 보였다. 정말 답이 궁금한 사람처럼 의아한 목소리였다. 로사는 쉽게 답이 떠오르지 않았다. 많은 것 같으면서도 그 어느 것도 이름 붙일 수 없어 당황스러웠다. 창문의 불빛처럼 누군가에게는 아무 의미 없는 것들. 그것들을 져 나르느라 시간이 빠르게 흘러간 것만 같았다. 로사는 어느새 자글자글해진 손등을 바라보았다. 이제야 겨우 알게 된 아름다운 것들이 거기 있는 것만 같았다.

하루에 한 번씩 흩뿌리던 비가 그날따라 억수같이 내렸다. 잔디는 패고 꽃잎은 스스로 졌다. 연못에 시커먼 물이 가득했다. 무지개는 젖은 물감처럼 어디론가 스며들어 보이지 않았다. 언덕 아래 스미스 할머니네 정원에도 물이 찼다. 비를 맞고 서 있는 고택은 늙은 개의 몸처럼 비린내를 풍기는 것만 같았다. 남편은 연못 주변에 있는 바위들을 하나둘씩 연못 안으로 밀어 넣었다. 주변에 있던 검은 흙을 연못 안으로 쓸어 넣었다. 연못이 넘친 건지, 빗물인지 알 수 없는 검은 물이 잔디밭을 흥건히 적시며 언덕 아래로 흘러내렸다.

로사는 연못을 바라보며 자신도 모르게 흥얼거렸다. 비 내리는 오후와 삽을 든 남편에게 그리고 이 모든 것을 바라보고 있는 자신에게 들려주는 거였다.

누군가는 찾으려 하고,

누군가는 숨기려 하고,

숨바꼭질은 계속되고,

열쇠는 처음부터 내 마음속에 있었고…….

분홍에
대하여

지구에서 이미 사라진 언어 가운데 하나인 '보어'는 인도양 안다만 제도의 고유 언어였다. 신석기 시대부터 사용한 언어인데 이 언어를 마지막까지 유일하게 사용했던 여자의 이름은 보아 스르. 85세 정도의 나이로 죽었다.

한국어로 해석해 보니 대강 그런 뜻이었다. 앵커의 말이 너무 빠르고 발음이 귀에 잘 들어오지 않았다. 나는 몇 번이고 '다시 듣기' 버튼을 누르며 빈칸을 채웠다. 겨우 과제를 끝내 놓고도 고개가 갸우뚱해졌다. 해당 언어를 마지막으로 사용했던 화자가 사망할 때 언어가 함께 사멸된다는 말이었다. 틀린 얘기는 아니었는데 도무지 실감이 나지 않았다.

보아 스르.

나는 마지막 화자의 이름을 다시 중얼거려 보았다. 풀냄새가 나는 것만 같았다. 언어와 같이 죽은 여자라니. 땅속에 함께 묻힌 언어라니. 죽은 여자의 혀에서 발음되던 말들이 허공에 잠시 머물다 여자의 마지막 숨결과 함께 땅에 묻히는 광경을 상상했다.

'꽃가게 직원 구함'

무심코 뒤적이던 교포신문에서 아르바이트 학생을 구한다는 광고를 발견했다. 꽃냄새를 물씬 맡으며 영어회화도 배우고 돈도 벌고. 나쁘지 않았다. 버스로 한 정류장 정도의 거리였다. 망설이지 않고 전화기를 집어 들었다. 전화를 받는 중년 여자의 목소리에 오후의 나른함이 묻어 있었다. 여자는 내 질문에 차분하게 답했다. 시급은 식당 홀에서 일하는 만큼은 아니었지만 시간이 자유로워 나쁘지 않았다. 간단한 매장 정리와 손님들 주문만 잘 받아주면 좋다고 했다. 음식 찌꺼기나 립스틱 자국이 묻어 있는 컵을 닦거나 더러운 테이블을 치우는 일보다 훨씬 좋을 거였다. 할 수 있다고 말했을 때 여자가 내일부터 시작할 수 있냐고 물어서 조금 놀랐다.

쇼핑몰은 대로와 조금 떨어진 외진 곳에 있었다. 2층 높이의 간이 건물로 지어졌는데 물류 창고처럼 보였다. 하늘빛보다 더 파란색 지붕 때문인지 멀리서 보면 푸른 섬 같았다. 주변은 인적이 드문 공장지대였다. 중고 자동차를 파는 넓은 매장 바로 옆이었다. 홍보용 전단지들이 주차장 바닥에 널려 있었고 더러는 날아다니다 몰 입구에 찢긴 채로 쌓였다. 트럭의 바퀴만 덜렁 남거나 차의 몸체가 두 동강이로 찢긴 사진들은 사고 난 차량을 보는 것처럼 섬뜩했다.

세레나는 여자의 유아 세례명이었다. 그녀의 이름과 가게 이름이 같아서 외우기 쉬웠다. 화장기 없는 파리한 얼굴에 굵은 웨이브의 파마머리가 어깨쯤에서 가녀린 목을 감싸고 있었다. 그녀는 긴 손가락을 갖고 있었는데 엄지와 검지에 때가 탄 하얀 테이프가 감겨 있었다. 그녀는 내가 한국에서 대학을 졸업하고 변변치 못한 몇몇 직업을 전전하다 온 어학연수생이라는, 내게는 전혀 화려하지 않은 이력이 퍽 마음에 드는 눈치였다.

꽃집인데 향기가 나지 않았다. 나는 그제야 가게를 둘러보았다. 마땅히 있어야 할 생화를 보관하는 냉장고도 보이지 않았다. 화병과 바구니에 담긴 꽃들은 벌들이 달려들 만큼 화사했다. 모두 생화같이 정교하게 만든 조화였다. 꽃잎을 가볍게 비벼 보았다. 매끈하고 건조했다. 선반에는 색색의 리본들과 컬러 스프레이가 담긴 병들이 가득했다. 신다 버린 살색 스타킹들이 잔뜩 담긴 박스는 아무리 상상력을 발휘해 보아도 알 수 없는 조합이었다. 모두 꽃잎을 만드는 재료라고 세레나가 말했을 때 귀를 의심할 정도였다.

그녀의 말대로 내가 하는 일은 간단했다. 전화를 받고 (벨은 거의 울리지 않았다) 손님들이 주문하는 꽃의 색깔과 배달 날짜 등을 '오더장'에 기입하고 주문받은 내용을 정확히 세레나에게 전달하는 임무였다.

"나는 이곳에 오래 살았지만 영어를 못해. 배우러 다닐 시간도 없고. 그러니, 주문받고 손님들 불평 들어주고…… 가끔 내 얘기도 들어주고."

그녀는 말이 끝날 때마다 내게 살짝 미소를 지었다. 눈은 잔잔하게 웃는데 입술 끝은 하나도 움직이지 않는, 조금 경직된 미소였다. 내가 꽃집에서 일해 본 경험이 없다고 말했을 때도 그리 신경 쓰는 눈치가 아니었다. 이야기를 잘 들어주는 사람을 찾고 있었는지도 모를 일이었다.

시내에서 버스를 타고 오다 보면 중간쯤에 커다란 공원이 하나 있었다. 세레나는 그곳을 녹색우산공원이라고 불렀다. 나는 그 이름에 고개를 끄덕였다. 그녀는 사물을 보고 나름대로 혼자 이름을 짓다 보면 행복하다고 했다.

공원에 있는 나무들은 빌딩처럼 키가 컸고 가지들은 커다란 우산을 펼쳐놓은 것처럼 둥글게 늘어져 있어 그렇게 이름 붙였다고 했다. 커다란 연못과 일본풍 정자도 있는 꽤 큰 공원이었다. 버스가 그 공원을 지날 때 웨딩 촬영을 하는 모습도 간간이 눈에 띄었다. 세레나는 그곳에서 자신이 만든 꽃으로 웨딩 촬영을 하는 게 꿈이라고 했는데, 그건 그냥 말처럼 꿈이 되어 버렸다고 했다. 그래도 공원을 바라보며 가게에 도착하는 아침 시간이 그녀는 가장 행복하다고 말했다. 나도 그랬다.

꽃집은 몰 한가운데 있었다. 유리 진열장을 직사각형 모양으로 빙 둘러놓은 공간은 크지도 작지도 않았다. 진열장 위에 온갖 꽃으로 장식된 화병과 꽃바구니들이 놓여 있었다. 그 안은 아늑하고 사람들의 시선에서 자유로웠다. 밖에서 보면 꽃만 보였다. 모든 세상은 진열장 밖이었고 세레나는 마치 안전한 유리성 안에 있는 사람처럼 고요하고 평화로워 보였다. 쉴 새 없이 움직이는 그녀의 손을 바라보고 있노라면 세상은 저 멀리 있는 것만 같았고 그녀의 손끝에서 만들어진 꽃송이들은 눈 쌓이듯 빈 박스를 채워 갔다. 가게는 한산했고 내가 해야 할 일들은 정말 간단한 것들이어서 미안한 생각마저 들었다.

시간이 지날수록 내가 해야 할 일들이 조금씩 늘어 갔다. 그녀는 내게 장부 정리도 맡겼다. 가끔 내게 현금이 들어 있는 봉투를 주며 은행 일도 맡겼다. 나는 비즈니스용 영어회화 예문들을 종이에 적어 가방에 넣고 다녔는데, 특별히 꺼내서 사용해야 할 만큼 곤란한 일은 일어나지 않았다. 조화를 주문하는 사람들은 이미 자신이 뭘 원하는지 어떤 용도로 써야 할지 아는 사람들 같았다. 그들은 꽃을 고르는 대신 꽃잎을 만들 재료와 색깔을 선택했다. 나는 배송 날짜와 컬러 코드만 정확하게 기입하면 되었다. 시간이 지날수록 세레나 혼자서도 충분히 할 수 있는 일이라는 생각이 들었다.

세레나는 내게 많은 말을 했다. 그녀는 마치 제 이야기를 들어줄 사람을 오래 기다려 온 사람 같았다. 영어도 서툴고 손재주도 없는 나를 채용한 이유가 그 때문이었다고 말하는 사람 같았다. 나는 그녀의 바람을 잘 아는 사람처럼 이야기를 들어주고 적당한 때 고개를 끄덕여 주었다. 그녀는 전남편에 관한 얘기를 자주 꺼냈는데, 둘이 처음 만났을 때부터 이혼할 때까지의 이야기가 시간의 순서 없이 내 귀를 드나들었다. 이혼한 지 13년째라고 했다. 결혼한 날과 이혼 서류에 도장이 찍힌 날이 공교롭게 같은 날이어서 절대 잊을 수 없다고 했다. 하루는 기쁨으로, 다른 하루는 슬픔으로 기억되는데, 시간이 지나니 모든 게 그냥 평범한 하루라고 말했다.

"남편은 조각가였어. 나는 꽃꽂이 강사였고."

그녀는 아주 잠깐 입술 끝이 조금 올라갈 만큼 웃었고 눈빛이 반짝였다. 나는 그녀의 행복했던 시간을 상상하며 들었다.

"누우면 머리와 다리가 벽에 닿을 정도로 작은 방에서 신혼 생활을 시작했지만 우리 서로 크게 사랑하자고 다짐했어."

세레나는 은밀한 얘기를 내게 들려주는 사람처럼 수줍어 보였다.

"지금이야 조각가라고 불러 주지, 그때는 석공이나 석수라고 부르는 사람들이 더 많았어. 성당의 성물을 조각하는 사람이었는데, 친정 식구들은 그를 여전히 가난한 '돌쟁이'로 취급했으니까. 심하게 결혼을 반대했던 것도 그때문일 거야. 결혼해서도 남편을 무시하는 태도가 안 변하더라고. 그걸 생각하면 나는 지금도 속상하고 그에게 미안해. 그가 등을 돌리고 앉아 돌을 쪼고 있던 모습을 가끔 떠올리곤 해. 그 긴 시간 동안 돌을 쪼면서 그는 무슨 생각을 했을까. 섬세한 사람인데 얼마나 자존심이 상했을까. 그런 생각을 하면 아직도 속상해.”

세레나의 목소리는 어느새 젖어들었고 얼굴엔 생기와 절망이 함께 흘렀다. 헤어진 남편 얘기가 아니라 지금 사랑에 빠진 연인과의 얘기를 들려주는 사람처럼 보였다. 돌을 쪼아 조각상을 만들었다는 남편과 늘어진 스타킹으로 꽃잎을 만들고 있는 세레나가 나는 어쩐지 같은 사람처럼 느껴졌다.

“나는 이 세상 그 누구보다 그의 말을 이해했어. 그도 나의 말을 이해했어. 우리는 서로의 말을 깊이 이해하는 사람들이었어. 그러니까 사랑이지. 내 말 무슨 말인지 알아?”

“네?”

나는 선반에 놓인 리본들을 색깔별로 정리하다 고개를 돌려 세레나를 바라보았다. 왜 그때 보어를 마지막으로 사용하다 죽었다는 보아 스르라는 여인의 얼굴이 갑자기 떠올랐는지 모를 일이었다.

“이 세상 그 누구의 말보다 나는 그의 말이 가장 이해하기 쉬웠다고. 내가 이런 말을 하면 사람들은 같은 한국 사람들끼리 이해 못 할 말이 세상에 어딨느냐고 물을 거야.”

그녀는 정작 그런 사람들을 이해할 수 없다는 표정을

지으며 말했다.

"돌을 쪼듯, 그는 내 맘에 꼭 드는 단어를 조심스럽게 골라 내게 말을 걸어 주던 사람이었어."

세레나가 잠시 말을 멈추고 나를 바라보았다. 이런 말 해도 되나? 그런 눈빛이었다.

"나를 '내 예쁜 빨강 눈 토끼새끼', 그렇게 불러 줬는데……."

그녀는 그 말이 못내 쑥스러운 사람처럼 큭, 하고 고개를 숙였다 다시 들고 말했다.

"나는 그 말이 너무도 듣기 좋아 자주 들려 달라고 자꾸 힝힝, 하면서……."

세레나는 갑자기 무안한 듯 말을 멈췄다. 파리한 낯빛이 오랜만에 빛나 보였다. 둘만의 은밀함을 드러내 조금 창피해하는 것도 같았다. 토끼라니. 힝힝이라니. 난 솔직히 웃음이 삐져나오는 것을 억지로 참았다. 그녀가 내 기분을 알아차릴 리 없었다. 그녀는 사랑을 고백하고 난 후에 수줍어 보였다. 꽃잎을 마는 그녀의 손길이 무심한 듯 빨라지며 제 이야기 속으로 걸어 들어갔다.

"나이 차이가 많았나 보죠?"

"동갑내기였어. 부모를 일찍 여읜 사람이었는데 엄마

가 그렇게 자기를 불러 주었을 때 가장 행복했었대. 아마도 그런 기억 때문인 것 같아. 그가 기억하는 가장 따뜻하고 오래된 말로 나를 불러 주고 싶었나 봐. 그런 게 사랑일까? 왜 나는 이제야 그 중요한 것을, 이렇게 시간이 많이 흐르고 나서야 알게 되는 걸까? 진한 게 다 빠져나가고 나서야 겨우 보이는 게 있어. 그때는 안 보이던 것들 말이야."

그녀는 혼자 묻고 대답하며 이야기를 이어갔다. 가게는 한산했고 몰 안에도 쇼핑객은 거의 없어 적막함마저 들었다.

세레나는 언제 그랬냐는 듯 말없이 일에 몰두했다. 화학 처리 덕분에 놀랍도록 빳빳해진 스타킹 조각들을 새끼손가락 길이만큼 가느다랗게 잘라 박스에 담는 일이었다. 쉬워 보여도 내가 할 수 있는 일이 아니었다. 그녀는 내게 'Violet Grey'와 'Fuscia Pink'라고 표기된 컬러 스프레이를 가져다 달라고 말했다. 나는 수없이 많은 스프레이가 놓여 있는 선반 앞에서 색깔이 그토록 많은 종류로 나뉘어 있다는 사실에 놀랐다. 그녀는 내가 끙끙대며 찾아온 두 개의 스프레이를 양손에 쥔 채 춤사위를 펼치는 사람처럼 팔을 들었다. 꽃에 물을 주듯 스타킹 조각들 위에 스프레이를 뿌렸다. 뭐라고 형언할 수 없는 신비한 보랏빛이 꽃잎에 스며들었다. 엉겅퀴 꽃을 만드는 거라고 했다. 나는 감탄을 자아내며 그 놀라운 과정을 지켜보느라 숨을 삼켰다. 그녀에게 언어는 색깔로 남은 기호라고 내게 말하는 것만 같았다. 나는 문득 진열장에 놓여 있는 조화들을 둘러보았다. 삶의 격정적인 순간들이 다 지난 뒤에 남겨진 여운처럼 파스텔 톤의 꽃잎들이 은은하게 빛나고 있었다.

꽃집과 핫도그집은 사람들의 발걸음이 가장 뜸한 가게였다. 여자는 핫도그 번이 높이 쌓인 곳에 푹 파묻혀 앉아서 주문을 받았다. 처음엔 그것들이 모두 진짜 빵인 줄 알았는데 높이가 줄어들지 않아 놀랐다. 세레나와 핫도그집 여자는 관리사무실에서 렌트 독촉을 받은 것과 한국 사람이라는 공통점이 있었는데 친한 사이는 아니었다.

핫도그집 여자는 세레나 가게에 들러 혼자 말을 자주하다 가곤 했다. 세레나는 그런 그녀에게 대꾸하지도 쳐다보지도 않았다. 여자는 쉼 없이 말하면서 진열장 위에 놓인 꽃을 손으로 만지작거리기를 좋아했다. 렌트를 제때 못 내도, 장사도 안 되는 이곳에 들어오겠다는 사람이 없으니 쫓겨날 일은 없을 거라며 여유 있게 웃었다. 그럴 때마다 세레나는 자존심이 단단히 상한 눈치였고 여자가 만지작거린 꽃잎을 성마르게 뽑아 버렸다.

우리는 가끔 간식으로 핫도그를 사먹었다. 손님들이 거의 없으니 장사를 한다는 표현보다는 '지켰다'라는 말이 더 어울리는 가게였지만 핫도그는 생각보다 맛있었다. 직원이라고는 달랑 딸 하나였다. 여자는 딸을 '요시'라고 불렀다. '여시'같이 구는 딸이라고 여자가 작은 목소리로 내게 말했다. 옆으로 길게 찢어진 눈과 잘 어울린다는 생각이 들었다. 나는 요시에게 '똑똑하다'라는 뜻을 가진 이름이라고 칭찬 비슷하게 말했는데 요시는 웃지 않았다.

요시는 내가 또박또박 "투 - 우. 핫. 도. 그." 주문할 때마다 얼굴에 웃음을 숨기며 즐겼다. 어학연수가 아니라 현지인과 결혼해 애를 낳고 살아도 발음은 지독하게 고쳐지지 않는 불치병 같은 것이니 한국으로 돌아가라는 말처럼 느껴졌다. 내 느낌은 틀리지 않았다.

"귀화한 시민권자나 오래 산 영주권자나 3개월 방문비자 소지자나 하나도 다를 것 없어요. 모두들 발음병에 걸린 환자들이니까요."

요시는 영어로 그렇게 말하며 웃었다. 나를 바라보며 알아들어? 묻는 듯했다. 나는 웃지 않았다. 그 정도는 알아들어. 속으로 말했다. 저런 웃음이 낯설지 않았다. 강의실에서나 심지어 도서관 사서에게서도 보았다. 나는 가끔 요시의 눈이 점점 더 옆으로 찢어지는 상상을 했다. 먹물을 조금 찍어 검고 가느다란 선 하나를 눈썹 밑에 그려 넣고, 이게 네 눈이야, 말하는 상상은 때로 유쾌했다.

"친척이야, 세레나랑?"

여자는 내게 세레나에 대해 이것저것 물었다. 묻는 게 목적인 사람처럼 대답을 기다리지도 않았다. 세레나처럼 장사하면 일 년도 못 가서 문 닫기 십상인데 지금까지 버티는 게 용하다고도 말했다. 칭찬도 부러움도 섞이지 않은 말투였다. 지루함을 참지 못할 때 내가 나타나 반갑다는 인사 같았다.

"월급은 제때 주나? 그래도 이번 학생은 꽤 오래 버티네."

여자의 목소리가 일순 작아졌다. 가장 궁금했던 걸 묻는 눈치였다. 나는 대답하지 않았다. 생각해 보니 주급을 받지 않은 채 며칠이 흘러가 있었다. 월급으로 주려나. 주급에 익숙하지 않은 나로서는 그렇게 부당하다는 생각이 들지 않아 대수롭지 않게 여겼다. 아무튼 내가 어떤 대답을 하든지 그녀는 계속 질문을 이어나갈 거였으므로 아무 말도 하지 않는 게 나을 듯싶었다.

세레나가 부탁한 일회용 케첩을 좀 더 달라고 말하자

요시가 큰 손으로 한 움큼 쥐여 주었고 여자가 눈을 크게 뜨며 반을 덜었다.

세레나가 봉투를 내밀었다. 밀린 주급이라고 했다. 너무 늦었네. 그녀는 미안하다고 말했다. 마치 핫도그 여자와 내가 나눈 대화를 듣고 있던 사람처럼 보였다. 봉투가 조금 묵직하게 느껴졌다. 동전이 찰랑거리는 소리를 들은 것만 같아 나도 모르게 계산대 옆에 있는 유리병을 보았다. 손님들이 팁으로 주고 간 동전들과 지폐들이 고스란히 비워지고 없었다.

남편과의 얘기를 들려주던 세레나의 얼굴에 일순 그늘이 드리워졌다.

"단단한 돌을 쪼는 일들이 싫증난 걸까?"

그녀는 뜻 모를 질문 하나를 던져놓고 잠시 침묵했다.

"돌 쪼는 일을 그만두고 언제부턴가 흙으로 작품을 빚기 시작하더라고."

세레나는 아무리 생각해도 알 수 없는 지점에 생긴 일이라고 말했다.

"거친 진흙이라도 밤새 치대면 차지게 변했어. 그런 날이면 그는 잠도 안 자고 뭔가 빚기 시작하는 거야. 진저리 칠 만큼 부드러운 곡선들을 가진 소녀의 몸. 완두콩 껍데기 같은 도톰한 입술하고, 봉긋하게 솟아오른 젖가슴까지. 그런 것들을 손으로 빚고 있었어."

세레나의 손끝이 목소리처럼 가늘게 떨리는 걸 본 것만 같았다. 숨길 수 없는 질투의 감정들이 분분히 일어서고 있는 것만 같았다. 그녀는 주문한 꽃을 만드는 중이었다. 화사한 핑크빛 꽃잎들이 그녀의 발아래 수북이 쌓였다. 그녀는 자기 감정을 어쩌지 못하는 사람처럼 손질하고 있던 꽃잎을 바구니에 던져놓고 의자에 몸을 기댔다.

"남편이 헤어지자고 말할 때, 내 몸 안에 붉은 피가 몽땅 사라지는 것 같았어. 그런 경험 해본 적 없어서 모를 거야."

피가 사라지는 것 같은 결별이라니. 상상이 가지 않았다. 나는 소개팅에서 만난 그렇고 그런 남자들과 시시콜콜한 데이트를 한 게 전부였으니 결별이라는 결연한 단어를 입에 올릴 처지는 아니었다. 그녀는 이미 내 대답 따위는 중요하지 않은 사람처럼 보였다.

"입술도 점점 파리해지고 빛나던 눈동자도 빛을 잃었겠지. 맑아지다 희미해지다 결국 사라지는 것. 색깔을 잃어버리는 것. 사랑을 놓친다는 것은 그런 거였더라고."

나는 그 이유 때문에 한국을 떠난 거냐고 묻지 못했지만 그녀는 이미 나의 질문을 기다리고 있었던 사람처럼 스스로 대답해 주었다.

"남편과 헤어지고 어디든 멀리 가고 싶었어. 다른 언어를 쓰는 곳이면 어디든 살 수 있을 것 같았거든."

그녀는 숨을 고르며 하루의 이야기를 끝맺었다. 늘 비슷한 결론이었다.

"그래서 꽃이 내 전부야. 색색의 다른 꽃잎을 보며 다른 삶도 있다는 걸 받아들이게 돼."

그녀는 의자에서 몸을 일으켰다. 핫도그집을 바라보고 서 있었다. 어느 남자 손님이 음식을 받아들고 지갑을 꺼내고 있었다. 봉투가 제법 큼직한 거로 보아 오랜만에 들어온 큰 주문 같았다.

모처럼 일이 많은 날이었다. 오후에 내게 배당된 작업은 준비된 장미 70송이를 크기별로 세레나에게 건네고 그녀가 꽃바구니를 완성하는 일을 돕는 거였다. 2주 전에 들어온 주문이었다. 꽃을 주문한 사람은 말쑥한 양복을 차려입은 노신사였다. 금발보다 더 눈부신 은발이 차고 맑게 빛났다. 그는 천천히 가게를 향해 걸어 들어왔다. 청색 양복 깃이 추워 보일 만큼 깔끔했다. 치아가 가지런하고 언뜻 보이는 잇몸은 여전히 분홍빛이었지만 나이는 어쩔 수 없었는지 눈밑에 자리한 검은 보랏빛 그늘이 짙었다. 자신보다 열 살 어린 아내가 곧 70세 생일을 맞이한다며 묻지도 않은 말을 했다. 말은 느렸고 가끔 마른침을 삼키는 버릇이 있는 노인이었다.

그는 진열장 내부를 찬찬히 살폈다. 꼿꼿하게 세운 등 너머로 건너편 가게의 푸른 불빛이 차게 빛났다. 핑크와 화이트 장미로 만든 부케 앞에서 그는 오래 서성였다. 부케의 제목은 '5월의 신부'라고 붙어 있었다. 꽃잎 끝에 작은 큐빅을 일일이 붙이는 정밀한 수작업이라 시간이 오래 걸렸지만, 그 어느 부케보다도 눈부셨다. 노신사는 잠시 생각하는 눈치더니 결정했다는 듯이 고개를 끄덕였다.

"부케로 만들지 말고 바구니에 담아 줘요. 70송이. 예쁜 핑크로."

까다롭지 않은 손님이었다.

솔직히 나는 노인이 생화가 아닌 조화를 주문하는 이유를 이해하지 못했다. 향도 없고 죽지도 않고 그렇다고 생화보다 예쁘지도 않고 가격은 거의 배나 비쌌으니까. 그러나 정작 내가 이해할 수 없었던 것은 조화를 주문한 노신사가 아니라 먼 타국까지 와서 조화를 고집하며 생계를 유지하는 세레나였다. 싱싱하고 향기로운 생화를 다루는 일을 했더라면 그녀의 얼굴에 짙게 드리워진 그늘도 옅어질 것만 같았는데, 그녀는 그런 생각은 하지도 않는 사람 같았다.

"생일날에도 쓰고 장례식 때도 쓰려는 거지."

세레나의 대답은 뜻밖이었다.

"그건 너무 끔찍해요. 기쁜 날에 썼던 꽃을 어떻게 슬픈 날에 재활용품처럼 또 써요? 세상에. 게다가 할머니가 언제 죽을지 알고요?"

나는 정말 이해할 수 없었다. 맑고 담백하게 느꼈던 노인의 인상이 인색한 구두쇠처럼 여겨졌다.

"그러니까 시들지 않는 조화를 사는 거지. 평범한 하루가 마지막 날이 될 수도 있다는 것을 아는 사람들이나 할 수 있는 준비야. 아무나 그런 거 못 하지."

세레나는 마치 결혼한 날짜와 이혼한 날짜가 같은 사람만이 그렇게 말할 수 있다고 항변하는 사람처럼 보였다. 그런 사람들을 위해 조화를 만들고 있는 자신을 위로하는 말 같았다.

나는 구겨진 스타킹이 한 무더기 담겨 있는 박스를 뒤적였다. 손을 넣어서 구멍이 뚫리지 않은 것들을 골라 다른 박스에 담았다. 어떤 스타킹들은 너무 더러워 구멍이 없어도 버렸다. 오래하면 손에서 나쁜 냄새가 났다. 손가락이 얼얼했고 손톱 끝이 새까매졌다. 분류 작업이 끝나면 스타킹의 발목 부근을 잘라내 버리고 길게 늘어진 부분만 다른 박스에 넣었다. 비누칠을 오래해 손을 닦았다.

세레나는 내가 골라낸 스타킹에 얇은 철사를 끼워 장미 꽃잎 모형을 만들었다. 손과 얇은 철사, 그리고 철사를 자르는 작은 기구가 그녀가 사용하는 전부였다. 그저 손으로 몇 번 만지작거렸을 뿐인데 길게 늘어진 스타킹이 꽃잎으로 다시 태어나는 건 언제 봐도 신기했다. 꽃잎의 미세한 휘어짐과 동그란 느낌까지도 놓치지 않는 손끝이 매서웠다.

색깔 작업을 위해 크기별로 꽃잎들을 분류해 놓았다. 꽃술의 가장 안쪽을 장식할 꽃잎들은 새끼손가락처럼 가늘고 작았다. 만개한 꽃잎들은 둥근 풍선처럼 위로 갈수록 둥글어지다 모여지고 아래로 갈수록 길쭘해졌다. 나는 그것들을 커다란 박스에 일렬로 눕혀 놓았다. 세레나는 스프레이를 누르는 힘 하나만으로도 농도를 맞추는 걸 아는 사람처럼 자신 있게 보였다. 꽃물이 오르듯 살색 스타킹으로 만든 꽃잎들이 핑크빛으로 변하면서 촉촉이 젖어들었다. 박스 안에 손만 밀어넣고 작업을 하는데도 꽃술 부근은 진하고 가장자리 부분은 조금 옅게 물들었다. 나는 마스크를 썼고 그녀는 입을 앙다물었다. 스프레이 작업이 끝나면 헤어드라이어를 이용해 꽃잎들을 말렸다. 내 몫의 일이었다. 스프레이를 뿌린 꽃잎들은 금방 말랐다. 꽃술처럼 생긴 얇은 면봉 같은 것을 가운데에 넣어 오므려 붙이면 완벽한 꽃이 되었다. 향기만 있다면 생화라고 불러도 믿을 것만 같았다.

세레나는 고추장에 마른 멸치가 담긴 도시락을 남김없이 비웠다. 작은 플라스틱 통에 한 주먹 분량의 밥이 들어 있었고 그것보다 더 작은 통에 마른 멸치와 고추장이 들어 있었다. 마른 멸치는 정말 물기 없이 바짝 말라 보였고 고추장은 검붉은색이었다. 맵고 칼칼한 게 당길 때 점심 메뉴로 최고라고 그녀가 말했다. 그녀의 몸에 비릿한 냄새가 묻어 있을지도 모르겠다는 생각이 들었을 때 그녀가 빚은 꽃잎들도 비릿한 냄새를 풍기는 것만 같았다.

나는 토마토와 베이컨과 싱싱한 상추가 들어 있는 햄버거를 점심으로 먹었다. 한국 음식이 그리울 틈도 없이 먹고 싶은 게 너무 많았다. 시급과 맞먹는 햄버거 값이 가끔 아깝다는 생각이 들기도 했지만 식탐을 잠재우지는 못했다. 미국까지 와서 고추장에 마른 멸치로 끼니를 때운다니. 나는 가끔 세레나를 속으로 비웃었다. 육즙이 뚝뚝 떨어지는 햄버거를 한입 가득 베어 물 때마다 그녀가 어리석은 사람이라는 생각까지 들었다.

식사 후에 세레나는 커피를 마셨고 나는 망고를 먹었다. 과즙이 풍부하고 향이 좋았다. 꽃을 먹는 것 같았다. 망고는 향기 없는 꽃집에서 가장 짙은 향을 풍겼다.

"버리지 말고 모아 둬."

세레나가 내게 다짐하듯 다시 말했다. 망고씨를 플라스틱 통 안에 넣어 두라는 말이었다. 복숭아씨보다 약간 크고 길쭉한 게 돌덩이처럼 딱딱해 세레나가 즐겨 쓰는 재료였다. 색을 칠하고 인조이끼를 붙여 화분에 장식하면 이끼가 잔뜩 묻은 돌멩이처럼 보였다.

나는 그녀에게 '보어'에 관한 이야기를 들려주었다. 그녀가 내게 수업 시간에 뭘 배우냐고 물었을 때 생각난 이야기였다.

"자기가 사용했던 언어와 함께 죽은 여자가 있다고?"

세레나가 그런 얘기는 처음 들어 본다는 표정을 지으며 물었다.

나는 수업 교재로 받았던 보아 스르의 사진을 세레나에게 보여주었다. 그리고 그녀의 이름도 알려주었다. 세레나는 일손을 멈추고 양미간을 모으더니 사진을 오래 들여다보았다. '보아 - 스르' 몇 번이고 따라 했다. 그녀는 손가락으로 사진 속 여자의 입술 언저리를 쓸었다. 진한 4B 연필로 죽죽 그어놓은 것처럼 가늘고 긴 주름들이 촘촘하게 자리 잡은 곳을 제 입술인 양 바라보았다. 보어가 여자의 입술 근처에 자리한 자글자글한 주름을 닮은 언어라고 이해한 사람 같았다. 여자의 혀를 지나 입술의 근육을 살짝 건드리고 나온 마지막 말들이 주름을 남기고 영영 사라졌다는 말로 알아듣는 사람 같았다.

"그러니까…… 혀를 잃은 언어네."

세레나는 제 입술을, 입술 근처 살갗을 천천히 쓸며 말했다. 그녀는 진열장을 등지고 앉아 내 얘기를 듣고 있었다. 그녀의 등 뒤로 푸르스름한 불빛이 차올랐다. 그 불빛은 이상한 기운을 뿜고 있었다. 푸르스름한 불빛은 그녀의 얼굴을 더욱 파리하게 만들었고 작은 어깨는 더욱 왜소해보이게 했다. 나는 그녀의 불안하게 큰 눈과 불빛 때문에 기이하고 뾰족하게 보이는, 그러나 사실 전혀 높지 않은 세레나의 콧잔등을 바라보았다. 그녀의 남편이 어디에선가 손에 끌과 정을 들고 그녀의 저런 모습을 조각하고 있을지도 모르겠다는 엉뚱한 생각이 들었다.

"언어도 죽는구나. 죽을 수도 있구나."

세레나는 무대에 올라선 배우가 마지막 연극 대사를 읊조리는 것처럼 비장한 목소리로 말했다. 한가한 오후였고 나른해서 꺼낸 얘기가 심각하게 흘러갔다.

"그럼, 내가 한국에서 사용했던 언어들…… 나와 함께 죽을 수도 있겠네?"

"한국에 사는 사람들이 계속 사용하잖아요. 그러니 살아 있지요……."

나는 내가 들려준 이야기와 세레나의 비유는 상관관계가 없다는 식으로 말했지만, 그녀의 말이 어떤 식으로든지 옳을 수도 있을 거라는 생각이 들어 말꼬리를 내렸다.

"아니…… 그래도 어떤 특정한 사람과 사용했던 언어들 말이야……. 특정하고 고유한 순간들의 그 언어……."

세레나는 답답하다는 듯, 아무도 자신의 말을 이해하지 못할 수도 있다는 생각을 하는 사람처럼 오른손으로 제 가슴을 살짝 쓸어내렸다.

세레나는 손이 곱은지 자주 손을 쥐었다 폈다 했다. 스프레이로 색을 입혀 놓은 장미 꽃잎은 다음 단계 작업을 할 수 있도록 잘 말라 있었다. 30센티미터 길이의 가느다란 철사에 녹색 테이프를 입히는 작업은 길고 지루했다. 녹색 종이테이프는 끈적거렸고 쉽게 찢어지지 않는 재질이라 엄지와 검지만의 힘을 이용해 테이프 감는 일을 오래하다 보면 손끝이 얼얼했다. 그녀가 손가락에 테이프를 계속 붙이고 사는 이유를 알 것만 같았다.

색을 입힌 꽃잎 다섯 장을 덧대어 한 송이 장미로 만드는 일은 시간이 꽤 오래 걸렸지만 만들고 나면 탄성이 저절로 터져 나왔다. 꽃바구니에 금방 벌이나 나비가 한 마리 날아와 서성거린다고 해도 놀라지 않을 것처럼 완벽한 재현이었다. 천장에 붙은 거울을 올려다보면 영락없이 꽃밭에 들어앉은 모습이었다. 세레나는 마지막 장미 꽃잎에 앙증맞은 큐빅 장식을 붙였다. 아침 이슬처럼 빛났다.

그녀는 만족스럽다는 듯 길게 기지개를 켰다.

나는 고개를 뒤로 젖히고 거울로 된 천장을 올려다보았다. 세레나가 누워 있는 자리에서 미세한 움직임이 일었다. 30분만 자겠다던 세레나가 잠을 털고 일어서고 있었다. 거울에 비친 그 움직임은 느리고 한가로웠다. 팔과 다리가 조금씩 길어졌다. 그녀는 부스스한 머리를 쓸어내렸고 침낭처럼 이용하는 빈 박스를 한쪽으로 치웠다.

우리는 가끔 한가한 오후 시간이면 고개를 젖히고 거울

을 올려다보며 웃었다. 손도 흔들어 보았다. 가끔 핫도그
여자가 우리를 보며 손을 흔드는 모습도 보였다. 높다란 핫
도그 번에 둘러싸인 그녀는 베이지색 튜브를 끼고 수영하
는 사람 같았다. 거울을 올려다보는 세레나와 나의 모습은
꽃밭에 앉아 있는 난쟁이들 같았다. 마트 계산대 앞에 줄
이 조금 길게 늘어선 날은 움직임이 많다는 것이고 장사를
기대해 봐도 좋다는 날이었다. 세레나는 그런 날이면 은근
히 사람들이 꽃가게로 올지도 모른다고 기대하는 눈치였
지만 그런 일은 거의 일어나지 않았다.

노신사는 정확히 약속한 시간에 왔다. 주문한 꽃바구니
를 진열장 위에 올려놓았을 때 그는 탄성을 지르는 대신에
양미간을 천천히 찌푸렸다. 배송해 주겠다는데 굳이 와서
보겠다고 했을 때부터 긴장했었다. 그는 색깔이 마음에 들
지 않는다고 말했다. 괜한 트집을 잡고 있다는 생각이 들
었다. 오더를 잘못 받았나. 나는 난감한 표정을 지으며 오
더장을 들춰보았다. 핑크. 70송이, 생일 화환. 분명히 그렇
게 적혀 있었다. 나는 그에게 한글로 적어 놓은 오더장을
내밀며 영어로 설명했다. 그는 눈을 가늘게 뜨고 기호와도
같은 그 문자를 가만히 들여다보았다. 어떤 진실을 얘기해
도 믿지 못하겠다는 표정이었다.

"당신이 주문한 내용입니다."

노신사는 더 이상 내 설명이 필요 없다는 듯이 손가락으로 장미 꽃잎을 가리키며 너무 강렬하다고 했다. 어느새 세레나가 끼어들며 내게 물었다.

"핑크라고 했잖아?"

분명히 내가 주문 내용을 잘못 전달해 일어난 일이라고 단정 짓는 말투였다.

"네, 핑크요."

나는 오더장을 다시 들춰보고, 핑크라고 적힌 곳을 다시 눈으로 읽다 노인을 한 번 더 쳐다보고 세레나를 바라보았다.

"손님이 이 색이 아니라잖아. 화려하다잖아. 약간 핑크를 원한 거네. 그럼 처음부터 내게 분홍이라고 말했어야지."

"네?"

"핑크와 분홍, 달. 라. 분명히 다르다고."

세레나는 내가 한 번도 들어 본 적이 없는 단호한 목소리로 말했다. 다른 건 몰라도 그 색깔의 차이는 자신이 가장 잘 알고 있는 사실이라고 말하는 사람 같았다. 나에게 분홍과 핑크는 언제나 같은 색이었는데 세레나에게 분홍과 핑크는 완전히 다른 색인 것만 같았다.

"주문한 사람이 노인이라고 처음부터 내게 말했으면 이런 실수는 없었지."

나는 새로운 어감의 단어와 마주친 사람처럼 무언가 아득해졌다. 굳이 세레나의 설명이 없어도 그녀가 무슨 말을 하려는지 이해되었다. 세레나가 입술을 오므리고 분홍이라고 말했을 때 나는 분명히 그걸 느꼈다. 핑크가 절정으로 치닫던 어느 순간들의 화려함이라면 분홍은 붉은빛의 모든 열기가 다 빠지며 남긴 지울 수 없는 흔적이었다.

세레나는 정성 들여 만든 꽃을 하나하나 뽑아 박스에 다시 넣었다. 나는 망연한 기분으로 그녀의 손놀림만 보고 있었다. 지문이 조금씩 닳아 없어진 그녀의 손가락을 언뜻 본 것만 같았다. 보아 스르의 입가에 남은 깊은 주름이 지워지고 있었다.

압시드

Abcd

내 이름이 당신의 호기심을 자극했나 보군요. 가끔 그런 사람들을 만나지만, 이렇게 취재하러 온 경우는 처음이에요. 내게 특별한 걸 얻어 가지는 못할 거예요. 적어도 기삿거리는 안 될 거라는 말이지요. 아무것도 기대하지 말아요. 그러면 아마도 내 이야기가 조금은 흥미로울 수 있을 거니까요.

한국을 떠난 지 60년이 넘었는데도 불구하고 한국어를 잊지 않고 구사한다는 것이 좀 재밌는 기삿거리가 될 거라고요? 내 어줍은 한국말을 매끄럽고 세련되게 정리해서 당신에게 들려주는 학생이 옆에 없다면 불가능한 일이지요. 서로 인사 나눠요. 한국에서 온 유학생이에요. 나는 나이가 들수록 한국어 구사 능력이 늘어요.

최근에 일어난 일보다 오래전에 있었던 일들이 오히려 어제의 일처럼 더 선명하게 느껴지고요. 어쩌면 언어란 기억 그 너머의 시간 속에 저장된 흔적이라고 할 수 있죠. 내가 아직 한국말을 잘하는 것도 같은 맥락이라고 생각해요. 내 무의식 속에 자리한 시간의 지층이 견고하고 도드라져 서일 거예요. 참, 이곳에 한국어 라디오 방송은 물론이고, 책, 신문, 잡지도 넘치고, 텔레비전만 켜면 종일 드라마와 뉴스가 나와요. 일주일에 두 번 한국어 회화반도 다니고요. 고급반 학생이랍니다. 사실 이런 것들이 내 한국어 실력 향상에 도움이 된 것들이지요.

한미동맹 60주년 기념행사 취재 때문에 이 도시에 오셨다고요? 사실 그 동맹이 구체적으로 무엇인지 잘 모르겠어요. 군사 동맹인지, 외교 동맹인지, 경제 동맹인지, 아니면 그 모든 것을 아우르는 것인지. 그렇지만 60년이란 세월을 함께했다는 것은 아름다운 일이지요. 사랑하는 두 남녀가 함께하기도 쉽지 않은 세월인데, 축하할 만한 일이네요. 이해와 희생이 있어야 가능하겠지요. 아, 당신의 눈이 반짝이네요. 마치 듣고 싶은 걸 들었다는 표정으로 보여요. 빠르게 메모하는 모습이 역시 기자다워요. 사실 이해와 희생이라는 말처럼 슬픈 게 없어요. 그 안을 들여다봐요. 그 말 속에 버려진 것들 말이에요. 너무 무거운 이야기는 피하자고요? 그래요. 나도 이제 무겁고 진지한 것은 싫어요. 남은 생은 깃털처럼 가볍고 풍선처럼 멀리 날아가려고요. 그 말은 내가 전혀 가볍지 않게 살아온 것처럼 들린다고요? 내가 하고 싶지 않은 말까지 조심스럽게 끄집어내는 솜씨가 놀랍도록 날카롭군요. 그리 미안한 표정을 짓지는 말아요.

누구나 무거운 이야기 하나쯤은 간직하고 살아가지요. 정작 무거운 이야기는 저 자신의 무게로 가라앉는 법이지요. 아직 가라앉지 않은, 그리 무겁지 않은 이야기를 들려주리다. 그리고 나를 고래학자라고 부를 필요는 없어요. 학자라는 칭호는 내게 너무, 뭐라 그럴까, 거북해요. 그건 너무 과장된 표현이라는 생각이 들어요. 나는 고래가 뭘 좋아하는지, 어디가 아픈지, 그들의 일상을 관찰하고, 적고, 생태를 조사하는 일을 했지요. 아, 그게 연구라고요? 그렇군요. 적어도 평범한 사육사나 조련사는 아니었어요. 나는 거의 평생 고래와 함께 살아왔어요. 그 일이 좋았어요. 가끔 나는 엉뚱한 생각을 하곤 했지요. 고래를 어미로 두고 태어난 사람이 아닐까, 하는. 우습게 들릴 수도 있겠지만, 더 솔직히 얘기하자면, 아마도 나는 새끼 고래로 태어났다가 무슨 연유로 사람으로 성장했을 거라는 상상을 자주 하곤 했어요. 나는 수염고래를 좋아해요. 좋아하는 이유는 분명해요. 수염고래는 혼자 살지요. 번식기만 제외하고 말이에요. 절대 무리 지어 살지 않아요. 나는 그 점이 좋아요. 그러나 그렇게 혼자 있다가도 상처 입거나 아픈 동료를 발견하면 옆에서 지탱해 주고 함께 있어 주지요. 혼자 있을 때와 같이 있어야 할 때를 잘 아는 고래지요. 바다의 빅 브라더라고 불러도 좋을 만큼 거대한 몸집을 지녔어요. 원칙과 포용력이 있지만 군림하는 법은 없지요.

오래전에 작살에 찔린 채 기슭까지 떠밀려 온 수염고래를 치료한 적이 있었어요. 내가 직접 본 고래 중에서 가장 컸지요. 몸을 씻기는데, 어찌나 몸집이 크던지 작은 언덕이 내 앞에 턱 가로막힌 느낌이었어요. 그런데 지느러미와 꼬리는 몹시 작게 느껴졌어요. 나는 그것들을 쓰다듬으며 말할 수 없이 깊은 친밀감을 느꼈어요. 마치 진화하지 못한 채 여전히 고래로 살아가고 있는 내 몸의 일부를 쓰다듬는 느낌이라고나 할까요. 고래의 넓은 등을 닦아 줄 때의 기분을 당신은 아마 짐작도 하지 못할 거예요. 방금 물에서 솟구쳐 오른 고래의 등과 내 손바닥이, 척척, 그래요, 어떤 것도 끼어들 수 없을 정도의 밀착감이라고나 할까요. 그렇게 하나가 되는 완벽한 느낌이 내 온몸을 관통하며 지나갔지요. 참, 고래 등을 쓰다듬어 본 적 있나요? 그런 경험이 없다면 나의 어떤 표현도 마음에 와닿지 않을 거예요. 내 앞에 벌러덩 누워 있는 거대한 고래 앞에서 내가 느낀 건 두려움이 아닌 동질감 같은 것에 가까웠다는 말이에요. 그래요, 나를 고래 연구가라고 불러도 좋아요. 당신네 나라에서는 하찮은 직업도 어울리지 않게 격상시켜 부르는 경향이 있더군요. 드라마나 영화를 볼 때 이해를 방해하는 것 중의 하나예요. 사실 호칭만 번지르르해요. 그들을 대하는 사람들의 태도는 변한 게 없어 보여요. 기분 나빠 하지는 말아요. 당신에게 따지려고 했던 것이 아니에요. 지극히 개인적인 내 느낌을 말했을 뿐이에요. 당신네 나라의 한 단면을 말했을 뿐이지요. 한 개인이 국가의 구성원이기는 하지만, 그 나라의 모든 걸 대표하고 있다는 생각은 위험해요. 마치 나 혼자 주절대는 느낌이 드는군요. 괜찮다고요? 사실 내가 고래 이야기를 먼저 한 것은 지극히 의도적이었어요. 워밍업이라고 할까요. 고래 이야기를 먼저 했지만 솔직히 나는 한 여자에 관해 이야기를 하고 싶었으니까요. 호기심에 눈을 반짝이는군요. 연애 이야기냐고요? 꼭 그렇지는 않아요.

　내 이야기를 들려주기 전에 그녀의 이야기를 먼저 해야할 것 같아요. 내 이야기 속에 그녀의 삶이 있고 그녀의 이야기 속에 내 삶이 있지요. 나는 그 여자를 미자라고 불렀어요. 그 여자 이름이죠. 전혀 기대하지 않았던 이야기를 듣는 사람 표정을 짓는군요. 계속할게요. 미자를 처음 본 날은 내가 이 나라에 온 지 1년도 채 되지 않은 어느 날이 었어요. 내 양부모와 고래 쇼를 보기 위해 야외 대형 수족 관이 있는 곳에 갔던 날이었어요. 나는 여덟 살이었고, 영 어가 서툴렀으니 당연히 친구도 없었지요. 가끔 그때 찍은 사진들을 보면 아주 독특한 정서가 묻어 있는 내 눈동자와 마주치지요. 지금도 그 사진을 보면 가슴이 먹먹해요. 뭐 라고 이름 지어야 할까요, 그 눈동자를? 약간의 적의를 품 고 있으면서도 한편 소외될까 두려워하는 눈빛을. 경계의 끈을 놓지 않으면서도 어떻게든 새로운 상황에 적응해야 하는 것이 유일한 생존의 방법이라는 것을 이미 어린 나이 에 알아 버린 눈빛이라고 할까요. 그래서 이미 비굴해 보 이기까지 한 눈빛이지요. 아무튼 그 눈빛을 아우르는 정서 를 한 단어로 표현하기가 힘들어요. 당신도 고개를 끄덕이 는 걸 보니 단어 선택을 신중히 하는 사람 같군요. 언어에 갇힌 표현의 한계를 아는 사람은 많아도 몸으로 느끼며 사 는 사람은 극히 드물지요. 아무튼 내 양아버지는 고래 쇼 를 지켜보는 내내 내 손을 놓지 않았어요. 그의 손이 얼마나 따뜻하고 크고 두텁던지. 나는 요즘도 가끔 그의 손아귀 안에 작은 새처럼 감싸여 있던 내 손을 떠올리곤 하지요. 말할 수 없이 평온하고……. 그래요. 안온해요. 나는 그 단어가 참 좋더라고요. 안온하다는 표현은 정말 따뜻해요. 따뜻한 물속에 몸을 담그고 있으면 그 단어가 떠올라요. 딱 그 느낌의 단어지요. 미자를 표현하기에 그 단어만큼 어울리는 것도 없어요. 아마도 내가 그녀에게 안온함을 느꼈다는 것을 안다면 미자는 고개를 저으며 믿지 않을 거예요.

고래 쇼가 진행되는 동안 내 눈길은 한 동양인 여자에게 머물렀어요. 그녀가 미자였어요. 겁먹은 내 눈이 백인들과 아주 소수의 흑인들 사이를 불안스레 지나다가 나와 비슷한 외형을 지닌, 그냥 그 여자에게 닿았다는 표현이 더 어울리겠군요. 쇼를 보려고 몰려든 많은 사람 가운데 미자와 나, 그렇게 둘이 유일한 동양인이었어요. 그 여자는 혼자 왔더군요. 사람들은 수족관을 중심으로 빙 둘러앉아 있었지요. 고래가 묘기를 부릴 때마다 사람들은 환호했어요. 말 없이 물끄러미 고래를 바라보고 있었던 사람은 아마도 나와 미자, 둘뿐이었을 거예요. 우리는 박수를 치거나 환호하는 법을 한 번도 배워 본 적이 없는 사람들처럼 그냥 바라보고 있었지요. 그녀는 건너편 벤치에 앉아 있었어요. 나는 그녀를 물끄러미 바라보았고, 내 느낌으로는 많은 사람 가운데 어린 동양 남자인 나를 그녀도 호기심 어린 눈으로 바라보고 있었던 거 같아요. 미자는 나보다 나이가 많은 어른이었어요. 고래 쇼가 거의 끝나갈 무렵이었어요. 나는 단지 미자가 일어설 채비를 하며 가방을 주섬주섬 챙기는 모습을 봤을 뿐인데 속으로 울먹이기 시작했지요. 나를 울먹이게 한 것은 뭐였을까요? 지금 생각해도 모르겠어요. 처음 본 그녀와 헤어지는 게 서운했을 리도 없고요. 건너편 의자에 앉아 있던 낯선 동양인 여자를 오래 바라보았을 뿐인데, 왜 그렇게 눈물이 났던 걸까요. 아무튼 내가 감당할 수 없을 정도의 뜨거운 게 꾸역꾸역 치밀어 올라왔어요. 밖으로 밀어내지 않고는 견딜 수 없었지요. 가끔 그 감정을 되새기며 이유를 생각해 보려고 해도, 마치 재생될 수 없는 기억처럼 감이 잡히지 않아요. 다만, 그 감정이 너무도 강렬했었고, 결국 나는 울음을 터트리고 말았지요. 엉엉, 소리 내어 울었어요. 양아버지는 나를 업어 주려고 넓은 등을 오래 내밀었고 양어머니는 손수건으로 내 얼굴을 닦아 주며 달래려고 애썼지만 소용없었어요. 주변에 있던 사람들이 거의 다 빠져나가고 어느새 미자가 다가와 물끄러미 나를 바라보고 있었어요. "너, 한국 애지?" 그녀가 물었지요. 난 지금도 그때 그녀의 목소리를 잊을 수가 없어요. 삶에 대한 아무런 희망도 미련도 없는, 마치 마른 나뭇잎이 바삭거리며 어쩔 수 없이 바람에 몸을 뒤척이는 소리 같았어요. 건조하고 쓸쓸한 목소리였지요. 내가 한국 애든, 일본 애든, 중국 애든, 자신과는 아무 상관도 없지만 그냥 물을 수밖에 없다는 듯한 표정으로 묻더군요. 나는 그녀의 말에 고개를 끄덕였고 마지막 남은 울음을 마저 터트렸지요. 양아버지는 미자에게 뭐라고 말을 했고 그녀가 잠시 나를 물끄러미 바라보더니 다가와 안아 주더군요. 그녀의 품에서 짭조름한 냄새가 났어요. 비릿하고, 그리고 뭔가 떫은 냄새. 익숙하고 정겨운 냄새라고 말하고 싶어요. 정말이냐고요? 아마도 그 냄새가 그리웠던 것은 아니었냐고 묻고 싶은 거죠? 그럴지도 모르지요. 몸은 떠나왔지만 함께 오지 못한 것들이 그리웠겠지요. 아무튼 나는 미자의 품안에서 한껏 울다 거의 기진맥진한 채로 쓰러졌지요. 어쩌다가 미자와 함께 양부모가 사는 곳까지 왔는지는 기억나지 않아요. 그 후로 미자는 내가 사는 곳을 자주 찾아왔지요. 오랜 시간이 지난 후에 양아버지의 부탁으로 그녀가 나를 보러 왔다는 걸 알게 되었지만요. 다행히 그녀의 집은 그리 멀지 않은 곳에 있었어요. 와인을 한잔 마시고 싶군요. 술이 있냐고요? 그럼요. 이곳은 환자만 있는 곳이 아니지요. 나같이 거동이 불편한 노인네들이 모여 같이 사는, 양로원이나 재활원이면서 개인 주택의 중간 정도 개념으로 이해하면 될 거예요. 잠깐만요. 거기 벨을 누르세요. 벨을 누르면 친절한 루이즈가 올라올 겁니다. 나는 왼쪽이 좀 불편합니다. 정년을 앞두고 고래에게 팔을 물렸어요. 눈 깜짝할 사이에 일어난 일이었지요. 가끔 성난 고래도 있으니까요. 신경이 조금 손상되었지만 그리 많이 걱정할 정도는 아니고요. 아, 루이즈가 들어오네요. 와인을 좀 갖다 달라는 말에 루이즈의 눈이 동그랗게 커지네요. 술이 생각나는 이유를 묻는 눈치예요. 그래도 거절하지는 않는군요.

자, 다시 이야기를 하지요. 나는 이제 조금 무거운 이야기를 하려고 해요. 내면에 영원히 가라앉기 전에 들려주고 싶어요. 그래서일까요, 술 생각이 간절해요. 아, 루이즈가 다시 오는군요. 방문객이 잘 찾아오지 않는데 당신이 조카냐고 묻네요? 나랑 닮았대요. 동양인은 다 닮아 보이나 봐요, 저들에게는. 아, 우리는 모두 한민족이라고요? 아, 너무 거창해요. 그런 표현들. 나는 작고 특별함을 갖춘 한 개인에 지나지 않아요. 민족이니 국가니, 그런 말들은 사전적 의미가 정확하지, 내 피부에 와닿는 말들은 아니에요.

실망했나요? 뭔가 기삿거리가 있을 법해서 왔는데 엉뚱한 얘기만 하고 있으니. 그렇게 정색할 필요는 없어요. 이제 내 입술을 축인 와인의 힘을 빌려서라도 이야기를 계속할 거예요. 그러고 싶어요. 마치 이 순간을 오래 기다려 온 사람처럼요. 나는 당신이 내 이야기를 듣는 태도가 퍽 좋아요. 뭔가 궁금한 것이 있어도 꾹꾹 누르며 듣는 모습이 날 편안하게 해요. 내 양아버지가 한국전 때 파견된 군의관이라고 해도 그게 뭐 특별한 일인가요? 이제 그분은 돌아가시고 없는데요. 다시 말해서 나는 어떤 식으로든지 당신의 나라와 특별함이 있는 존재는 아니라는 말이에요. 당신이 내게 처음 청했던 것처럼 하고 싶은 이야기만 할래요. 그래도 좋다고요? 오늘 저녁은 참 유쾌하군요. 마치 오래된 친구를 만난 것 같아요.

이제 미자의 얘기를 계속하지요. 나는 미자와 같이 성장했어요. 그렇게 설명할 수밖에 없군요. 성장이란 뭔가요? 몸무게나 키가 늘거나 하는 것은 물론이거니와 삶의 의혹을 하나씩 짚어 나가며 본질을 깨닫는 거라고 말해도 될까요? 나는 가끔 단어에 대해 나름대로 깊이 생각하고 의미를 부여하는 버릇이 있어요. 아무튼 언어란 지극히 개인적인 경험에 의해 형상화되고 각인되는 거라고 생각해요.

적어도 나의 성장은 그랬다는 말로 들어줘요. 내가 열여덟 살 때, 운전면허증을 처음 딴 날이었어요. 차를 몰고 미자네 집으로 갔지요. 그녀의 집은 우리 집에서 차로 20여 분 가는 곳에 있었어요. 내가 직접 차를 몰고 가는 것은 처음이었어요. 나는 말할 수 없이 자랑스러운 심정으로 갔어요. 그래요. 남자가 된 느낌, 어른이 되었다는 자신감. 그런 것들이 충만하게 나를 감쌌지요. 내 손으로 시동을 걸고 가스를 넣고 액셀러레이터를 힘차게 밟고 운전대를 잡고 기어를 조절하며 달리는 기분. 나는 미자를 데리고 어디로 갈까 생각하며 달렸지요. 양아버지는 미자와 내가 만나는 게 나의 정서에 도움이 될 거라 여겼는지 규칙적으로 만날 수 있도록 시간을 만들어 주었지만 고작 수족관과 집만 왔다 갔다 했지요. 우리는 그곳에서 팝콘과 핫도그를 사먹으며 한나절을 보냈어요. 물론 한국말로 대화를 하고요. 양아버지가 가끔 미자에게 돈을 건넸는데 그녀는 받질 않는 것 같더군요. 아마도 양아버지는 미자가 고맙고 미안하고 그랬나 봐요. 내게 와인을 한 잔 더 따라 줘요. 내 얘기를 더 깊이 있게 들어줄 필요가 있어요. 지극히 개인적인 한 사람의 얘기를 하고 있을 뿐이지만요. 고개를 끄덕이시는군요. 그건 내 말을 존중한다는 의미겠지요? 이렇게 많은 말을,

그것도 한국말로 쏟아내 본 적이 언제인가 모르겠어요. 내 입에서 흘러나온 말이 뭔가를 규정하고 설명한다는 것이 어떨 때는 내가 정말로 그렇게 생각하나 의혹이 들 때가 많아요. 아, 당신도 그런 생각을 했던 적이 있다고요? 자, 우리 건배해요. 조금 유쾌한 기분이 참 좋군요.

미자는 나보다 열다섯 살이 많았어요. 그녀의 이름은 부를수록 정겹고 오밀조밀한 그녀의 이목구비와 참 잘 어울린다는 생각이 들었어요. 미자는 늘 말이 없었지요. 지극히 필요한 말만 하는 사람이었어요. 그녀의 남편은 탱크를 모는 사람이 되고 싶은 흑인 병사였어요. 한때 한국전에 참전했었고 종전이 되고 난 후에도 그곳에 머물다 미자를 만났대요. 나도 그를 몇 번 본 적이 있지요. 내 어깨를 가볍게 툭 치거나, 나를 향해 훅을 날리며 웃곤 했지요. "헤이, 브라더!" 하고 나를 불렀지요. 남편은 미자보다 더 말이 없는 사람처럼 보였어요. 아니, 둘은 서로 말을 하지 않는 것 같았어요. 남편은 미자가 집에 있을 때도 가끔 여자친구를 데리고 온대요. 미자는 마치 남의 이야기를 하는 사람처럼 덤덤하게 그 이야기를 했지요. "그래도 그는 좋은 사람임이 틀림없어." 그렇게 종종 말하곤 했어요.

미자는 뜨개질을 잘했어요. 커다란 실뭉치가 들어 있

는 가방을 늘 들고 다녔으니까요. 나와 이야기할 때도 손은 뜨개질 바늘을 놀리고 있었어요. 그녀의 손에서 목도리, 조끼, 털모자, 이런 것들이 만들어졌지요. 그것들을 모아서 벼룩시장에도 내다팔고 가끔 주문도 받았어요. 그 돈을 모두 모아 고향에 있는 동생들에게 보낸다는 말을 할 때 미자는 자신을 참 자랑스러워하는 사람처럼 보였어요. 물론 내게 선물로 주기도 했고요. 아, 차를 몰고 갔던 이야기를 하다가 말았군요. 그래요. 그날은 내게 특별한 날이었지요. 미자는 그날도 뜨개질을 하고 있었어요. 나를 보고 놀라더군요. 내가 직접 운전을 하고 왔다고 말하니까, "아, 이제 다 컸네" 그렇게 말했어요. 내 머리를 쓰다듬어 줬었나? 기억나지는 않는데, 꼭 그랬던 것만 같아요. 아니, 난 그걸 기대했었던 거 같아요. 그녀가 기뻐했던 표정이 생각나요. 아니요, 아니에요. 더 솔직히 말하자면, 그녀의 얼굴에는 기쁨과 약간의 허탈한 감정이 잔잔한 물결처럼 함께 흐르고 있었어요. 뭐라 그럴까, 이제 운전까지 하는 나를 더 이상은 돌볼 필요가 없지 않을까, 하는 그런 의구심이 분명히 스쳤어요. 우리는 밥을 먹었어요. 뭘 먹었냐고 묻고 싶군요? 현장감. 그렇게 불러도 될까요? 그걸 놓치고 싶지 않은 표정이네요. 그래요, 그건 중요하지요.

미자는 남편과 공동으로 사용하는 냉장고 외에 그녀 혼자 사용하는, 한국 음식들을 넣어두는 소형 냉장고를 차고에 따로 두고 있었어요. 나는 그 점이 재미있기도 하고 당연한 것 같기도 해서 묻지 않았지만, 음식까지 나눠서 보관하는 사람들이 부부로 살아간다는 것은 참으로 이해할 수 없는 노릇이었어요. 미자는 된장찌개를 끓였어요. 그녀는 집안에 있는 모든 문을 다 열어놓고 선풍기를 주방을 향해 틀었지요. 생선을 굽고 김치를 통에서 꺼내 자르더군요. 밥이 익어 가고 있었고 실내는 곧 그녀가 만들어내는 음식 냄새로 가득했어요.

그녀 집에서 한국 음식을 먹는 건 처음이 아닌데도 불구하고, 나는 그날 그녀의 행동, 더 정확히 말하면, 여전히 내가 오면 한국 음식을 하고, 그리고 몰래 숨어서 먹는 듯한 우리의 모습에 화가 치밀었지요. 그리고 그녀의 당당하지 못한 표정에 분노가 폭발했어요. 어쩌면 나 자신에게 화가 났는지도 몰라요. 우리를 둘러싼 그 모든 것들에 대해 참을 수 없는 심정이 되어 버렸으니까요. 결국 참지 못하고 식탁을 박차고 일어섰지요. "압시드." 그녀가 등 뒤에서 내 이름을 부르더군요. 그녀의 입을 통해 내 이름을 들었을 뿐인데 나도 모르게 몸과 마음이 차분하게 가라앉았어요. 참 이상했어요. 마치 그녀만은 나를 영원히, "얘", "있잖아", "음" 이렇게 계속 불러 줘야 할 사람 같았는데. 그냥, 그녀마저도 그렇게 나를 부르니까, 더 이상은 내가 알던 그녀가 아닌 것만 같았어요. 그동안 우리가 함께했던 시간이 한순간에 등 뒤로 모두 사라지는 느낌이라고 할까요. 내가 나가려다 말고 멍하게 서 있으니까 미자가 다가오더니 나를 안아 주더군요. 그런데 수족관에서 어린 나를 달래 주었던 그 품이 아니었어요. 그 순간, 그녀가 나를 안아 줬던 그때, 그녀에게서 여자가 느껴졌어요. 펄펄 살아 숨 쉬는 여자요. 너무도 순간적이었고 강렬했지요. 미자의 몸 일부가 내 몸에 닿았을 뿐인데 내 신체의 한 부분이 예민하게 반응한다는 것이 놀라웠어요. 처음 있는 일이라 나는 당황했고, 죄지은 사람처럼 무안했어요. 나의 의지대로 내 몸이 움직이지 않는다는 사실에 곤욕스러웠어요.

그래요. 당신이 내 이름에 호기심을 갖고 물었을 때부터, 난 이야기를 하고 싶었어요. 그녀와 나의 이야기를, 한국말로요. 그게 무슨 의미가 있을까요? 거기까지는 생각해 보지 않았어요. 전혀 기대하지 않은 이야기를 듣고 있는 표정이군요. 나도 이상해요. 그때의 나의 감정을 이토록 솔직하고 자세하게 누군가에게 말해 본 적은 없었으니까요. 내 앞에 앉아 있는 당신을 영원한 타인으로 생각하고 있는 게 틀림없어요. 내가 어떤 이야기를 꺼내놓아도 당신은 곧 당신의 나라로 돌아갈 것이고, 그리고 아련한 기억처럼 내게 들었던 이야기가 생각나겠지요. 그리고 그곳의 바쁜 일상에 파묻혀 곧 잊을 거예요. 나는 그 잊음이 주는 자유로움 때문에 이렇게 주절주절 이야기를 하고 있는지도 모르죠.

계속할게요. 그날 미자는 내가 더 이상 소년이 아니라는 사실을 알게 된 것 같아요. 풋볼과 테니스로 다져진 몸과 하루 건너 한 번씩 스테이크를 먹고 크느라 이미 어깨는 성인 남자처럼 벌어졌고 키는 그녀보다 컸으니까요. 지금의 내 모습을 보면 얼른 이해가 되지 않을 거예요. 아무튼 그녀의 머리가 내 어깨 부근에서 정지해 있다가 얼마 후에 가늘게 떨고 있는 게 느껴졌어요. 정작 내 몸이 떨고 있었는지도 모르는 일이었지만요. 우리 둘은 잠시 서로의 몸에서 떨어지지도 못하고 더 가까이 다가가지도 못한 채 어정쩡한 자세로 서 있었어요. 아주 짧은 순간이었지만 한 사람의 생애가 다 느껴질 만큼 긴 시간이라고도 할 수 있지요. 나는 그날, 나의 가장 비릿하고 정직한 몸을 그녀와 나누었지요. 그러고 싶었고, 그 순간이 몹시 자연스럽게 느껴졌어요. 그래야 우리가 조금 행복하게 살아갈 것 같았어요.

수족관에서 나의 눈물을 닦아 주었을 때 느꼈던 안온함을 다시 느껴 보고 싶었다고나 할까요. 꼭 이유를 대라면 그 것이에요. 절대 안온하지 않았던 그녀의 삶 속에서 그녀는 쥐어짜듯 내게 많은 걸 주었고 그렇게 나는 성장이라는 걸 했다는 사실을 그날 문득 깨닫게 되었지요.

우리는 침대에 누워서도 오랫동안 서로 말이 없었는데 결국 그녀가 먼저 입을 열었지요. 그녀는 내 몸에서 막 베어낸 풀냄새가 난다고 말하더니 잠시 말을 멈추고 이렇게 말했어요. "늙은 여자의 몸에서 나는 냄새를 기억하지 마. 그러면 인생이 슬퍼져"라고요. 지금 생각하면 그녀는 겨우 서른세 살이었는데. 그때는 그녀가 나와의 나이 차이를 생각해서 그런 말을 했다고 생각했었는데, 지금 생각해 보면 그녀는 젊어서도 이미 늙은 몸을 가지고 있는 여자처럼 살아왔다는 생각이 들었어요. 어찌 되었든 그 말은 마치 유언처럼 내게 들렸어요. 그러더니 내게 묻더군요. "압시드, 누가 네 이름을 그렇게 지어 줬지?" 그녀의 목소리는 공허했지만, 눈동자는 마치 그동안 잊고 있었던 오래된 질문을 던지는 사람처럼 보였어요.

그래요, 이제 내 이야기를 할 차례가 되었군요. 아무튼 당신은 참 대단한 사람이에요. 이렇게 길고 지루한, 그리고 기삿거리도 되지 않는 이야기를 진지한 표정으로 듣고 있으니. 내 이야기의 반은 당신이라는 사람이 내뿜는 편안한 기운 때문에 만들어진 거라고 해도 과언이 아니에요. 나는 오늘 무척 기분이 좋아요. 그동안 고래와 함께 살아오면서 이런저런 얘기들을 사람들에게 많이 들려주었지만, 정작 내 이야기를 해보지는 않았어요.

오늘 처음 만난 당신에게 다 쏟아놓고 싶군요. 가벼워지고 싶어요. 계속하라고요? 그래요. 가장 궁금했던 게 내 이름을 그렇게 짓게 된 연유라는 표정을 짓는군요. 실은 나는 오랫동안 압시드라는 이름을 양아버지가 지어 준 거로 막연히 알고 있었지요. 내 이름이 특이하다는 생각은 했었지요. 나는 딱 한 번, 양아버지에게 내 이름을 그렇게 짓게 된 연유를 물었어요. 학교 다닐 때 친구들이 내 이름을 심하게 놀렸을 때였지요. 흑인도 대놓고 차별받는 시대였는데 동양인 얼굴에 이름도 특이한 나는 늘 놀림의 대상이었으니까요. 그 예민한 사춘기 때 미자가 곁에 없었다면 아마도 나는 지금의 나와는 좀 다른 사람이 되어 있었을 거예요. "나는 내 이름이 싫어요." 어느 날 양아버지에게 용기를 갖고 말했어요. 왜 싫으냐고 묻더군요. "그냥 싫어요. 샘, 댄, 아니면 조, 그렇게 바꿔 줘요." 나는 내 주위에 평범한 이름을 가진 친구들을 떠올리며 한 음으로 발음되는 가장 간단한 이름들을 들먹였어요. 솔직히 이름 따위는 갖고 싶지도 않다고 말하려다 말았지만요.

양아버지는 파이프 담배를 깊숙이 한 모금 빨더니 내게 이렇게 물었어요. "한국에 관해 뭐가 기억나니?" 나는 그렇게 묻는 양아버지가 비겁하다고 느꼈어요. 왜 이름 얘기를 하는데 입양 얘기를 꺼내는 걸까. 금방 알아듣지 못했지요. 다시금 내가 입양아라는 사실을 각인시키려는 행동처럼 느껴져 서운하기만 했으니까요. "압시드, 이제 네가 몇 살이지?" 바로 며칠 전, 내 열다섯 살 생일날에 자전거를 사줬던 양아버지는 시치미를 뚝 떼고 물었어요. 나는 좀 의아한 눈으로 그를 쳐다봤지요. 짙은 회색빛이 감도는 눈동자와 구레나룻이 보기 좋게 턱까지 이어지는 부드러운 선을 바라보며 나도 모르게 매끈한 나의 턱을 쓰다듬었지요. 나도 크면 양아버지처럼 수염을 길러야겠다는 생각을 하면서요. 그의 눈빛은 부드러우면서도 거역할 수 없는 위엄이 느껴졌어요.

나는 그와 작은 서재에서 이야기를 나누고 있었는데 창밖은 어스름하고 옆집에서 비프 스튜를 끓이는지 맛있는 냄새가 서늘한 저녁 공기에 묻어 있었어요. 나는 크게 숨을 들이마셨어요. 그러다가 나는 꿈인지 기억인지 모를, 나를 지독하게 놓아 주지 않는 어떤 냄새를 떠올렸지요. 나는 그 냄새가 볏짚을 태우는 냄새였다는 걸 아주 세월이 많이 흐른 후에 알게 되었어요. 양아버지가 인내를 갖고 내 얼굴을 쳐다보더군요. "뭐, 기억나는 것 없니?" 그가 다시 물었고 내가 고개를 들고 말했지요. "냄새요. 뭔가 타는 냄새." 양아버지는 내 말에 고개를 끄덕였어요. 그가 나더러 눈을 감고 그 냄새를 좇아가라고 하더군요.

　나는 그의 말대로 눈을 감았어요. 그 냄새와 함께 떠오르는 기억을 따라가고 싶었지요. 눈에 조금 익숙한 장소가 떠올랐어요. 내 상상 속의 공간인지, 꿈에 보이던 공간인지는 모르겠지만 낯설지 않았어요. 초저녁이었고, 겨울과 초봄이 뒤섞인 공기는 싸늘했고, 나는 어떤 남자와 함께 논둑을 걷고 있었어요. 아무리 빨리 걸어도 남자의 발걸음을 따라가기 벅찼어요. 남자는 가끔 걸음을 멈추고 내가 잘 따라오는지 살펴보고 또 앞서갔지요. 온 벌판에 매캐한 냄새가 가득했어요. 내가 기억하는 그 냄새는 아마도 그때 맡았던 냄새일 거예요. 내 생각에는 그 남자가 나의 생부 같아요. 얼굴은 가물가물하지만 자꾸 나의 얼굴이 그의 얼굴 위로 겹쳐지곤 해요. 우리는 아주 오래 걸었는데도 불구하고 말을 나눈 기억은 없어요. 그러다 어떤 건물 앞에 이르렀고 남자는 조금 망설이더니 내 손을 잡고 안으로 들어갔어요. 아마도 교회 같은 곳이 아니었나 싶어요. 남자는 다시 돌아보는 법 없이 그냥 나를 데려다 놓고 가더군요.

양아버지는 내 기억이 그리 틀리지 않았는지 약간 놀라던 기색이었어요. "압시드, 네 이름은 너의 생부가 지어 준 거다. 나는 그렇게 생각한다." 양아버지는 내가 전혀 이해하지 못할 말을 했어요. 남자가 나를 데리고 왔을 때 편지한 통을 남겼는데, 거기에 아주 큰 글씨로 'ABCD'라고 쓰여 있었대요. 양아버지는 그걸 보고 많은 생각을 했었대요. 미국으로 데려가 달라는 말인가? 공부를 많이 시켜 달라는 뜻인가? 그래도 의문이 풀어지지는 않았나 봐요. 흔히 적어 놓을 법한 한국 이름이나 출생일은 없었고요. 마치 손으로 꾹꾹 정성 들여 쓴 글씨처럼 보여 함부로 버리지도 못했대요. 그러다 양아버지는 오랜 생각 끝에 나의 이름을 그렇게 지어 달라는 말일지도 모른다는 생각을 했대요. 그래서 Abcd라고 써놓고 '압시드'라고 발음해 보았더니 꽤 괜찮더래요. 그렇게 나는 한국에서부터 영문 이름을 갖게 되었지요.

내 이야기가 지루하지는 않았나요? 당신의 침묵이 마음에 걸려요. 말이 없군요. 어찌 되었든 나는 그날 이후로 내 이름에 대해 많은 걸 생각하게 되었지요. 나는 양아버지와 달리 남자가 적어 준 네 개의 알파벳의 의미를 달리 생각해 보려고 했지만 소용없었어요. 미자는 내 말을 듣고 있다가 이렇게 말하더군요. "다시는 한국으로 돌아오지 말고, 말도 잊고 글도 잊고 마치 처음부터 미국이라는 나라에 태어난 사람처럼 그렇게 살아 달라는 당부야"라고. 아마도 내 생부의 눈에 비친 미국은 몹시 크고 막강하고 정의로워서, 마치 바다에서 가장 큰 고래처럼, 빅 브라더라고 여겼을지도 모를 일이지요. 어린 소년이었던 나를 맡길 유일한 희망이고 미래라고 생각했겠지요. 나는 미자에게 당신도 그렇게 생각하느냐고 물었어요. 미자는 내 말에 곰곰이 뭔가를 생각하는 눈치더군요. "나는 너랑 시작부터 달라." 그렇게 대답하고 더 이상 아무 말이 없었어요. 세월이 많이 흘러 나는 점점 더 많은 의문을 갖게 되었지만, 세상은 깊은 의혹 속에 놓여 있는 불분명한 얼굴로 나를 바라보며 그냥 흘러갔지요. 아, 내게 뭔가 하고 싶은 말이 있는 표정을 짓는군요. 그러니까, 당신의 말은, 네 개의 알파벳은 한 남자의 슬픔이고, 유언이고, 알고 있는 세계의 전부라는 말이군요. 음. 일리가 있어요. 겨우 네 개밖에 모르는 알파벳으로 아들의 장래를 염려하는 아비의 마음을 최선을 다해 표현한 거라고요? 나머지 알파벳을 잘 깨우치며 살 수 있도록 아들을 부탁하는 아비의 마음이 담긴 거라고요?

당신은 지루한 남의 얘기를 잘 들어주는 인내심도 있지만, 만나지 않은 사람의 마음까지 깊이 이해하려고 애쓰는 사람 같아요. 오늘 나의 이야기를 총정리해 줬군요. 그래요. 내 이름은 압시드. 압시드 스미스. 국적은 미국. 태생은 한국의 어느 산골 마을. 처음 만나는 사람들은 내 이름을 부르며 한 번쯤 얼굴을 갸우뚱하지요. 다시 한번 나를 물끄러미 바라보기도 하고요. 그들에게 나의 이름과 나의 얼굴은 남극과 북극 사이의 거리처럼 멀게 느껴지나 봐요. 가끔 내 이름을 읊조리며 길을 잃은 사람의 표정을 짓곤 하니까요. 내게는 익숙한 이름인데도 불구하고 말이에요. "당신의 이름은 누가 지었습니까?" 가끔 용기 있는 사람은 호기심을 누르지 못하고 내게 묻곤 하지요. 그러면 나는 이렇게 대답합니다. "내 아버지요. 아버지는 나를 미국으로 입양 보낼 때 당신이 알고 있는 모든 알파벳으로 영어 이름을 지어 주고 싶어 했지요. 그래서 나온 것이 압시드입니다." 아마도 내 아버지는 알파벳, A부터 D까지는 알고 계셨던

분이었나 봐요. 그는 아마도 자신이 겨우 써내려간 네 개의 알파벳이 이토록 부르기 쉬운 이름으로 만들어졌다는 사실을 아마 상상도 못 할 거예요. 내가 이름 때문에 자주 치르는 유일한 곤욕스러움이 있다면 공항 출입국 신고 때지요. 중동 지역 사람처럼 느껴지는 이름이 주는 뉘앙스 때문이지요. 그래요. 내 이름은 압시드. 아마도 세상에 유일하게 하나뿐인, 가장 외우기 쉬운 알파벳으로 지어진 부끄럽지 않은 이름이지요. 당신은 아마 모를 거예요. 그 이름 덕분에, 나는 한 번도 내가 버려진 아이라는 느낌을 가져 본 적이 없었으니까요. 생부가 준 가장 큰 선물인 셈이지요.

아, 미자는 그 후 어떻게 되었냐고요? 그녀는 지금 이 건물 2층, 죽음이 임박한 노인들만 머무는 병동에 있어요. 우리는 헤어지고 만나기를 거듭하며 그렇게 한 생을 가까이서 멀리서 결국 함께 지나왔지요. 그녀는 한국말도 영어도 다 잊고 말없이 지내고 있어요. 비로소 평화롭지요. 나는 아침과 저녁에 그녀의 병실을 방문해요. 나의 유일한 낙이지요. 가끔 내가 "압시드 왔어요"라고 말하면 약간 눈이 반짝이는 것 같은데, 아마도 그건 나만의 생각일지도 모르지요. 오늘은 오랜만에 깊은 잠을 잘 것 같군요. 아, 부탁이 있어요. 내 이름을 떠올릴 때, 고래 이야기는 잊어버리더라도 미자를 함께 기억해 줘요. 콧등이 낮고 주근깨가 많았던 우리의 누이를.

어디에도
속하지
않은
폴의 하루

폴은 참아야 한다고 자신을 타일렀다. 직원의 표정이 불쾌하게 보였던 이유가 자신에게 있을지도 모를 일이었다. 몇 시간 후에 한국을 떠날 텐데 굳이 얼굴을 붉혀 가며 그동안 참아 왔던 감정을 터트릴 필요도 없었다. 노동절 연휴 기간 '스탠바이 티켓'을 구입한 게 실수였다. 여행 경비를 줄여 보려고 항공사에 근무하는 친구에게 '직원특별할인' 항공권을 구입했었다. 운이 나쁘면 사나흘 여행지에 발이 묶이는 경우가 있다는 말도 들었지만 자신이 그런 경우를 겪게 되리라는 생각은 하지 않았다. 그의 27년 인생을 되돌아보아도 그다지 운이 나쁜 편은 아니었다.

체크인 데스크에서 여권을 내밀며 정중하게 단 하나의 질문을 던졌을 때 폴은 자신에게 불운이 찾아왔다는 걸 예감할 수 있었다.

"오늘 스탠바이 승객이 모두 몇 명쯤 되나요?"

컴퓨터 모니터만 바라보던 직원은 아무 반응이 없었다. 폴은 잠시 기다렸다가 같은 질문을 던졌다. 직원은 폴에게 눈길도 건네지 않고 손을 'X' 모양으로 만들더니 "못 타요"라고 잘라 말했다. 간단하고 날카롭고 더 이상의 질문이 필요 없는 대답이었다. 대기 승객 숫자를 물었을 뿐인데 몇 개의 질문을 건너뛴 답이 날아온 것이다. 폴이 무슨 말을 하려고 데스크 안쪽으로 몸을 조금 기울였다. 갑자기 직원이 튕겨 나가는 총알처럼 벌떡 일어서더니 뒷문 쪽으로 몸을 돌렸다. 무전기에 대고 소리치던 직원의 목소리가 문 뒤로 멀어졌고 가로 주름으로 뒤덮인 흰 와이셔츠 등판도 눈 깜짝할 사이에 사라졌다.

폴은 발걸음이 금방 떼어지지 않았다. 그는 반쯤 펼쳐진 여권을 잠시 바라보다 주머니에 다시 넣었고 두 개의 트렁크를 카트에 실었다. 그리고 버릇처럼 자신의 행동을 자꾸 되짚어 보았다. 한국에 와서 생긴 이상한 버릇이었다. 그의 한국어 억양이 상대방에게 짜증을 불러일으킬 만한 것인가 먼저 생각했다. 엄마 말대로 그는 천천히 또박또박, 존칭어를 곁들여, 크지도 작지도 않은 목소리와 함께 얼굴에 미소를 담아 말했다. 그런데 이런 대접이라니. 직원의 흰 와이셔츠 등판에 새겨진 굵은 가로 주름이 그의 미간으로 옮겨온 사람처럼 그는 인상을 찌푸렸다.

집 앞 리무진 버스 정류장에서 엄마와 헤어진 지 벌써 다섯 시간이 흘러 밤 10시를 넘어서고 있었다. 폴은 항공기 좌석이 없음을 확인하고 바로 엄마에게 전화를 걸었다. 공항까지 배웅하겠다는 엄마를 만류하길 잘했다는 생각이 들었다. 엄마는 내일 새벽 기차를 타야 하는 하루 일정이 빠듯했다. 비행기를 못 탔다는 말에 엄마는 끙, 하며 한숨을 토했다. 폴은 근처 호텔에 머물겠다고 말했다. 엄마는 엄마가 있는 한국까지 와서 무슨 호텔이냐며 택시라도 타고 오라고 했지만 어차피 새벽부터 폴 혼자 남아 있을 터였다. 조심해. 조심하라고. 전화 계속 켜놓을게. 상황 알려줘. 엄마는 자신이 할 수 있는 일이 없다는 걸 알았는지 목소리가 작았다.

흰색 승합차 한 대가 폴 앞에 섰다. 머리가 희끗희끗한 남자가 차창 문을 조금 열더니 택시를 불렀냐고 물었다. 폴이 고개를 끄덕이며 그가 부른 택시가 맞는지 확인하려고 전화기를 다시 켜려는 순간 남자가 폴의 가방을 들어 트렁크에 넣었다.

"어, 인천이네?"

폴이 내민 호텔 주소를 본 남자가 목적지를 모르고 온 사람처럼 난감한 표정을 지었다. 그때 핸들 옆 거치대에 걸려 있던 핸드폰에서 거친 남자의 목소리가 기다렸다는 듯이 튀어나왔다.

"어디로 가냐?"

남자가 조금 망설이더니, "바로 이 근처, 인천이네" 말했다.

"인천에서 인천 가는 손님 태우면 어떡해? 택시 부른 새끼 완전 또라이 아냐?"

폴은 그 모든 말들을 다 알아들을 수 있는 자신의 귀를 틀어막고 싶었다.

"에이, 뒤에 손님 앉아 있어."

남자가 백미러로 폴의 얼굴을 한번 힐끗 보며 잦아드는 목소리로 말했다.

"들으라고 지금 내가 말하는 거야. 내리라 그래!"

"아, 한국 학생 같아. 어떻게 내리라 그러냐? 잠깐 데려다주고 갈게."

"천안 가는 손님 하나 급하다고 난리다. 지금 공항 입구래. 놓치면 너만 손해야. 내리라 그래!"

남자가 조금 있더니 핸드폰 거치대에 걸려 있던 두 개

의 전화 가운데 하나의 전원을 껐다. 갑자기 차 안이 고요해졌다.

"한국은 처음인가? 한국말 할 줄 알아요?"

남자는 많은 게 궁금한 모양이었다. 폴은 두 번째 방문이라고 말했다.

폴의 첫 한국 방문은 20년 전, 그가 여섯 살 때였다. 엄마와 아빠, 그리고 누나와 같이 온 가족 여행이었다. 호텔을 향해 가는 택시 안에 누군가 버리고 간 신문이 발밑에 구겨져 있었다. 한글이 개미같이 오글거렸다. 친근한 알파벳 세 개가 그 사이를 비집고 기둥처럼 서 있었다. 알파벳을 다 익히고 단어를 배우고 있을 때였다. 폴은 크고 굵고 선명한 검정 고딕체로 쓴 'IMF'를 눈으로 따라 읽었다. "임프, 임프" 중얼거리다 아빠에게 무슨 뜻이냐고 물었다. 아빠는 구겨진 신문을 집어 들었고 신문에 가려진 얼굴은 오랫동안 다시 보이지 않았다. 폴은 지루했다. 차창 밖으로 내다보이는 하늘이 온통 잿빛이었다. 회색빛 건물들이 계속 이어졌다. 칙칙하고 음습한 긴 동굴을 통과하는 기분이었다. 비행기를 타고 내리는 곳은 어디든 디즈니랜드 같은 곳일 거라고 상상했는데 아니었다. 엄마는 호텔까지 가는 내내 창밖만 바라보며 말이 없었다. 안개와 매연으로 가려진 희미한 건물의 실루엣을 어루만지는 사람처럼 고개도 돌리지 않았다. 누나는 계속 혼자 재잘거렸고 폴은 멀미하는 사람처럼 메스꺼움을 느꼈고 입에 가득 고인 침을 삼켰다.

남자는 호텔까지 가는 길에 혼잣말이 많았다. 숱 없는 반백의 머리가 가로등 불빛에 희끗희끗했다. 그는 폴이 일본도 중국도 아닌 한국 사람이라 심적으로 가깝게 느끼는 것 같았지만 폴에게 그는 그냥 '외국 사람'일 뿐이었다. 남자는 요즘 관광객이 너무 많다는 얘기와 어디를 가봐도 내 나라가 제일 편하다는 말을 하는 것 같았다. 폴은 '내 나라'라는 말의 의미를 잠깐 새기며 그의 말을 듣고 있었다. 한국의 어느 부분까지는 '내 나라'이면서 어느 부분부터는 '내 나라'가 아니었는데 그 경계 지점도 모호했다. 엄마가 사는 곳이고 부모와 조부모가 태어난 곳이니 이백 개가 넘는 나라들 가운데 한국은 그 어떤 나라보다 낯익은 정도였다.

폴이 가장 한국적인 것을 느낄 수 있었던 곳은 휴전선 비무장지대의 땅굴이었다. 몸을 낮추고 땅굴을 통과할 때 폴은 자신이 한국이라는 나라에 왔다는 사실을 온몸으로 느낄 수 있었다. 한국에 대해 듣고 보았던 많은 것들 가운데 분단국가라는 사실이 가장 깊이 각인된 결과 같았다. 돌덩어리에 홈이 팬 자국들을 볼 때마다 인간의 손으로 못할 게 없다는 사실에 다시 놀랐고 이데올로기의 힘이 섬뜩해 등이 서늘했었다.

"땅굴을 보고 왔다고?"

남자는 놀라며 백미러로 폴을 쳐다봤다. 자신이 혹시 잘못 들었나 싶은 표정이었다.

"아니, 지금 북한 놈들이 핵 실험하고 난린데 그 위험한 곳을 갔었어?"

남자의 목소리에 호기심과 걱정이 반반 묻어 있었다. 위험을 감수하고 그곳까지 갔으니 '내 나라' 사람이 틀림없다고 확신하는 것 같았다. 폴은 고개를 끄덕였다. 친조부모가 북한 태생이라는 말을 하면서 남자가 자신에게 적의를 품게 되면 어쩌나 엉뚱한 생각이 들기도 했다.

"대단한 놈들이야, 안 그래? 봤지, 그 돌덩이를 쪼아서 땅굴 만든 거? 아주 무서운 놈들이야."

남자의 걱정과는 달리 사실 그곳은 너무도 평화로운 곳이었다. 4박5일의 짧은 한국 방문이었고 땅굴 견학은 첫 번째 일정이어서 생생했다. 휴전선 부근이라는 말이 무색할 정도였다. 전운은 고사하고 들녘에 곡식들이 노릇노릇하게 익어 가고 있었고 하늘과 저수지 물빛은 놀랍도록 푸른빛이었다. 전쟁이라는 단어는 사이버 공간에서나 나올 법했다. 엄마는 일 년 중 가장 맑은 날에 온 것 같다며 소녀처럼 재재거렸다. 소풍이라도 온 사람 같았다. 가이드가 들녘 끝을 가리키며 북한이라고 말했을 때도 폴은 밋밋한 감정을 느꼈다. 그도 그럴 것이 망원경을 통해 바라다보이는 곳은 그가 서 있는 곳과 아무런 차이가 없었다. 사람의 그림자도 보이지 않았던, 그동안 뉴스로 접하며 상상했던 공간이 아니었다. 망원경 렌즈에 잡힌, 전시용으로 만들었다는 동네는 여느 동네처럼 고요하고 아름다웠다. 자주 다니던 길처럼 친숙해 보이기까지 했다. 할머니 할아버지가 저 멀리에서 왔다고 엄마가 말했을 때도 실감 나지 않았다. 북한이 너무도 가까워 믿기지 않았다.

폴은 천 원을 내고 타는 기차를 이용했다고 말했다. 남자가 놀라며 그런 기차가 있냐고 물었다.

"천천히 갔어요. 짧은 기차. 할머니 할아버지들이 굉장히 많았어요."

폴은 최대한 자신의 말을 잘 전달하기 위해 두 팔을 움직여 '천천히'와 '짧은' 그리고 '굉장히'를 표현했다. 남자가 알아듣는 것 같았다. 게다가 재밌어하는 것도 같았다.

폴은 초·중학교를 다닐 동안 토요일 아침이면 한글학교도 다녔다. 자동차로 한 시간이나 걸리는 곳을 매주 다녔지만 절실함이 없었던지 한국어 실력은 늘지 않았다. 다 큰 애가 아이처럼 단어만 나열해 말하기도 싫어 저절로 입이 다물어졌다. 엄마의 간절함에 비해 폴의 절실함은 늘 모자랐다. 놓쳐 버린 언어는 쉽게 다시 돌아오지 않았다.

기차는 느리게 북쪽을 향해 가고 있었다. 엄마는 일부러 한국 구석구석을 폴에게 보여주기 위한 여행이라고 말했다. 엄마의 노력에도 불구하고 차창 밖은 무질서하고 암울한 풍광이 이어졌다. 비슷비슷한 아파트 건물들을 계속 바라보고 있자니 지루했다. 층 낮은 건물들의 지저분한 옥상들과 끊임없이 이어지는 전깃줄이 시야를 가렸다. 막연하게 기대했던 한국의 모습이 아니었다. 강남은 달라. 엄마가 폴의 기분을 알아차린 사람처럼 말했지만 폴이 그 뜻을 알아들을 리 없었다.

"그런데 거기 군인들 있었는데, 스피커에서 걸그룹 노래 크게 나왔어요."

폴은 혹시 그 이유를 남자는 알까 싶어 말했다. 아무리 생각해도 폴에게는 연결이 안 되는 극적인 상황이었다. 땅굴 입구에 보초를 서던 군인들은 제 또래처럼 보였는데 그들은 모두 눈만 내놓고 경직된 자세로 서 있었다. 발랄하기 그지없던 걸그룹의 애교 섞인 목소리와 댄스곡에도 흔들림이 없는 조합이라니.

"그래야 군인들이 자기 여자친구도 생각하고 연애했던 때도 생각하며 그 지겨운 군대 생활을 보내지. 학생도 한국에서 태어났다면 군대에 갔겠다."

남자가 마치 자네 운이 좋군, 하며 말하는 것 같았다. 폴은 한국에서 태어났다면 자신도 그렇게 살았을 거라는 말은 하지 않았다.

공항에서 알려준 호텔 간판이 보였다. 생각보다 멀지 않은 곳이었다. 항공기 지연으로 머물게 되는 일종의 임시 숙박 장소 같은 곳이었다. 주변이 신도시처럼 깨끗했다. 남자가 시동을 끄면서 거치대에 걸려 있던 핸드폰의 전원을 다시 켰다. 폴은 잠시 어떻게 택시비를 지불해야 할지 고민했다. 미터기도 없었고 시간을 보니 얼추 20분도 안 되는 거리였다.

"얼마이지요?"

폴은 지갑에서 가지고 있던 한국 돈을 꺼내 보이며 물었다.

"괜찮아, 괜찮아, 아들 같은 사람인데, 뭘."

남자의 말이 끝나기 무섭게 아까 스피커폰을 통해 튀어나왔던 거친 사내의 목소리가 차 안을 다시 흔들었다.

"뭐야, 왜 연락이 안 돼? 어디야?"

남자는 조금 여유 있는 목소리로 배탈이 나서 혼났다고 말했다.

"세월 좋네. 야, 걔 떨궜지? 빨리 공항으로 가. 명동 가는 손님 기다린다. 중국 놈들이야. 요금 합의했고."

폴은 영원히 못 잊을 것만 같은 목소리를 뒤로한 채 택시 문을 닫고 내렸다.

"미국에선 얼마 주는데? 그만큼만 줘."

남자가 트렁크 문을 닫으며 말했다. 폴은 삼만 원을 남자에게 내밀었다. 그가 약간 놀라는 표정을 지었다. 야심한 시각이었고 숙소까지 안전하게 도착해 폴은 고마울 따름이었다. 그리고 자신은 미국 사람이니 미국 요금을 내는 게 정당한 것만 같았다.

"야, 이거 받아야 하나, 말아야 하나."

남자는 자신의 손이 쑥스럽다는 듯이 돈을 받아 쥐며 폴에게 이름을 물었다. 남자가 잊지 않으려는 듯, 폴, 폴, 음, 쉽네, 하고 몇 번 말하며 고개를 끄덕거렸다.

폴은 객실에 들어오자마자 침대에 누웠다. 공항에서 세 시간 이상을 대기 상태로 앉아 있던 몸이 꿍 소리를 내며 길게 늘어졌다.

매트리스 끝부분에 발목이 걸쳐졌다. 그의 키에는 어울리지 않는 길이의 침대였다. 스탠드 불빛이 침침하게 흘러내렸다. 하루의 긴 전쟁을 치른 기분이었다. 어쩌면 그건 4박5일간의 전쟁이었는지도 몰랐다. 정신없었다는 말로도 다 표현할 수 없을 정도로 시간이 빨리 흘러갔다. 엄마와 '맛집'을 돌아다녔던 기억은 그에게 유년의 기쁨을 선사했다. 혀가 기억하고 있는 맛은 정직하게 그의 뇌를 자극하는 것만 같았다. 스트리트 푸드도 맘껏 먹었다. 덕분에 하루 네다섯 끼를 먹는 날도 있었다. 엄마는 도로가 복잡하니 전철을 이용하는 게 제일 빠르다고 했다. 교통카드를 살 때마다 엄마는 잔돈을 찾느라 가방을 몇 번이고 뒤집었다. 선글라스와 모자가 바닥에 떨어져 허둥거렸다. 둘은 전철을 놓칠세라 계단을 뛰었고 헉헉거리며 전철에 오른 게 한두 번이 아니었다. 엄마는 어디에 가면 맛있는 걸 파는지, 어느 길로 가면 가장 빨리 가는지, 어느 구간에서 내려야 환승역과 쉽게 연결되는지 다 알고 있었다. 새로운 광야에 어린 새끼를 데리고 나온 맹수처럼 날렵했고 치밀

했다. 눈은 번뜩이고 입은 꼭 다물고 오직 새끼에게 가장 맛난 것을 먹이고 좋은 것을 보여주는 것 외에 아무 생각도 없는 사람 같았다. 새끼의 털에 윤기가 흐르고 다리는 튼실해져서 혼자 자유롭게 광야를 다 가로질러 가기만을 바라는 어미 같았다.

그런 엄마가 어떻게 새끼를 놔두고 그 먼 한국으로 되돌아갔을까.

폴은 지난 며칠 동안 미뤄 두었던 질문과 그제야 맞닥뜨렸다. 가장 궁금했는데도 불구하고 계속 그 질문으로부터 도망쳐 왔다는 사실도 떠올렸다. 불행한 사람들의 이유는 너무나 다르고 많으며 개별적이라는 엄마의 말에 고개가 끄덕여졌지만 엄마가 스스로 택한 삶의 이유를 명쾌하게 설명해 주지는 못했다. 엄마가 고민 끝에 얻은 결론이 겨우 한국행이라는 사실을 알았을 때 실망스러웠다. 떠나왔던 곳으로 되돌아간다니. 그런 무모한 역행을 폴은 이해할 수 없었다. 엄마는 집을 떠난 게 아니라 미국이라는 나라를 떠난 사람 같았다. '미국'이라는 말 안에 집도 가족도 포함되었으니 엄마는 어떠한 이유에서든지 혼자의 삶을 택해 한국으로 갔다고 여기기로 했다.

폴은 엄마의 공간을 찬찬히 살펴보았다. 남쪽 창 앞에

화분들이 많았다. 크고 작은 식물들이 푸르게 자라고 있었다. 책이 많은 북쪽 방은 고요하고 깊었다. 욕실에 붉은색 칫솔이 하나만 꽂혀 있는 것과 신발장에 엄마의 신발만 가지런히 놓여 있어 안도감이 밀려왔다. 유치한 감정이라는 생각이 들면서도 폴은 어쩔 수 없었다.

한국을 떠나기 전날 밤이었다. 폴은 짐을 싸느라 분주했다. 양말, 팬티, 셔츠, 벨트, 김, 빼빼로, 모자, 운동화, 슬리퍼. 엄마가 사준 물건들이 가방을 가득 채웠다. 포장을 뜯고 부피를 줄였다. 쓰레기를 버리려다 베란다에 있던 엄마의 모습을 우연히 보게 되었다. 엄마는 등을 돌리고 담배를 피우고 있었다. 폴은 흠칫했다. 엄마의 그런 모습을 보는 게 처음이라 조금 놀랐다. 엄마가 바라다보는 창밖엔 도시의 불빛들이 영롱했다. 엄마는 반짝이는 것들을 보며 무슨 생각을 하는 걸까. 엄마의 검은 등만 봤을 뿐인데 엄마의 얼굴도 검게 변해 있을 것만 같았다. 폴은 가슴이 천천히 바닥으로 내려앉는 것만 같았다. 엄마는 또 한 번의 이별을 생각하는 걸까. 괜히 온 것만 같아 후회스러웠다.

폴은 쓰레기를 버리고 바로 들어가려다 조금 걷기로 했다. 꽃집 앞에서 걸음을 멈췄다. 길가에 화분들을 길게 내놓고 파는 집이었다. 붉은 히비스커스 꽃이 막 봉오리를 터트리려는 화분 하나를 골랐다. 어느 해 크리스마스를 떠올리게 하는 축제의 붉은색이었다. 그는 엄마가 선물로 준 루돌프 옷을 입고 코에 빨강 플라스틱 코를 붙이고 기념 사진을 찍던 날을 떠올렸다.

폴은 굳이 배달을 해주겠다는 꽃집 여자에게 자신이 직접 들고 가겠다며 화분을 번쩍 들어올렸다. 붉은 히비스커스 꽃망울이 달린 화분을 머리 위로 치켜들고 빠르게 걸었다. 등줄기를 타고 흘러내린 땀이 초가을 밤바람에 서늘하게 말랐다. 거리를 지나는 사람들이 그를 쳐다봤다. 그는 히비스커스 꽃들이 활짝 피는 시간을 상상하며 걷느라 산타가 된 기분이었다.

엄마는 현관문을 열어 주며 깜짝 놀라 입을 가렸다. 폴이 화분을 있는 힘껏 높이 쳐들며 "선물이요!" 말했을 때 엄마가 와락 울음을 터트렸다. 웃음을 기대했는데 아니었다. 엄마도 루돌프 사진을 떠올린 것만 같았다. 폴에게 그 순간은 언제나 떠올려도 행복이었는데 엄마에게는 슬픔으로 기억되고 있는 것만 같았다.

전화기가 몸을 떨었을 때 폴은 잠시 아득하게 넘어갔던 잠에서 눈을 떴다.

"모텔 아니지?"

엄마가 먼저 물은 건 호텔이냐 모텔이냐 하는 거였다. 폴에게 그 차이는 객실료인데 엄마에게 '모텔'은 허름한 골목에 위치한 '러브 호텔'을 의미하는 것 같았다. 간판에도 '호텔'이라는 단어가 있다고 폴이 말했다. 공항까지 가는 호텔 전용 셔틀버스도 있다고 했다. 그제야 엄마는 안심하는 것 같았다.

"내일은? 확실하게 가?"

엄마가 걱정스럽게 물었고 폴은 "아마도"라고 대답했다.

미국의 노동절 연휴였고 거의 모든 비행기가 만석이었다. 예정대로라면 폴은 공항에 도착하자마자 집에 짐만 내려놓고 바로 회사로 갈 계획이었다. 폴은 일이 꼬일 걸 생각하니 벌써 걱정이 앞섰다.

"혹시 내일 못 가면, 다시 와."

엄마는 히비스커스 꽃 하나가 꽃망울을 터트렸다고 말했다. 반짝반짝 빛이 나는 아주 짙은 빨강이라고 했다. 엄마가 말끝에 짧게 후, 하고 한숨을 내쉬는 것만 같았다.

폴은 친구들에게 기념품으로 주려고 샀던 담배 한 보루를 꺼내 한 갑을 집어 들고 밖으로 나왔다. 호텔 입구에 마련된 흡연구역에 남자 셋과 여자 한 명이 담배를 피우고 있었다. 모두 핸드폰에 고개를 묻고 있었다. 폴과 비슷하게 생긴 얼굴 위로 핸드폰의 푸른빛이 차올랐다. 액정에 떠 있는 언어가 그들이 어디에서 나고 자랐는지 말해 줄수도 있을 거였다. 폴은 담배에 불을 붙였다. 오랜만에 피우는 담배라 조금 어지러웠다. 한국에서 한국 담배를 물고 서 있다는 사실에 이상한 기분이 들었다. 비현실적인 순간속에 생생한 느낌이 함께 있었다. 폴은 담배 몇 모금을 더 깊이 빨아들였다. 미국 담배와 달리 뭔가 입에 딱 맞아 조금 놀랐다. 옅은 현기증이 아늑하고 여유로운 기운처럼 느껴졌다. 정말 한국 사람이 맞긴 맞구나, 폴은 마치 그런 생각을 했다.

공항에서 겪은 일을 떠올리면 그는 절대 한국 사람이 되고 싶지 않았다. 공항뿐만이 아니었다. 한국에서 만난 대부분의 한국 사람들은 무례하고 성급하고 자기중심적이었고 걷잡을 수 없는 불길에 손이 덴 사람들처럼 불안해보였다. 어느 양말가게 주인은 정말 미웠다. 폴이 웃으며 "하나 더 주세요" 말했을 때였다. 순전히 재미로, 정말 순전히 추억거리로 삼으려고 한 짓이었다. "싫으면 다른 집으로 가지, 양말 팔아 얼마 남는다고 달래?" 목소리가 큰남자였다. 사람들이 폴을 힐끗 쳐다보았고 엄마는 그 남자에게 뭐라고 대꾸하려다 남자의 기세에 눌렸는지 주춤했다. 폴은 무안했다. 얼굴이 조금 굳어졌을지도 몰랐다. 양말가게 주인의 마지막 자만심인지 자존심인지 모르겠지만 다른 데 가서 사라니. 폴은 그가 마음의 여유를 잃어버린 불쌍한 사람이라는 생각이 들었다. 안타까움과 함께 그가 미웠다. 개그 프로그램을 매일 봐도 절대 생활 속에서 농담을 즐기며 사는 사람은 아닌 것만 같아 측은할 지경이었다. 화난 사람들처럼 폴의 어깨를 치고 지나거나, 사람과 사람 사이를 뚫고 쏜살같이 계단을 뛰어 올라가는 일도 빈번했다. 의자와 파라솔을 인도에 내놓고 제집처럼 술과 음식을 먹고 파는 사람들. 주거 공간과 상업 공간의 구별 없이 거리 전체가 시장바닥 같은 곳. 밤이 되면 골목마다 고기 굽는 냄새가 피어올랐고 사람들의 왁자한 목소리가 골목을 채웠다. 아침이면 미어터질 듯이 전철 입구로 비슷비슷하게 생긴 사람들이 모여들었다. 도대체 그들은 언제 자고 언제 일어나는 것일까. 멈추는 법을 몰라 계속 돌아가는 거대한 기계 속에 갇혀 사는 사람들 같았다.

그런데 정작 알 수 없는 건 폴의 마음이었다. 그 모든 것들이 남의 일처럼 무심하게 지나쳐지지 않았기 때문이었다. 어찌 보면 그와 아무 상관 없는 사람들의 행동인데도 마치 오래전부터 가깝게 알고 지내던 사람들의 몸짓으로 여겨져 안타까웠다. 폴은 그런 사람들과 자신이 어떤 식으로든지 연결되어 있다는 감정을 떨쳐 버릴 수 없었다. 그 모든 '사이'에 엄마가 존재하기 때문일 거라는 생각이 들었을 때 담배가 거의 타들어갔다.

담배를 막 비벼 끄며 돌아서다 옆에 있던 남자와 어깨가 조금 부딪혔다. 폴의 입에서 얼떨결에 영어가 튀어나왔다. 남자가 괜찮다며 제 실수라고 영어로 말했다. 악센트가 약간 느껴졌지만 매끄러운 발음이었다. 무릎이 조금 보이는 찢어진 청바지, 최신 스케처스 운동화. 폴과 비슷한 나이로 보였다. 둘은 영어로 서로 인사하고 이름을 나눴고 자연스럽게 악수를 했다. 남자는 한국에서 태어나고 자란 미국 유학생이라고 자신을 소개했다. 그도 스탠바이 표를 갖고 있었고 좌석이 없어 호텔에서 1박을 한다고 했다. 다른 항공기였다. 남자는 W대에서 문화심리학 박사과정을 밟고 있는데 학기가 시작되어 들어가는 길이라고 했다. 마지막 학기라 인내심이 바닥났다고 했다. 그렇게 말하는 남자의 얼굴에 자긍심이 서려 있었다. 폴은 그 짧은 순간에 자신에 대한 말은 별로 할 기회가 없었는데 상대에 대한 정보를 꽤 많이 알게 되었다. 남자가 근처에서 맥주나 한

잔 하고 들어가지 않겠느냐고 물었을 때 거절하는 게 예의가 아닌 것처럼 느끼게 만들 정도였다.

"한국 성형 문화에 대한 다큐를 만든다고요?"

남자는 방학 내내 일본을 거쳐 한국에 머물렀다고 했다. 폴도 궁금한 게 많았던 터라 남자의 대화에 끌렸다. 엄마를 앞세우고 압구정동과 신사동 거리를 걸었던 기억은 잊지 못할 거였다. 전철역 계단 벽에 붙어 있던 성형 전후의 대형 사진들은 그에게 또 하나의 땅굴을 보는 기분을 불러일으켰다.

남자는 어느 순간부터 폴에게 영어와 한국어를 반반씩 섞어 말하고 있었다. 폴에게 나이를 물었다. 폴은 남자의 질문이 꼭 필요한가 싶었지만 대답했다.

"어, 나보다 열 살이나 아래네. 내가 형이네!"

남자가 친근하게 말했을 때 폴의 입에서 '형'이라는 단어가 나오지는 않았다. 계속 존댓말을 써야겠다는 생각이 들었을 뿐이었고 남자가 제 나이보다 훨씬 어려 보인다는 사실에 놀랐다.

"어느 나라 여자가 더 이뻐요?"

폴은 한국 여승무원들이 인형처럼 보일 정도로 예뻐 기내에서 잠도 제대로 못 잤다고 남자에게 말하며 웃었다.

주름 하나 없는 유니폼과 머리카락 한 올 흐트러짐 없는 단아함. 애피타이저와 후식과 와인까지. 미국 항공사 비행기를 탔다면 상상도 할 수 없는 서비스였다. 중년의 뚱뚱한 여승무원들과 싸구려 샌드위치 기내식에 익숙한 폴에게 한국 항공사 탑승 경험은 천국 그 자체였다.

남자가 정말 재밌는 질문이라는 듯 눈을 반짝였다.

"음, 내가 볼 때 일본 여자는, 예쁜 여자는 정말 예쁘고 못생긴 여자는 정말 못생겼어. 반면, 한국 여자는 거의 다 예뻐. 뭐라 그럴까, 일본에 비해 평균치가 강하다고나 할까?"

폴은 그의 말을 들으며 한국에서 스치듯 보았던 젊은 사람들의 모습을 떠올렸다.

대학가는 젊은 친구들로 붐볐다. 옷가게, 화장품, 커피숍, 핸드폰, 신발, 분식점, 생맥주. 비슷비슷한 종류의 가게들이 순서를 바꿔 가며 이어졌다. 비슷비슷한 옷차림, 머리, 가방, 신발의 젊은 사람들. 거의 백 명의 사람들을 스쳐 지나왔는데 폴은 겨우 서너 명을 본 것만 같았다. 모두 비슷비슷한 품질의 물건들이 전시된 쇼 윈도를 보는 것 같았다. 모두 같은 인종들이라 그렇게 보이나. 처음에 폴은 고개를 갸웃했었다. 혼자 걸어가는 사람보다 젊은 남녀

커플들이 훨씬 많은 것도 이상했다. 그리고 그들은 모두 약속이나 한 사람들처럼 서로의 팔짱을 바짝 끼고 마치 한 몸인 것처럼 걸어가고 있었다.

"그게 왜 이상해? 짝을 짓는 행위는 현대사회에서 성공의 상징이기도 해."

남자가 말했다.

"서로에게 너무 의존적으로 보였어요."

폴은 자신의 대답이 이상하게 들릴 게 뻔하다는 생각을 하면서 말했다. 그래도 그에게는 이상한 광경이었으니 어쩔 수 없었다. 이상한 건 그것뿐만이 아니었다. 남녀 커플이 아닌 동성의 친구들끼리 걷는 사람들에게도 이해할 수 없는 점을 발견했다. 키 작은 사람은 키 작은 사람들끼리, 뚱뚱한 사람은 뚱뚱한 사람들끼리, 외모가 좀 떨어진 사람들은 떨어지는 사람들끼리 짝을 이루었다. 얼핏 보면 안정적인 느낌이 드는 조합이었지만 획일화된 느낌을 지울 수 없었다. 먼 곳의 핵폭탄보다 더 치명적이었다. 폴 혼자만의 느낌 같았다.

"자기보다 잘난 사람들에게 끼지 못하고 못난 사람들과 어울리기는 싫고, 그러니 비슷비슷한 사람들끼리 어울리는 거겠지. 성형을 진화된 생존 방식의 하나로 접근하다

보면 이유를 알게 돼."

남자의 대답에 폴도 고개를 끄덕이긴 했다. 남자가 말끝
마다 '네가 한국 사람이 아니라 몰라서 그래' 꼬리를 달았
다. 기분이 썩 좋지도 나쁘지도 않았다.

남자가 적당히 술이 오르자 폴에게 왜 한국에 왔는지
이곳에 가족들이 사는지 물었다. 폴은 처음 만난 사람에
게 가족 얘기를 한다는 게 좀 꺼려졌지만 엄마를 만나러
왔다고 했다. 엄마가 미국에서 오래 살다가 한국으로 왔다
고 말했다. 지방에 있는 대학에서 강의를 하고 있다는 말
도 자연스럽게 흘러나왔다. 남자가 자신의 목표는 학위 마
치고 한국으로 돌아와 학교에 남고 싶은 건데 쉽지 않다
고 말했을 때였다.

"엄마가, 그럼 지방시네."

남자가 맥주를 한 모금 들이키더니 조금 웃으며 말했
다. 폴은 그가 뜬금없이 이브 생로랑이나 마리오 프라다 같
은 디자이너를 언급한 이유를 금방 깨닫지 못했다. 엄마가
대학에서 미술을 가르치는 사람이라고 오해한 줄 알았다.
'지방시' 세 글자가 지방대학에서 시간강사로 일하는 사
람을 줄여서 부르는 단어라는 걸 알았을 때 왠지 웃음이
나오지 않았다. 이 작은 나라에서 서울을 중심으로 모든

현상이 해석되고 있다는 사실이 의아했고 갑자기 엄마가 초라하게 느껴졌다.

"서울이 곧 한국이야. 중심이고 전체라고."

남자가 폴의 표정을 살피며 말했다. 자기 말을 이해했냐는 눈빛이었다.

"네가 한국 사람이 아니라 몰라서 그래."

남자가 위로 아닌 위로의 말을 또 건넸다. 폴은 이해할 필요가 없는 문제라고 여겼다. 평소에도 '중심'이라는 말은 자본과 힘에 의해 만들어진 정의라고 생각했다. 정작 그의 온 신경은 타인이 바라본 엄마의 사회적 위치에 가 있었다. 어쩌면 그게 더 정확히 엄마 삶의 현주소를 폴에게 설명해 줄지도 모를 일이었다. 그러니까 엄마가 어떤 이유든지 미국에서도 밀리고 서울에서도 밀려 멀리 끝간 데로 간 것처럼 이해되었다. 외지고 쓸쓸한 곳의 끝일지도 모른다는 생각이 들었을 때 엄마 얘기를 괜히 했다는 기분이 들었다.

"지방시라고 놀리는 것들은 자기들이 그 자리도 못 차지하니까 질투심으로 말하는 거야. 깔아뭉개야 자기들이 좀 올라가는 줄 아는 거지."

남자는 잠시 생각에 잠긴 사람처럼 미간을 약간 찌푸리

며 맥주를 마저 들이켰다. 마치 제 심정을 토로해 놓고 민망해하는 사람처럼 보였다. 남자가 호텔로 그만 들어가자고 말하며 일어섰다. 술값은 형이 내는 거라며 남자가 카드를 불쑥 꺼내 들었다. 남자는 어느 순간부터 한국말만 사용하고 있었다.

"그런데 왜 이런 지옥 같은 곳으로 다시 돌아오려고 하세요?"

폴은 호텔로 걸어가면서 한국어와 영어를 반반씩 섞어가며 남자에게 물었다. 남자는 폴의 질문에 조금 당황하는 눈치였다. 재밌게 얘기하고 헤어지려 했는데 뜻하지 않은 진지한 질문을 받아 난감한 사람의 표정을 지었다. 그는 아직 대답을 못 찾은 사람처럼, 그렇지만 그건 참 흥미로운 질문이라는 듯이 조금 웃으며 고개를 갸웃거렸다. 엘리베이터 앞까지 와서도 남자는 계속 그 질문에 대해 골똘히 생각하는 사람 같았다. 폴은 5층을, 남자는 3층 버튼을 눌렀다. 엘리베이터 안에 잠시 침묵이 흘렀을 때 남자가 말했다.

"그래도 첫 번째 싸워 본 지옥이 조금 낫겠지."

남자는 자기 대답에 조금 만족한 표정을 지으며 내렸다. 남자의 대답이 폴의 귓가에 계속 윙윙거렸다. 엄마의 대답을 들은 것만 같았다.

폴은 안 태우던 담배를 피우고 술을 마신 탓에 어지러웠다. 엄마네 집도 서울도 아닌 낯선 도시에서 혼자 1박을 하는 기분이 이상했다. 어디에도 속하지 않은 하루 같았다. 홀가분해야 하는데 되레 너무도 많은 것들이 출렁이고 있었다. 비로소 한국에서의 첫날을 맞이하는 것처럼 혼란스러웠다.

엄마에게 걱정하지 말라는 문자를 보내려다 관두었다. 곤한 잠을 깨울 마음은 없었다. 그는 몸을 뒤척이다 침대 옆 전화기에 빨간 버튼이 반짝거리는 걸 발견했다. 메시지가 들어왔다는 신호였다. 버튼을 누르자 익숙한 남자의 목소리가 흘러나왔다.

"학생, 나 오늘 학생 내려준 사람인데, 내일 공항에 데려다줄게. 로비에 오후 4시까지 내려와 있게. 몇 번 전화해도 안 받아 이렇게 메시지라도 남기네."

폴은 전등을 켤 생각도 안 하고 침대에 누웠다. 메시지를 두 번 반복해서 들었다. 내용을 못 알아들어서 그런 건 아니었다. 투박하지만 느리고 친근한 남자의 목소리가 오래된 것들을 환기시키며 의식을 붙들었다. 좋은 기억이라고 부르고 싶은 것들이었다. 밤인데 밖은 그리 어둡지 않았다. 이 도시의 어둠은 희미한 빛으로 다시 태어나는 또 다른 하루였다.

폴은 침대에서 몸을 일으켰다. 멀리 도시의 불빛들이 반짝이는 창가 앞에 섰다. 창마다 노란색 램프를 걸어놓은 것만 같았다. 어쩌면 '임프'는 램프가 되기 전의 말이었는지도 모를 일이었다. 그는 오래전에 와봤던 곳을 찬찬히 바라보는 사람처럼 시선을 거두지 못했다. 어디에선가 히비스커스 붉은 꽃 하나가 소리 없이 활짝 피어날 것만 같았다.

로 드

케네디 암살사건에 관한 얘기를 꺼낸 건 명이었다. 최종 목적지가 댈러스라는 것과 무관하지 않았다. 지루한 사막지대가 끝없이 이어지던 차창 밖 풍광에 모두가 지루해하던 때였다. 그 이야기는 아무리 들어도 흥미롭다고 범도 맞장구를 치며 명의 흥을 돋우었다. 우연들이 겹치고 그 우연들이 마치 미리 계획된 시간 속에서 만난 것 같다는 생각이 들 때면 오싹할 정도라고 했다. 진은 케네디에 관한 영화와 책이 너무 많이 쏟아져 나와 식상하다고 한마디 보탰다. 명은 아니라고 반박했다. 사람들은 완전히 낯선 이야기보다 계속 의문을 던지는, 알려진 얘기에 더 흥미를 느낀다고 말했다.

"정말 꼼꼼하게 계획하고 벌인 일일까?"

범이 물었다.

"암살이? 아니면 그 집이?"

진이 물었고 운전대를 잡고 있던 명이 한쪽 손을 들며,

실은 나도 그게 궁금해, 소리쳤다. 셋 모두 알 듯 말 듯한 표정을 지었다.

진, 범, 명 삼남매는 고모가 사는 샌안토니오에서 출발해 댈러스를 향해 달리는 차 안에 있었다. 고등학교를 졸업하고 모두 뿔뿔이 흩어져 다른 주州에 있는 대학에 가는 바람에 셋이 함께 장시간 운전을 하고 가는 건 처음 있는 일이었다. 크리스마스를 한 달 정도 남겨두고 있었고, 선글라스 없이 한 치 앞을 바라보기 힘들 정도로 햇볕이 따가운 날이었다.

남쪽으로 내려가는 반대쪽 도로에는 셀 수 있을 만큼 차들이 드문드문 지나다녔다. 파란색 승합차 한 대가 캠핑용품인지 이삿짐인지 모를 것들을 가득 싣고 그들 곁을 스쳐 지나갔다. 운전석 옆에 앉은 아이들이 고개를 길게 빼고 진, 범, 명이 탄 차를 바라보며 손을 흔들었다.

진은 차창 밖을 하염없이 바라보고 있었다. 모래색을 닮은 바위들과 그런 바위들이 만든 언덕이 끊이지 않고 계속 이어졌다. 식물들이 바싹 말라비틀어진 채 뒤엉켜 있었다. 거대한 나무처럼 웃자란 선인장들은 두 손을 높이 쳐들고 포효하다 굳어 버린 들짐승 같았다. 기대했던 부드러운 모래 둔덕은 그 어디에도 보이지 않았다. 사막이라고 다

로드

같은 사막이 아닌 것만 같았다. 지루했고, 지루해서 쓸데없이 방금 스쳐간 파란색 승합차에 타고 있던 아이들의 얼굴을 떠올려 볼 지경이었다. 운전석에 있던 사람보다 체구가 몹시 작아 보였으니 아이라고 여겼는데 아닌 것도 같았다. 역광 때문이었을까. 진은 그들의 머리가 기이할 정도로 커 보였다는 사실에 새삼 놀랐다. 티셔츠 색깔이 밝은 파란색이었다는 것도 그제야 기억났다.

그 어떤 생각을 해도 진의 기분은 나아지지 않았다. 엄마가 전화로 주소를 불러 주었을 때부터 엄마의 집일지도 모르겠다는 생각이 들었다. 엄마가 얼마 전에 서울 변두리에 있는 작은 빌라로 옮겼다는 사실을 떠올렸을 때 뭔가 앞뒤가 맞춰지는 기분이었다. 아무리 가격이 싸도 그렇지, 연고도 없는 댈러스 외곽에 집이라니. 그녀로서는 여전히 의아한 일이었다. 서울의 작은 아파트 전세 보증금의 반도 안 되는 가격이라고 해도 엄마에겐 큰돈이었다.

진은 라디오의 볼륨이 귀에 거슬린다는 생각이 들었고 미간을 찌푸리며 소리를 줄였다. 휴가라도 가는 사람들 같네. 속으로 된소리를 삼켰다. 래퍼의 목소리가 거친 기계음처럼 흘러나왔던 차 안이 갑자기 조용해졌다. 옆에서 운전을 하던 명이 진을 슬쩍 쳐다보았다.

"릴 웨인의 노래를 함부로 끄다니!"

뒤에 앉아 있던 범이 과장되게 두 손을 벌리며 말했다. 랩이라도 있어야 사막의 지루함과 삭막함을 견디지. 분명 그런 눈빛이었다. 범의 저런 모습은 정말 싫다고 진은 생각했다.

"제발, 너 그 래퍼들에 대한 미친 애정을 멈출 수 없니?"

진은 '그게 바로 늘 엄마가 걱정하는 부분이야'라고 말하려다 말았다. 엄마는 범이 가끔 대마초를 피우고 친구들과 히죽대며 노는 것도 다 랩을 좋아해 생긴 버릇이라고 여겼다. 드레드락스며 힙합 복장, 게다가 초점 없는 눈초리까지 래퍼들을 닮아 갈까 미리 걱정했다. '스포츠형' 머리를 하고 방은 지저분해도 옷은 늘 단정하게 입고 다녀 엄마의 걱정은 기우였다는 게 증명되었지만, 진조차도 그게 범의 전부를 본 것인지는 확실하지 않았다.

범은 안쓰러운 표정을 지으며 그런 진을 쳐다보았다. 언제부턴가 그녀가 점점 엄마의 목소리를 닮아 가며 엄마처럼 행동하는 '젊은 엄마' 같다는 생각이 들었다.

땡스기빙을 앞두고 샌안토니오에 사는 고모가 진, 범, 명을 초대했다. 가족 중에 유일한 미국 사람이었던 고모부가 3차 항암치료를 이기지 못하고 힘들어하던 때였다. 고모부는 그들에게 한국이라는 문을 열고 나와 미국이라는 대륙을 체험하게 해준 존재였다. 그는 조카들의 서툰 영어 발음을 바로잡아 주었고, 이름도 생소한 디저트를 함께 만들었다. 침대 시트를 주름 없이 깔끔하게 정리하는 법과 크리스마스 트리 장식의 기원과 가글과 치아 교정의 필요성, 게다가 디즈니 영화의 개봉 소식 모두 그가 알려 준 것들이었다.

고모네 간다고?

엄마는 진의 얘기를 듣고 조금 들뜬 목소리로 물었다. 절묘한 순간이라고 외치는 사람 같았다. 주소를 불러 주며 적으라고 했다. 누가 사는지 누구의 집인지는 말하지 않았다. 그냥. 가서 봐. 보기만 해. 엄마는 마치 그 집에 누가 살던 누구의 집이든 아무 상관 없는 일이라고 말하는 것 같았다.

그런데도 진은 그게 엄마의 집이라는 말로 들렸다. 엄마는 이제 완벽하게 스스로 가족으로부터 분리된 개체라고 선언하는 것만 같았다. 의아했던 마음은 금세 사라지고 감정이 조금 북받쳐 올랐다. 찬 눈물 한 방울이 뺨에 똑 떨어진 것처럼 서운했다. 흐트러짐 없는 엄마의 목소리가 다행스러우면서도 야속하게 들렸다.

엄마가 텍사스주에 간 건 겨우 한 번뿐이었다. 고모가 사는 곳이었지만 첫 가족 여행이 될 뻔했다. 아빠는 출발 이틀 전에 회사에 일이 생겨 결국 함께하지 못했다. 진, 범, 명은 한시도 한자리에 가만있지 못할 정도로 힘이 넘치는 나이였다. 그들은 엄마와 알라모 성을 둘러보고 씨월드에 갔다가 저녁 무렵 리버워크에 갔다. 그 도시의 방문객들이 놓치지 않고 가는 코스를 그대로 따랐다.

리버워크는 긴 강을 끼고 이어진 거리였다. 카페와 상점 에서 흘러나온 불빛들이 아름답게 물 위에 드리워져 찰랑 거렸다. 관광객을 태운 색색의 보트들이 천천히 물살을 가 르며 지나갔다. 진, 범, 명은 카우보이 물건을 파는 가게를 기웃거렸다. 궁금하고 신기했는데 안으로 한 발짝도 들어 가지는 못했다. 갈기를 휘날리며 말들이 튀어나올 것만 같 아 엄마의 치마를 꼭 붙들었다. 어느 곳에서나 음악이 흘 러나왔다. 광대 옷을 입고 마술쇼를 펼치는 사람들도 많 았다. 가로등에 기댄 채 키스하며 서 있는 젊은 연인들의 발밑에 둥글고 뭉툭한 그림자가 네 개의 발을 품고 있었 다. 모퉁이마다 집시들이 모여 춤을 추는 축제의 도시였다. 엄마는 한 손에 음료와 간식이 든 커다란 기저귀 가방을 들고, 다른 한 손으로는 명의 손을 잡은 채 그 모든 것을 바라보며 서 있었다.

그러다 엄마는 명의 손도 놓은 채 가게를 등지고 혼자 강물을 바라보았다. 강물에 비친 자신의 모습을 애써 찾으려는 사람처럼 미동도 없었다. 그러더니 갑자기 언 몸이 풀린 사람처럼 어깨를 천천히 움직이기 시작했다. 건너편 바에서 흘러나오는 음악에 맞춰 팔, 어깨, 다리가 조금씩 꿈틀거렸다. 세상 그 어느 음악과도 어울리지 않는 서툴고 어색한 몸짓이었다. 엄마의 행동에 진은 당황스러웠다. 세월이 흘러도 그때 엄마의 모습이 잊히지 않았다. 그건 흥에 겨워 흔드는 몸짓이 아닌 것만 같았다. 오히려 전혀 반대의 어떤 기운이 그녀의 몸을 잡아 트는 것만 같았다.

"이번 땡스기빙에는 고모부가 만들어 주는 초콜릿무스 케이크는 기대하지 말아야겠네."

범이 엉덩이를 조금 들고, 운전석에 앉아 있는 명의 뒷머리를 손으로 흐트러뜨리며 말했다. 출발 때부터 별말이 없는 동생이 신경 쓰였다. 엄마와의 기억이 상대적으로 적은 막내였다.

"어쩔 수 없는 것들이야."

명은 조금은 귀찮다는 듯이, 조금은 남의 일처럼 말했다.

"뭐가?"

"다, 모두. 어른들의 일 말이야."

"야, 우리도 이미 어른이야."

"죽는대. 곧. 어쩌면 크리스마스 전에."

"고모부가? 곧? 어떻게 인간이 그렇게 갑자기 죽어?"

진이 놀라 물었다. 겉으로 보기에 고모부는 그리 심각하지 않았다. 척추뼈 일부를 제거해 키가 줄어든 모습이 기이했지만 그래도 여전히 그의 유머 감각은 살아 있었다. 죽음을 웃음과 함께 떠올려 보지 않아서 현실감이 없었다.

모두 말이 없었다. 누군가 죽고 사는 문제를 너무 가볍게 입에 올린 것을 후회하는 눈치였다. 그 누군가가 그들과 몹시 친밀한 사람이라 말을 아꼈다. 그때 갑자기 명의 입에서 탄성이 터졌다.

"아, 오늘이 11월 22일, 맞지? 존 에프 케네디 암살당한 날이네, 여기, 댈러스에서!"

"오 마이 갓, 정말 오늘이네! 우리가 이런 역사적인 날에 댈러스를 간다고?"

범도 흥분해 소리쳤다. 과장되게 부르르 몸을 떠는 시늉을 하며 명의 흥을 돋우었다.

"어떻게, 그렇게, 극적으로 생을 마감할 수 있을까? 아니, 어떻게 그렇게 극적인 삶을 살 수가 있지? 사건 자체가 미스터리야, 빅 미스터리!"

명은 흥미진진한 이야깃거리를 끄집어낸 자신을 대견해하는 눈치였다. 고모부나 부모에 대한 진지한 얘기는 불편하고 싫었다. 무심하려고 해도 가슴이 무거웠고 숨이 찼다. 차라리 케네디 얘기가 좋았다. 씹고 씹어도 부드러워지지 않는 육포처럼 밤을 새워도 풀리지 않는 미스터리가 더 흥미로웠다.

"죽기 전에 꼭 가봐야 할 곳 중의 하나가 딜리 플라자라는데, 우리 그럼 거기도 가보자!"

"케네디 암살 장소?"

진은 뜨악한 표정을 지으며 명을 바라보았다. 언젠가 사진으로 보았던, 총성이 울려 퍼졌다는 회색빛 건물을 떠올렸다. 누군가 불행히 죽은 곳을 보자고? 지나온 길이 거의 황폐한 사막이었는데, 그걸로도 모자라서?

"그런데, 엄마가 일부러 오늘 가라고 한 건가? 그런 건 아니겠지?"

"뭐야, 이런 상상력은?"

"케네디가 댈러스 공항에 도착하고 나서 퍼레이드를 간

거잖아. 엄마가 굳이 우리에게 비행기로 가지 말고 차로 가라고 고집한 이유가……."

범의 말에 진은 어처구니가 없어 고개를 흔들기까지 했다. 개연성 부재의 일을 저토록 의미화하려고 노력하다니. 그가 아직도 일정한 수입 없이 고생하는 게 다 그런 연유 때문인 것만 같아 말도 섞기 싫었다.

"그냥, 하루 가볍게 드라이브하는 맘으로 갔다 오자고."

가볍지 않은 목소리로 명이 말했다.

진은 처음부터 '엄마의 집'이라고 단정 짓는 눈치였지만 범은 쉽게 공감하기 힘들었다. 익숙한 단어들 속에 틈입한 낯선 느낌 앞에 주춤거렸다. 엄마의 집이라는 말 자체가 엄마에게 해당하지 않는 말 같았다.

진의 전화를 받았을 때 범은 분주하게 이삿짐을 정리하고 있었다. 몇 년째 같이 살던 세 명의 룸메이트와 대학을 졸업하고 각자의 직장이 위치한 거리 때문에 헤어지기로 했다. 범 혼자 살기에 집은 너무도 컸고 새로 룸메이트를 구하고 싶은 마음도 없었다. 사진 작업을 하는 스튜디오에서 살기 싫었지만 다른 선택이 없었다. 일과 생활의 공간은 분리. 평소에 그렇게 외쳤는데 형편이 따라주지 않았다. 이름은 화려한 프리랜서지만 수입은 언제나 초라했다. 콘

서트를 다니며 무대 뒤편의 사진과 이야기를 담았다. 화려함 뒤에 가려진 진짜 얼굴들은 늘 그를 매료시켰다. 그가 쓴 기사와 사진은 음악 전문지에 자주 실렸다. 고료가 높은 것은 아니었다. 다른 일을 하며 그 일을 계속했다. '9시 출근 5시 퇴근'이라는 생활방식을 선택할 마음은 추호도 없었다. 인간이 기계화되는 첫 관문처럼 여겨져 최대한 그런 틀에서 오래 벗어나고 싶었다. 그의 결정을 지지해 준 사람이 엄마였다. 불쑥 달려가 볼 수 없는 거리라 가끔 엄마를 원망해 본 적은 있어도 유대감을 의심해 본 적은 없었다. 그런데 엄마 집이라니. 엄마가 그 중요한 일을 한마디 언급도 없이 혼자 결정했단 말인가? 덩어리 치즈인 줄 알고 샀는데 포장을 뜯고 보니 한 장씩 슬라이스된 치즈를 마주한 느낌처럼 생뚱맞았다. 엄마는 평소에 사람이 집한 채를 갖는 꿈은 허영이 아니라고 자주 말하긴 했다. 집은 평범한 사람들에게 가장 환상적인 현실의 공간일 거라고도 했다. 뷰 파인더를 통해 피사체를 오래 관찰하다 초점을 맞추고 드디어 셔터를 누를 때, 범은 자신만의 집을 가진 기분을 느끼곤 했는데 그럴 때면 엄마를 조금 이해할 수도 있을 것만 같았다.

명은 소변을 참을 수 없다며 사막 한가운데에 차를 세

웠다. 앞과 뒤, 모두 지루한 지평선만 보이는 곳이었다. 명은 차에서 내리자마자 기지개를 길게 켜더니 커다란 바위 뒤쪽으로 걸어갔다. 범은 진과 떨어진 곳에서 담배를 피웠다. 진은 그 둘을 바라보다 선글라스를 잠깐 벗어 하늘을 올려다보더니 금세 얼굴을 찡그리며 다시 썼다.

진은 며칠 전에 엄마에게 전송받았던 사진들을 살펴보았다. 집들이 가지런하게 들어찬 길은 바둑판처럼 반듯했다. 커다란 호수를 중심으로 집들이 둥글게 퍼져 있는 동네였다. 정작 엄마가 주소를 불러 주었던 그 집은 어디에 있을까. 발밑에 모래 먼지가 이는 곳에서 호수가 있는 동네 사진을 들여다보고 있자니 현실 속에 존재하지 않는 곳을 찾아가는 느낌이었다. 푸른 잔디가 펼쳐져 있거나 나무 위에 붉은 꽃이 다닥다닥 피어 있는 사진들을 볼 때면 그런 생각이 더 들었다.

명은 범에게 운전대를 맡겼다. 범은 시동을 걸고 라디오의 볼륨을 다시 높였다. 에미넴의 목소리라는 걸 단박에 알 수 있는 랩이 기다렸다는 듯이 터져 나왔다.

볼륨이 귀에 거슬렸는지 진이 얼굴을 살짝 찡그리며 고개를 옆으로 돌렸다.

"어휴, 담배 냄새."

"그래도 '그린'은 아니잖아."

"뭐? 너, 아직도 대마초 피워?"

"왜 그래, 누가 피운대?"

"너, 이 새끼, 엄마한테 이른다."

범이 찔끔거렸다. '새끼'라는 단어가 한국어로 된 욕 가운데 가장 센 거로 알고 있는 진, 범, 명은 이 부분에 이르면 말을 잠시 멈추거나 자신이 무엇을 잘못했는지 생각하는 버릇이 있었다. 그리고 같은 단어라도 음색에 따라, 혹은 표정에 따라 그 의미가 정반대로 들릴 때가 있다는 것도 그들은 안다. 엄마의 입에서 흘러나와 뺨에 닿았던 '내 새끼'라는 단어는 따뜻한 깃털처럼 부드러웠다. 진의 입에서 나온 '새끼'는 욕이었다.

진은 아직도 화가 안 풀린 사람처럼 창밖으로 고개를 돌린 채 한 손으로 턱을 괴고 있었다. 비슷비슷한 풍광이 사라지지도 않고 지루하게 이어지는 곳을 바라보고 있었다. 그녀는 먼 곳에 있는 큰 바위에 눈길을 고정했다. 사물에 시선을 고정하는 버릇은 그녀 스스로 화를 누르는 방법이었다. 바위 위에 커다란 하트가 그려져 있었다. 빨간색 페인트로 이니셜 'H'가 하트 안에 새겨져 있었다. 이름의 첫 글자이거나 좋아하는 단어의 첫 글자일 것이다. 어느 아내가 새긴 'Husband'의 H이거나. 누구의 무엇이든 그녀에게 아무 상관 없는 일이었다. 글자를 새긴 사람은 다시는 이곳을 지나가지 않은 채로 살다 죽을지도 모른다.

진의 기분을 알아차렸는지 범이 슬슬 눈치를 살폈다.

"진정해, 진정하라고. 정말로 나쁜 거로 따지자면 담배가 더 나빠. 대마초에 대한 혐오감으로 편견을 갖는 게 정치적인 문제로 출발한 파워게임에서 비롯됐다는 걸 사람들이 모르고 있다고. 그러니까 이번에 캘리포니아주도 대마초를 합법화했겠지. 정말 중독성이 있는 건 시중에서 파는 담배야."

진은 이미 그 대화에 흥미를 잃은 사람처럼 아무 대꾸도 없었다. 차 안에 다시 정적이 감돌기 시작했다. 흘러나오던 랩도 어느새 꺼져 있었다. 범은 그의 차 안에 가득 실린 이삿짐을 떠올리고 있었으며, 명은 뉴욕에서 사회초년생으로 지낼 생각으로 긴장되었고, 진은 부모의 짐이 다 빠져나간 옛집을 떠올리며 스산한 마음을 추스르고 있었다.

명은 차 트렁크에 실려 있는 아이스박스를 떠올렸다. 시원한 맥주가 들어 있다고 하자 범은 야호! 소리쳤다. 그들은 길 안쪽으로 쑥 들어가 약간 언덕진 곳에 차를 세웠다. 해를 가릴 수도 없는 허허벌판이었지만 지나온 길이 다 보이는 곳이었다. 진은 대형 타월을 두 개 꺼냈고 준비한 돗자리도 펼쳤다. 차문을 열고 노끈을 이용해 타월을 서로 연결했다. 돗자리를 타월 위에 덧대었더니 세 명이 겨우 빛을 가리고 앉을 곳이 되었다. 바닥은 따뜻했고 바람은 건조했다. 찬 물방울이 맺힌 맥주캔은 알맞게 시원했다. 멀리 차 한 대가 빠른 속도로 흙먼지를 일으키며 지나갔다.

진, 범, 명은 그들이 달려온 길을 바라다보며 찬 맥주를 목으로 넘겼다. 검정 아스팔트가 긴 뱀의 꼬리처럼 끝없이 이어지는 길이었다. 참 멀리 왔구나. 셋은 아마도 그렇게 느꼈을 거였다. 그 심정으로 그들은 말없이 길을 응시하고 있었다. 삼남매는 고요한 마음으로, 게다가 사막에서 찬 맥주를 마실 수 있는 날이 쉽게 다시 오지 않으리란 걸 알고 있는 사람들 같았다. 그 순간, 서로 말은 하지 않았지만, 그들 안에 무언가 차오르는 게 있었다. 어쩌면 엄마가 정작 그들에게 보여주려고 했던 것은 집이 아니라 집으로 가는 긴 여정을 생각하는 시간일지도 모를 일이었다. 그들은 문득 자신들도 길 위에서 쉬지 않고 달려왔음을 떠올렸다. 태엽이 감긴 인형들처럼 움직임을 멈춘 적이 없었다. 계속 학교라는 곳을 다녔고, 계속 무언가를 배웠고, 계속 시험이라는 것을 치렀고, 계속 보이지 않는 적들을 만났다. 부모의 갈등을, 병을, 상처를, 분노를 헤아릴 여유도 없이 마주치고 흡수했다. 언제부턴가 각자의 삶을 각자의 방식대로 살아오고 있었고, 그래야 한다고 여겼다. 어딘가를 향해 지금도 여전히 길 위에서 앞만 보며 걸어가고 있다는 생각이 들었을 때 맥주가 쓰게 느껴졌다.

"난 가끔 엄마가 무너지기 시작한 순간들을 떠올려 보곤 해."

진이 두 번째 캔을 비우고 나서 말했다. 너희는 모르지? 그런 표정이었다.

"나를 기숙사에 데려다 주고, 엄마 혼자 돌아서 갈 때 보았던 그 얼굴. 뭔가 둑이 와르르 무너져 내리는 것 같았어. 눈, 코, 입이 녹아 흘러내리는 것 같았다고. 그때 엄마는 뭔가를 스스로 놓아 버린 것 같았어. 그게 엄마 자신이었는지, 결혼생활이었는지, 우리 가족이었는지, 아니면 그 모든 것이었는지 모르지만. 너희도 알다시피, 내가 엄마와 아빠 사이에 중간 역할을 늘 했었잖아. 그런 내가 비행기를 타고 집에서 멀리 떨어진 대학을 갔으니. 엄마는 내가 없는 빈자리를 어떻게 감당해야 할지 모르는 사람처럼 보였다고."

진은 어느새 자신이 울면서 말하고 있다는 사실이 의아

했고 한번 터진 울음이 그치지 않아 당황스러웠다.

범과 명은 그런 진을 말없이 지켜보며 맥주를 홀짝였다. 길고 지루한 사막은 가족들이 지난 몇 년간 지나온 시간과 닮아 있는 것만 같았다. 엄마가 이름도 희한한, 빈둥지증후군을 앓고 있다는 의사의 말을 들었을 때도 그러다 낫겠지, 했다.

"엄마가 혼자 춤추는 모습을 아빠가 봤다면 좀 더 신경을 써줬을까?"

진은 혼잣말처럼 중얼거렸다. 범과 명은 엄마가 춤을, 언제? 그런 눈빛으로 서로를 바라보았다. 너희들이 그걸알 리가 없지. 진은 설명하고 싶지 않아 혼자 고개를 저었다.

"어떤 행위 뒤에 오는 정서의 총체적인 것. 행위와 정서. 나는 요즘 그런 화두에 몰두해 있어."

범이 뜻 모를 이야기를 했다. 마른세수를 하듯 두 손으로 얼굴을 쓸어내렸다. 그늘이 얼굴의 반을 가리고 있어 수척해 보였다.

"그러니까, 엄마 아빠의 이혼이라는 행위가 우리에게 남긴 정서가 있잖아. 상처라고 부르는. 우리는 물론 그 행위에 동참하지는 않았지만, 그 정서는 고스란히 함께 느꼈잖아. 아이러니하게도 엄마 아빠 이혼 뒤에 정말 우리가 가족이었다는 사실을 나는 온몸으로 느꼈어. 어떤 행위를 같이하는 것보다 어떤 정서를 같이 나눈다는 게 더 긴밀한 관계구나, 우리는 생각보다 아주 긴밀한 가족이었구나, 그런 깨달음 말이야."

진은 범이 몰라보게 성숙해졌다는 생각이 들면서 그게 대견하기도 하고 한편 쓸쓸하기도 해 또 울었다.

"그러니까 내 말은, 이번에 엄마가 가보라는 집은 엄마의 어떤 정서가 그런 행위를 하게 만든 결과물이라는 거지."

"그 정서가 뭔데?"

진이 자신도 정말 궁금하다는 듯이 물었다.

"그걸 알 것 같으면서도 모르겠다는 거지."

"범, 그…… 행위와 정서, 그것도 사진에 담을 수 있어?"

명이 흥미롭다는 듯이 물었다.

"글쎄…… 그건 깊이 생각해 보지 않았는데. 움직임과 감정을 포착하는 작업이니까 행위와 정서를 담는 거지."

진은 소변을 보고 오겠다며 일어섰고 범은 아이스박스를 열고 마지막으로 남은 맥주캔을 집어 들었다.

"나도 범과 비슷한 감정을 느낀 적이 있어."

진이 울다 만 얼굴을 쓸어내리며 다시 자리에 앉았을 때

로드

명이 나지막한 목소리로 말했다. 햇볕에 그을린 걸까, 술 탓일까. 명의 얼굴이 목덜미에서부터 불그레했다. 좀체 속 옛말을 안 하는 명이어서 진과 범은 조금 긴장했다.

"마트에서 발렌타인 한 병을 훔치다 걸린 적이 있어."

"명, 정말이야, 언제? 바보 아니야, 너 같은 우등생이 그런 짓을. 왜 내게 말 안 했어?"

범은 명에게 그건 정말 어리석은 짓이었다고 말했고, 명은 정말 자신이 그때 왜 그랬는지 모르겠다고 고개를 저었고, 진은 다시는 그 순간을 떠올리고 싶지도 않다며 두 손으로 머리를 감쌌다.

"엄마가 한참 힘들어하다 한국에서 살겠다고 갔을 때였어. 실은 그때 나도 같이 기우뚱거렸던 것 같아. 범이 말했던 행위와 정서로 비유한다면, 엄마의 어떤 행위가 나의 정서를 흔든 거야. 그만큼 밀착되어 있었다는 거겠지. 내부에서부터 균열이 생기다 나 혼자 터진 기분이었어. 경찰서에서 조서를 꾸미고 훈방 조치돼서 집에 왔는데 한국에 있던 엄마가 전화를 했어. 슬프구나. 이 말을 두 번 하시더라. 슬프구나, 하는 말. 참 슬프더라고."

명은 맥주를 마저 비우고 손으로 빈 캔을 구겼다.

"그래도 네가 3년 만에 대학을 졸업했을 때 엄마가 제일 좋아했잖아. 등록금 저축하게 되었다고. 하하."

범은 명의 어깨를 대견스럽다는 듯이 툭툭, 쳤다.

"그런데 우리는 왜 한 번도 엄마 아빠에게 이혼하지 말
라는 말을 안 했을까?"

진이 이제야 생각났다는 듯이 말했다. 혹시 너희들은 했
어, 묻는 눈치였다.

"그러게……."

"너무 오래 떨어져 있었으니…… 이혼은 당연한 거 아
니야?"

"믿었던 거 아닐까?"

"뭘? 언젠가 둘이 다시 합칠 거라고?"

진, 범, 명은 서로의 얼굴을 바라보며 그럴 가망성은 없
었다며 고개를 저었다.

"솔직히 나는 좀 무기력했어. 그래서 그냥 받아들이기
로 했어."

"둘이 사랑하지 않았던 것 같아?"

"그걸 어떻게 장담해? 그럼 우리는 어디에서 온 건데?"

"엄마랑 아빠랑 키스하는 거 본 적 있어?"

"뭐, 그따위 질문이……. 그러고 보니 없네."

"거봐. 어릴 땐 그게 하나도 이상하지 않았는데, 친구네

부모는, 물론 미국 사람이라 그런가, 우리 보는 앞에서도 포옹하고 키스를 하더라. 서로의 뺨에 얼굴과 입술을 가볍게 대는 정도였지만. 겉으로 표현되는 감정들, 그게 바로 행위와 정서지. 우리 부모는 아마도 서로 사랑하지 않는 사이인가 보다, 뭐 그런 생각이 들었다고.”

“싱겁긴.”

대화는 정말 싱겁게 끝났다.

진, 범, 명은 다 털어놓지 못한 대화를 어설프게 끝낸 기분이 들었다. 뿌연 유리창을 통해 안을 들여다보는 사람들 같은 표정으로 말없이 앉아 있었다. 많은 것이 어른거렸지만 확실하게 보이는 것이 없어 답답한 사람들 같았다. 자신들이 알고 있는 것과 모르고 있는 것들 사이에서 시간이 흘러가는 것만 같았다. 몸은 자라 어른이 되었는데 어느 부분은 여전히 자라지 않은 채 과거의 시간 속에 머물고 있는 것만 같았다. 때로는 분명한 것도 희미해졌고 희미한 것들 사이에서 날카롭게 빛을 반짝이는 것이 있어 혼란스러웠다.

명이 얼굴이 너무 벌겋다며 운전대를 범에게 부탁했다. 사막에서 음주운전 걱정 안 해도 된다면서도 범이 흔쾌히

운전대를 잡았다.

내비게이션은 앞으로 1시간 35분 더 가면 목적지라고 알려줬다. 진은 에어컨을 최고로 틀었다. 조심해, 조심하라구, 운전! 진은 몇 번이고 범에게 소리쳤고 범은 억지로 귀를 틀어막는 시늉을 했다.

지평선 끝에 굵은 검정 선이 점점 크고 진해지며 분명해졌다. 범은 혼자 콧노래를 불렀고 명과 진은 졸다 깨기를 반복하다 깼다. 오목하고 볼록한, 마치 검정 레고로 길게 이어 만든 거대한 횡단열차같이 생긴 도시가 서서히 모습을 드러냈다. 셋은 알 수 없는 뿌듯함에 조금씩 흥분하기 시작했다.

케네디 암살의 진범이 누구일까, 하는 말로 시작된 대화가 다시 엄마가 가보라는 집 이야기로 모였다.

"어쩌면 우리가 상상하는 것 이상으로 엄마는 철저하게 분석하고 비교해서 결정했을지도 모르겠다는 생각이 들어."

"그럼 그게 정말 엄마 집이라는 말이야?"

"생각해 볼수록 그런 결론이야. 엄마가 느낀 생에 대한, 현실적으로 말하자면 노후에 대한 불안 때문에 내린 선택이라는 말이지."

명은 논리적으로 제 생각을 뒷받침하는 것들에 관해 설명하기 시작했다. 미국 자동차 시장에서 강세를 보이고 있는 도요타 본사가 댈러스로 곧 옮겨올 거라는 것. 사옥이 거의 완공되었고 무려 4천 명 이상의 직원과 그 가족들의 대규모 이주가 시작되었다는 것. 게다가 대형 구장을 레인저스가 건설 중이라는 것. 도시가 대형화하거나 붐이 조성되는 그런 좋은 조건들이 엄마가 그곳에 집을 산 이유일 거라고 추측했다.

명의 말에 범과 진은 서로를 바라보았다. 엄마가 그렇게 분석적이라고? 아닐걸. 눈으로 그렇게 말하며 고개를 돌렸다.

"사실 케네디 암살만 해도 많은 추측이 있었어."

범은 다시 케네디 얘기로 화제를 돌렸다. 블랙홀처럼 사람들을 빨아들이는 소재였기에 누구도 그의 얘기를 멈추게 하지는 않았다. 이야기가 다시 케네디로 흘러가자 진은 좀 정신이 드는지 자세를 고쳐 앉았다.

"나는 그 나이트클럽 사장이라는 잭 루비라는 인물이 가장 흥미로워. 개연성이 없잖아. 범, 네 말대로 행위와 정서가 그에게는 들어맞지 않는다고."

"오즈월드가 범인일 가능성이 가장 큰 건 사실 같아. 근데, 왜 하필 감옥으로 이송되는 그 순간에 갑자기, 아무 이유 없이, 잭 루비가 뛰어들어 그를 쐈냐고? 미국을 사랑해서, 애국심에? 그건 말도 안 되는 추측이야."

"케네디와 오즈월드가 같은 병원 응급실에서 생을 마감한 것도 너무 극적이야."

"잭 루비가 마피아 부하였다는 설도 있어. 극우 보수세력과 소련 KGB, 쿠바 카스트로까지 파헤쳐 봐야 답이 나와. 그러니까……."

"그러니까 그 말은, 메릴린 먼로의 죽음까지 파헤쳐야 진짜 범인이 나올 거라는 거지. 그동안 나온 것도 다 알맹이 빠진 진실들이고."

"진실을 다 알면 뭐할 건데?"

"무슨 진실? 케네디?"

"아니, 엄마가 가보라는 곳이 정말 엄마의 집인지 아닌지 나도 모르겠다고. 친구네 집인가? 우리가 모르는 엄마 친구가 있나? 그것도 불분명해. 어쩌면 우리가 알고 있는 것보다 훨씬 많은 것들을 생각해 봐야 답이 나올 거라는 말이야."

명은 어찌 되었든 그들이 가는 곳이 엄마의 집이기를 바랐다. 범이 말한 행위와 정서에 동감하는 부분이 많지만

차는 어느덧 나무가 우거진 동네로 들어서고 있었다. 셋은 차 등받이에 기대었던 몸을 조금 일으키며 주위를 두리번거렸다. 그들이 통과해 온 길이 사막이었다는 사실이 믿기지 않을 정도로 푸르렀다. 키 큰 나무들의 그림자가 짙고 서늘해 보였다. 산책하는 사람들이 오후의 햇살을 등에 지고 걷고 있었다. 집 앞에서 공놀이를 하거나 인라인스케이트를 타는 아이들의 목소리가 바스락거렸다. 휠체어를 탄 어느 노인이 어깨에 숄을 걸치고 넓은 테라스에 앉아 책을 읽고 있었고 큰 개가 그 옆에 한가로이 누워 있었다.

"1008, 1014, 어디야, 1032라고 했지? 거의 다 왔네!"

범이 약간 흥분한 목소리로 말하며 차창을 열었다. 셋은 고개를 길게 빼고 우편함에 적힌 번지수를 눈으로 따라 읽었다. 골목은 컬 드색Cul-de-sac으로 이어졌다.

"저기다, 1032!"

진과 범의 눈이 명의 손가락 끝이 가리키는 곳에 모였다. 아, 하는 감탄사가 누군가의 입에서 먼저 흘러나왔고 동시에 다른 둘의 입에서도 터졌다. 다른 큰 집들에 가려진, 언뜻 보면 작은 별채 같은 크기의 집이었다. 그래도 그건 어디에서 보아도 '엄마의 집'이라고 부르는 것이 어울릴 집이었다. 대로에서 멀리 떨어져 차들이 많이 지나다니지 않고, 아이들이 집 앞에서 뛰어놀기에 안전한 컬 드색, 단단한 붉은 벽돌집. 평소에 엄마가 노래처럼 말했던 그런 집이 그들 눈앞에 펼쳐져 있었다.

진, 범, 명은 차에서 내렸다. 보닛에서 뜨거운 열기가 흘러나와 그들의 얼굴에 닿았다. 셋은 붉고 단단한 벽돌로 지은 집을 향해 걸어갔다. 오후의 햇살이 가득 들어차 있는 빈집이었다. 삼남매는 유리창에 얼굴을 바짝 기대어 안을 들여다보았다. 훗날 명은 자신들의 이런 모습을 떠올릴 때마다 무당벌레 세 마리가 유리창에 붙어 있던 모습으로 상상되어 웃음이 나왔다.

범과 명은 집을 둘러보겠다며 뒤뜰로 향했다. 진은 두 손을 귀 옆에 바짝 대고 유리창에서 얼굴을 떼지 않았다. 그녀의 눈길은 거실에서 주방으로, 그리고 반쯤 열려 있는 방문들을 따라갔다. 현관문 옆에 세로로 길게 장식된 색유리 창과 한쪽 벽이 통유리로 된 거실, 주방에서 나와 복도로 이어지는 구조. 낯설지 않은 집이었다. 진은 속으로 옅은 신음을 냈다. 오래전에 가족들이 함께 살던 옛집과 너무도 흡사했다. 크기만 작을 뿐이었다. 엄마는 무심코 인터넷 검색을 하다 매물로 나온 이 집을 보았을 것만 같았다. 가상 공간에서 창을 열어 보고 주방과 거실을 거닐어

보다 문득 자신이 잃어버린 유형의 것들과 무형의 것들을 떠올렸을 것이다. 누군가는 그게 엄마 스스로 버린 거라고 했지만 세상에 귀한 것들을 이유 없이 버리는 사람은 없다.

　뒤뜰에서 웃음소리가 들려왔다. 어린 날의 범과 명 같았다. 둘은 지붕 상태를 보기 위해 나무 위로 올라가려고 애쓰는 것 같았다. 진은 범이 사는 시애틀, 명이 살아가게 될 뉴욕, 그리고 자신이 사는 하와이를 떠올렸다. 댈러스가 그 모든 지역의 중간지점이었다. 엄마가 걸어왔던 모든 길의 중간인지도 모를 일이었다. 엄마는 어떤 이유에서인지 이곳에 표석을 다시 세우기로 결정했을 것만 같았다. 진은 여전히 엄마가 선택한 엄마의 집이라고 믿고 싶었고 그렇게 생각하니 정말 엄마의 공간처럼 느껴졌다. 진은 얼굴을 유리창에 더욱 바짝 붙이고 구석구석을 살펴보았다. 엄마라는 존재가 여전히 그녀를 놀라게 해 다행스러웠다.

사이-공간을 상상하는 지도

허 희

문학평론가

고향을 달콤하게 여기는 사람은 아직 미숙하고,
모든 곳을 고향으로 여기는 사람은 이미 강하며,
전 세계를 타향으로 여기는 사람은 완벽하다.

_ 성(聖) 빅토르 휴고

1. 지금 여기 없는 그(녀)와 지금 여기 있는 '나'를 위한 애도

장편소설 《당신의 파라다이스》(2013)는 임재희의 등단작
이다. 이 작품에서 그녀는 20세기 초 조선에서 하와이로
떠난 이민 1세대의 신산한 삶을 묘파한다. 작가 스스로 밝
힌 집필 이유는 이렇다. "이 소설은 한 시대를 아무런 흔
적도 없이 살다 간 사람들에 대한 내 애도의 한 방식이다."
소설가로서 내딛는 임재희의 첫걸음은 왜 '낙원을 찾아
떠났던 이들에 대한 애도'였던 것일까? 그녀의 세 번째 작
품이자, 첫 번째 단편소설집 《어디에도 속하지 않은 폴의
하루》를 살펴보려면 이 물음에 적절한 답을 같이 찾아볼
필요가 있다. 임재희의 소설적 탐구는 거기에서부터 현재

까지 줄곧 이어져 왔기 때문이다. 그녀는 소중한 무언가를 잃어버린 슬픔에 침잠해 있다. 끊임없이 애도한다는 뜻이다.

한데 이것은 사라진 대상을 추모하는 행위만 가리키지 않는다. 애도는 감당하기 어려웠던 상실의 충격을 자기 안에서 서서히 완화시키는 과정 자체를 일컫는다. 지금 여기 없는 그(녀)를 떠올리는 것으로 시작해, 그러니까 애도할 타자를 이곳으로 불러와 애도하는 주체와의 공유 지대를 만들어냄으로써, 지금 여기 있는 '나'를 계속 살아가게 하는 의식인 것이다. 죽은 자와 산 자 모두에게 애도는 필수적이다. 임재희는《당신의 파라다이스》를 '써야 할' 이야기였다고 언급한다. 그렇게 보면 등단 당시 그녀가 행한 애도 작업은 작가로서의 소망이라기보다 의무에 가까웠던 것 같다. 그래서 임재희는 다음번에 '쓰고 싶은' 이야기를 내놓겠다고 다짐했다. 그 결과물이 장편소설《비늘》(2017)이다.

그녀는 두 번째 작품에서 소설(가)의 의미를 천착한다. 하지만 동시에 이 책은 어떤 것이 떠나 버렸으나 '나'는 보내지 않은, 실은 그것이 여전히 남아 있음을 고통스러워하며 그것이 더는 없기를 바라는 역설—애도의 본질을 담고 있다. 작가는 다음과 같이 말한다. "아마도 내게 소설이란 염원하면서도 지나가기를 간절히 바란 어떤 이중성에 대한 고백인지도 모르겠다. (……) 첫 책을 내고 비로소 소설과 마주하게 되었을 때 내가 쓸 수 있는 것들에 대해 오래 생각하게 되었다."

처음에 그녀는 쓰기를 구별하려고 했다. 그러나 이제 임재희에게 '써야 할'(당위) 이야기, '쓰고 싶은'(욕망) 이야기, '쓸 수 있는'(능력) 이야기는 별개의 것이 아니다. "염원하면서도 지나가기를 간절한 바란 어떤 이중성에 대한 고백"과 '낙원을 찾아 떠났던 이들에 대한 애도'는 사실상 작가에게 동질적이었다. 《어디에도 속하지 않은 폴의 하루》는 그 연장선상에 놓인다.

2. 이민·귀환·정주의 열쇳말로 《어디에도 속하지 않은 폴의 하루》 읽기

위에서 임재희가 지금 여기 없는 그(녀)를 위한, 그러면서 지금 여기 있는 '나'를 살게 하는 애도에 집중한다고 기술했다. 이것은 떠난 자(캐릭터로 구현된 이)와 남은 자(작가)가 긴

밀한 연관을 맺기 때문이다. 예컨대《당신의 파라다이스》
와《비늘》의 공간적 배경인 하와이가 그렇다. 하와이는 실
제로 작가가 1985년 이민을 갔던 지역이다. 이런 점에서
그녀는 이국에서 생활하는 이주자의 복잡한 마음을 잘 알
수밖에 없다. 또한 그녀가 경험했으므로 오랜 시간 그곳에
있다 고국에 돌아온 이주자의 뒤숭숭한 마음도 잘 알 수밖
에 없다. 임재희가 애도할 타자를 이곳에 소환해 애도하는
주체와의 공유 지대를 구축한다고 했을 때, 이 같은 작업이
지시하는 바는 본인을 포함해 어느 곳에도 완전히 속하지
못했던 운명에 처한 사람들이 갖는 공통 감각의 연결이었
다. 바로 이 점을 염두에 두고《어디에도 속하지 않은 폴의
하루》를 검토하려 한다. 세 가지 범주로 이 책에 실린 아홉
편의 단편을 나눌 것이다. 분류 기준은 등장인물이 활동하
는 장소와 연계된 내셔널national한 정체성이다.

 1) 이민—미국에서의 한국(인)적인 것 : 〈분홍에 대하여〉·
   〈압시드(Abcd)〉·〈라스트 북스토어(The Last Bookstore)〉·
   〈로사의 연못〉·〈로드(Road)〉

 한국인으로 한국에서 살다가 미국에 정착하게 된 이유
는 저마다 다를 것이다. 〈분홍에 대하여〉의 주인공 세레나

의 경우는 어떤가. 그녀는 남편과 헤어진 뒤, "다른 언어를 쓰는 곳"을 찾아 미국으로 건너왔다. 세레나가 염두에 둔 '다른 언어'는 단순히 영어만을 의미하지 않는다. 이 소설 서두에 제시된 보어의 사례가 방증하듯이, 그녀가 가정하는 언어는 더 이상 타자와 내밀한 소통이 이루어질 수 없을 때 소멸하고 마는 '상호 존재의 집'과 유사하다. 사랑처럼 언어도 자기 혼자 유지될 수는 없다. 실제로 세레나는 언어와 사랑을 유비하여 말한다. "우리는 서로의 말을 깊이 이해하는 사람들이었어. 그러니까 사랑이지." 타자를 고려하지 않은 사랑 없는 말은 대화를 어긋나게 한다. 같은 한국어 화자끼리라도 마찬가지다. 중요한 것은 '무엇으로' 교류하느냐보다 '무엇을' 교류하느냐에 있다.

그 한 가지 예가 〈압시드〉의 주인공 압시드 이야기다. 그는 ABCD 네 개 알파벳의 나열에 불과한 자기 이름을 창피해한다. 그러다 열다섯 살 때 양부에게 명명에 관한 일화를 전해들은 뒤 압시드는 생각이 바뀐다. 더는 ABCD가 부끄러움의 대상이 아니게 된 것이다. 그는 자신을 미국에 입양 보내며 아들의 안녕을 기원한 친부의 심정에 ABCD를 통해 공명한다. 압시드는 이렇게 속내를 털어놓는다. "그 이름 덕분에, 나는 한 번도 내가 버려진 아이라는 느낌을 가져 본 적이 없었으니까요. 생부가 준 가장 큰 선물인 셈이지요." 그러므로 이 소설을 읽을 때는 외국어 문자가 오히려 강렬하게 한국과 결부된 과거를 환기하고, 마음의 전이─교감을 가능케 하는 매개체라는 점을 눈여겨봐야 한다. 이른바 '한국(인)적인 것'은 꼭 한국을 표방하는 기호에만 담기지 않는다.

물론 〈라스트 북스토어〉의 주인공은 헌책방에서 우연히 판소리 LP판을 발견하고 "와락 반가움"을 느끼기도 한다. 더불어 '나'에게 불쑥 말을 건넨 여자에게 호감을 갖는다. 그녀가 한국어를 사용하고, 타국에서 세상을 떠난 한국 소설가의 명복을 비는 퍼포먼스를 하고 있었기 때문이리라. 이후 멀리서 여자를 지켜보며 '나'는 절감한다. "누군가 우리의 끝, 세상이라는 이름의 아찔한 절벽 끝에 묵묵히 서 있다는 생각이 들었을 때 나는 미안하리만치 깊은 위안을 받았다."

이쯤에서 자문하게 된다. 만약 여자가 영어를 사용하는 흑인이나 백인이고, 타국에서 세상을 떠난 미국 소설가의 명복을 비는 퍼포먼스를 했어도, '나'는 그녀에게 깊은 위안을 받았을까? 그렇지 않을 것이다. LA에 거주하는 동생이 지금 그곳의 삶과는 아무 상관 없는 한국 라디오 뉴스를 듣는 행동도 이와 같은 맥락에 있다. 한국을 떠나온 사람에게 '한국(인)적인 것'은 어떤 기호로 표상되든 기어이 와닿는다. 어느 정도 성공을 거둬도 이국에서 사는 일이 결코 만만치 않아서다.

〈로사의 연못〉 주인공 부부에게는 소원이 있다. "무지개가 자주 뜨는 신비한" 마노아에 집을 짓고 살고 싶다는 희원이다. 인고의 세월이 지나 마침내 그 바람이 이루어졌다. 그런데 로사는 "언제부턴가 불안해지기 시작했다. 행복한데 왜 불안한지 알 수 없었다. 뭔가 쫓기듯 연극이 끝나고 무대에서 내려온 것만 같았다." 그토록 갈망하던 것을 고생 끝에 얻은 다음에야, 그녀는 자신이 내심 그것을 원하지 않았다는 사실과 마주한다. 남편도 비슷하다. 집이 멋지다는 친구의 칭찬에 그는 냉소적으로 대꾸한다. "연극처럼, 흉내만 내고 사는 거지." 외국에서 살기로 결심한 사람들은 이전보다 더 (물)질적으로 나아진 삶을 기도한다. 그렇지만 이 소설은 가시적인 목표를 좇느라 훨씬 더 귀한 것을 방기한 이민자의 인생을 섬뜩하게 돌아보도록 한다.

가시적인 목표―집보다 훨씬 더 귀한 것이 무엇인지는, 삼남매가 '엄마의 집'으로 가는 과정의 기록을 담은 〈로드〉에서 짐작해 볼 수 있을 것이다. 그들은 직접 자동차를 운전해 댈러스로 가는 중이다. 엄마가 비행기를 타지 말고 자동차로 가라고 당부해서다. 오랜만에 모인 삼남매는 긴 시간을 같이 있게 된다. 이들은 잡담을 나누고, 티격태격 하기도 하며, 각자의 비밀을 조심스레 밝히기도 한다. 그러는 동안 삼남매는 깨닫는다. "어쩌면 엄마가 정작 그들에게 보여주려고 했던 것은 집이 아니라 집으로 가는 긴 여정을 생각하는 시간일지도 모를 일"이라고. 가시적인 목표를 달성하는 것이 삶의 목적이 아님을, 삶의 목적은 가시적인 목표의 달성 여부와는 무관하게 그곳을 향하는 도정에서 어렴풋하게 포착될 수 있는 것임을, 임재희는 지금까지 일별한 다섯 편의 소설로 예증한다.

2) 귀환—한국에서의 미국(인)적인 것 : 〈히어 앤 데어(Here and There)〉·〈어디에도 속하지 않은 폴의 하루〉·〈천천히 초록〉

한국인으로 미국에서 살다가 한국에 돌아오게 된 이유도 저마다 다를 것이다. 임재희의 소설에서 그것은 명확하게 설명되지 않는다. 이곳을 떠나 이곳으로 도로 돌아온 까닭은 애초부터 자명할 수 없어서다. 그래도 사람들은 묻는다. 왜 여기에 (다시) 왔고, 왜 여기를 (다시) 떠나느냐고?

〈히어 앤 데어〉의 주인공 동희도 미국과 한국에서 그런 질문을 많이 받았다. "그때마다 단답형의 대답을 찾아보려 했지만 늘 명쾌하지 않았다. (……) 삶이 그렇게 명쾌하거나 속시원한 대답을 안겨 주지도 않았다. 그런데 분명한 것은 사람들은 결과보다 이유를 더 궁금해한다는 거였다. 자신들의 삶의 잣대로 듣고 이해하고 개입하고 싶어 했다." 그녀는 이민과 귀환의 연유를 뭐라고 답하지 못한다.

스스로의 삶을 정확히 꿰뚫어보고 객관적으로 말할 수 있는 능력을 가진 사람이 얼마나 될까 하는 문제는 차치하더라도, 이에 대해 상세히 답변할 수 없게 만드는 또 다른 압력이 동희에게 가해지고 있음을 우리는 똑바로 인식할 필요가 있다. 어떤가 하면 질문을 던지는 이들이 막상 그녀의 사정에 별 관심이 없다는 것이다. 사람들은 동희의 소견을 경청하기보다, 자기 의견에 그녀의 삶을 끼워 맞추려 했을 뿐이다. "집요하게 묻는 사람도 없었기에 질문은 질문으로 끝나 버리고 만다." 동희의 상황을 "진지하게 생각하는 사람은 없었다." 한국인이나 미국인이나 똑같았다. 그럼에도 불구하고 그녀를 비롯한 작품 속 인물들은 한국에서 살기로 결정을 내린다. 어째서일까. 출입국관리사무소에서 만난 여자가 푸념하듯이 "여기 가도 저기 가도 뭐가 하나는 모자라"라면, 굳이 한국에서 살아야 할 근거 따위는 없지 않을까.

〈어디에도 속하지 않은 폴의 하루〉에서 주인공 폴의 눈을 통해 한국을 보면 더 그렇다. 그에게 한국인의 삶은 팍팍하게 비친다. "그런데 정작 알 수 없는 건 폴의 마음이었다. 그 모든 것들이 남의 일처럼 무심하게 지나쳐지지 않았다. (……) 폴은 그런 사람들과 자신이 어떤 식으로든지 연결되어 있다는 감정을 떨쳐 버릴 수 없었다." 국적만 따지면 그는 미국인이다. 미국에서 태어나 성장했고, 한국어보다 영어가 익숙한 폴에게 한국은 많은 외국 중 하나에 불과하다. 그는 미국의 내셔널한 자장에 속해 있는 것이다. 한데 온전히 그렇지는 않다. 폴은 한국인 부모에게서 동양계 외모를 물려받았다. 아무리 미국인이라고 한들, 실상 백인 지배 국가인 미국에서 그는 마이너리티다. 냉정하게 보지 않아도 다들 안다. 이 작품의 제목처럼 폴은 한국과 미국 어디에도 완전히 속하지 않은 주변인이다.

이런 가운데 폴은 자신과 한국(인)이 떼려야 뗄 수 없는 관계임을 체감한다. 그의 추측대로 "그 모든 '사이'에 엄마가 존재하기 때문"인지도 모른다. 한국인으로 한국에 살기로 한 엄마가 있으므로, 여타의 외국보다는 한국(인)이 폴에게 친밀하게 다가올 수 있으리라.

이를 좀 더 자세히 들여다보자. 그 안에는 어머니와 아버지로 대표되는 자신의 근원과 접속하려는 열망이 깃들어 있다. 〈천천히 초록〉의 주인공 '나'도 동일하다. "어정쩡하게 미국에서 살다 다시 어정쩡하게 한국으로 돌아와 사는" 그녀는 자신이 태어난 곳에서 부모의 흔적을 되짚는다. 그 일은 '나'에게 긍정적인 영향을 끼친다. 원인이 불분명했던 불안 상태에서 조금씩 벗어날 수 있게 된 것이다. "묻지 않아도 될 것과 알지 않아도 될 것들 속에서도 삶은 충분히 완전체로 흘러갈 거였다"라는 깨달음은, 그녀가 지난날의 기억—뿌리를 아무렇게나 내버려두지 않고 오늘날로 끌어당겨 자기 삶과 접합시킨 덕분에 도출될 수 있었다.

미국에서 살다가 한국으로 돌아온 사람들에게 남아 있는 이른바 '미국(인)적인 것'은 이곳에서 생활하는 데 위화감을 조성한다. 그러나 이는 없애겠다고 해서 없어지는 것이 아니다. 그것은 그(녀)가 살았던 나라의 정치·사회·문화가 육체에 투사된 습속에 가깝기 때문이다. 따라서 한국으로 귀환한 사람들은 미국(인)적인 것으로 인해, 미국으로 이주한 사람들은 한국(인)적인 것으로 인해, 배제당하며 포함되는 애매한 포지션을 부여받게 된다. '나는 어느 편도 되지 못한다.' 이주자와 귀환자의 자의식은 이렇게 같아진다.

그런데 이것이 부정적이기만 할까? 어쩌면 이중적 위치에 있는 그(녀)야말로 특정하게 구획된 장소의 바깥─헤테로토피아heterotopia를 사유하고 현시하는 힘을 가질 수 있는 것은 아닐까. 〈히어 앤 데어〉에서 동희의 처지를 서술하는 문장은 그래서 의미심장하다. "한국도 미국도 아닌 현재 서 있는 곳이 그녀가 존재하고 있는 곳이었다." 바로 그곳의 모델을 임재희는 지금까지 일별한 세 편의 소설로 타진한다.

3) 정주─한국에서의 실존적인 '나'의 것 : 〈동국〉

한국인으로 한국에서 살다가 미국에 정착하게 된 이유와, 한국인으로 미국에서 살다가 한국에 돌아오게 된 이유처럼, 한국인으로 한국에서 내내 사는 이유 역시 저마다 다를 것이다. 누군가는 쉽게 말할지도 모르겠다. 한국인으로 한국에서 쭉 사는 것이 여기저기 오가며 사는 것보다 어쨌든 속 편하지 않겠냐고. 미국에서는 한국(인)적인 것을 가지고, 한국에서는 미국(인)적인 것을 가지고, 한 무리에서 이질적인 취급을 받는 것은 아무래도 피곤하고 괴롭지 않겠느냐고. 틀린 말이 아니다. 이미 앞에서 짚어 본 여덟 편의 소설로 일부 입증했다고 생각한다. 그 안에 헤테로토피아를 창출할 잠재성이 녹아 있을 것이라는 낙관적 추론과는 별개로, 현실에서 이방인으로 살기는 고달프다. 하지만 한국에서 한국(인)적인 것을 갖고 무난하게 살자고 해도 거기에는 난관이 많다. 〈동국〉으로 해명할 수 있을 것이다.

이 작품은 《어디에도 속하지 않은 폴의 하루》에서 독특한 위상을 갖는다. 한국과 미국을 양축으로 하는 임계 지점의 정체성 탐색에 초점을 맞춘 소설이 아니기 때문이다. 그런 점에서 확실히 〈동국〉은 임재희의 예외적인 작품이라고 할 만하다. 한데 이 소설이 이번 소설집에서 불협화음을 일으키느냐 하면 그렇지는 않다. 예외와 상례는 불가분하게 얽힌다. 〈동국〉이라는 특수한 작품에도 나머지 여덟 편의 작품이 주제화하는 메시지가 기입돼 있다. 리듬의 변주이지 합주에서의 이탈은 아니다. 어떤 면에서 그렇다고 볼 수 있을까. 이 소설에 그동안 회피하고 부인해 왔던 자기 자신을 고스란히 받아들이려는 노력이 투영돼 있어서다. 초점 인물은 '나'의 작은엄마—최동국이다. 그녀는 부조금 봉투에 왜 '세욱이 엄마'가 아닌 '최동국'이라는 이름을 썼냐고 핀잔을 주는 손위 동서에게 항변한다.

"형님도 이제 나를 동국아, 그렇게 불러 줘요. 이제 다 벗어 버리고 싶어요. 세욱이 엄마라는 것도, 세미 엄마라는 것도. 나는 그냥 최동국. 예전에는 부끄럽고 남자 이름 같아서 안 썼는데, 동국, 최.동.국. 있는 그대로 받아들이려고 해요." 자기 이름을 되찾겠다는 작은엄마의 선언은 그녀의 인생을 놓고 보면 급진적 결단임에 틀림없다. 그때그때의 상황과 주어진 역할에 따라 변화하는 '나'의 정체성이 아닌, 언제 어디서든 변하지 않는 실존적인 '나'의 정체성을 확립하겠다는 의지. 마땅히 응원 받을 만하다.

그렇지만 이를 잃어버린 자아의 탈환 정도로 규정하면 해석의 빈틈이 많아진다. 《어디에도 속하지 않은 폴의 하루》의 기조와 관련하여 〈동국〉을 보자. 그러면 이 소설에 나오는 한국에서의 '정주'가 사전적 의미 그대로의 '머무름'과는 다르다는 것을 알게 된다.

동국이 겪는 불행은 안타깝지만 다른 사람이 어떻게 해 줄 수 없는 개인사에 지나지 않는다. 그러나 과연 이렇게만 말할 수 있을까. 그녀 가정의 불행이 남편의 감전 사고로부터 비롯된 것은 맞다. 그가 벌어 오던 월급이 끊기면서 동국 가족은 경제적으로 궁핍해졌고, 불구의 몸이 된 그를 종일 뒷바라지하느라 정신적으로 힘겨워졌다. 그 뒤 딸 세미는 비행으로 끔찍한 사고사를 당했고, 그런 동생의 주검을 눈으로 확인해야 했던 아들 세욱은 그 충격으로 심각한 알코올중독에 빠지고 말았다. 비극의 한복판에 서게 된 동국에게 기댈 곳은 없었다. 한핏줄이라 믿었던 사람들조차 그녀를 외면했다. "친척들은 옷자락 끝에라도 불행의 씨가 묻을까 작은엄마를 멀리했고 작은엄마는 그들로부터 스스로 멀어져 가는 방법을 택하며 자존심을 지켰다." 실은 그렇게 술회하는 '나'도 별반 다르지 않았다. 그녀는 "근데, 세욱이한테 왜 내 전화번호 가르쳐 줬어?"라고 동국에게 따져 묻는다.

그럴 때 드러나는 것은 친인척 관계로 맺어진 혈연 집단의 허약한 결속력이다. 한국에 사는 한국인들은 암묵적으로 '상호 도움의 공동체'를 기대한다. 한국에 사는 국민으로서 '우리는 하나'가 아니겠느냐고, 그러니까 한국인이 어려울 때 도와주는 사람은 외국인이 아니라 자국인이라고, 혈연 집단은 그것의 기초 단위라 중하다고, 이런 식으로 자연스럽게 사고한다. 하지만 이 소설에서 나타나는 대로 혈연 집단과 상호 도움의 공동체는 등치되지 않는다. 애당초 친인척에 의한 호혜성은 제대로 기능했던 적이 드물었다. 역사적 사건으로 무수히 증명되었듯, 혈연 집단은 각종 갈등과 비리의 온상이 되기 일쑤였다. 그래서 임재희는 다른 길을 모색한다. 그녀는 〈동국〉에서 가족을 다루되 귀결점을 가족에 두지 않는다. 한국에서의 한국(인)적인 것이 아니라, 한국에서의 실존적인 '나'의 것 찾기를 중시하기 때문이다. 이것을 "동국, 겨울국화"가 상징한다. 오상고절 傲霜孤節의 굳셈, 버텨냄으로써 지지 않는 모습을 임재희는 〈동국〉으로 그려냈다.

3. 낙원의 이편과 저편 : 부재하는 파라다이스로 가는 노정

제사로 쓴 구절을 풀이하면서《어디에도 속하지 않은 폴의 하루》읽기를 마무리하고자 한다. 이 문장은 고향에 대한 우리의 통념을 깨뜨리고 전복한다는 점에서 재고할 가치가 있다. "고향을 달콤하게 여기는 사람은 아직 미숙하고, 모든 곳을 고향으로 여기는 사람은 이미 강하며, 전 세계를 타향으로 여기는 사람은 완벽하다." 이 언명은 분명 성 빅토르 휴고의 것이나, 포스트식민주의 비평가 에드워드 사이드 덕분에 널리 알려졌다. 그는《오리엔탈리즘》(1978)

을 비롯한 여러 저서에서 이 문구를 인용했다. 주지하다시피 에드워드 사이드는 이스라엘에 점령당한 팔레스타인 출신으로, 이스라엘의 팔레스타인 침략을 옹호한 미국에서 활동한 학자다. 그리하여 그는 스스로를 어디에도 속하지 않은 경계인이자 망명자로 여겼다.

그것은 자기 연민과는 거리가 멀다. 에드워드 사이드는 양 진영의 한계에 서 있는 망명자야말로 단수의 눈이 아닌, 복수의 눈을 갖는다고 설파했다. 이와 같은 중층적인 관점이 모호한 사태를 분절하고 종합하여 새로운 진실을 직시하게 만든다는 것이다. 이것은 두 권의 장편소설과 이번에 출간한 첫 번째 소설집으로 임재희가 독자에게 기여하는 바이기도 하다. 그녀의 소설 속 인물들—한국인으로 한국에서 살다 미국에 정착하게 된 사람들, 한국인으로 미국에서 살다 한국에 돌아오게 된 사람들, 한국인으로 한국에서 평생 사는 사람들은 고향으로 인해 촉발되는 세 가지 정동을 횡단한다. 그들은 때로 고향을 달콤하게 여기고, 때로 모든 곳을 고향으로 여기며, 때로 전 세계를 타향으로 여긴다. 이들은 미숙하고, 강하고, 완벽한 면모를 지닌 사람들이다.

처음부터 임재희의 작품은 캐릭터들이 낙원을 지향하

는 모험담이었으므로 그럴 수밖에 없다. 그러기에 《당신의 파라다이스》에 실린 작가의 말을 한 번 더 옮긴다. "내 소설 속 인물들을 떠올린다. 흑백사진에서 튀어나온 듯한 그들이 내 어깨를 툭툭 치며 이렇게 물을 것만 같다. '당신의 파라다이스는 어디쯤에 있습니까?' 나는 낙원을 향해 가는 긴 여정이 파라다이스라고 생각한다. 파라다이스가 생존의 장소가 되었을 때, 그곳은 일상에 파묻혀 빛을 잃고 삶은 또 어쩔 수 없이 새로운 파라다이스를 꿈꾸게 한다." 낙원으로 가는 길 위에서의 삶이 곧 낙원이라는 통찰. 이것은 임재희의 소설에서 일관되는 테마다. 반대로 말하면 그것은 실체화된 파라다이스로의 입성이 영영 불가능하다는 뜻이기도 하다. 그러는 한 그녀가 수행하는 애환의 애도는 차이를 낳으며 되풀이된다. 낙원은 이편에 있으면서도 없고, 저편에 없으면서도 있어서다.

1

이 책에 수록된 아홉 편의 단편들을 다시 읽었다. 작가는 여러 편의 작품을 통해 한 권의 자서전을 쓰는 사람이라고 말했던 괴테의 말을 떠올리며 고개를 끄덕인다. 지나온 시간의 흔적들이 내 소설 속에 고스란히 묻어 있는 이유를 그렇게밖에 설명할 길이 없다.

20대에 미국 이민 길에 올랐던 나는 생존의 언어와 사유의 언어가 다를 수밖에 없는 이민 세대에 속한다. 혀에 지문처럼 새겨진 모국어가 자연스럽게 사유 세계를 지배하는 언어였다면, 생존의 언어는 밥벌이와 생활에 필요한 제2의 도구처럼 몹시 이질적이어서 내 안에 두 개의 세계가 따로 존재했던 것 같다.

'그곳'에서도, 다시 돌아온 '이곳'에서도 바깥에 머무는 마음으로 오랫동안 서성이곤 했다. 여기에도 저기에도 온전히 속하지 못하는 마음을 소외나 결핍으로 생각할 수 있겠으나 내게는 다행스럽게도 창작 동력이 되었다. 결국 내 '사유'의 언어로 '생존'의 장소에 대해 썼으니 비로소 이질적인 두 언어의 세계가 소설이라는 이름으로 내 안에서 화해한 것일지도 모른다.

2

송기원 선생님에게 소설을 배웠던 시간이 떠오른다. 오랫동안 선생님을 뵙지 못했으나 선생님이 하신 말씀은 방금 들은 것처럼 기억한다. 소설은 결코 배워서 완성할 수 없으며 자신의 허물과 상처가 가장 빛나는 보석이라고 말씀하셨을 때 아마도 나는 속으로 조금 울었던 것 같다. 소설이 안 풀릴 때마다, 삶이 힘들 때마다 선생님의 말씀을 곱씹곤 한다. 그 말의 깊은 뜻을 헤아릴 때까지 참 오래 걸렸다.

2018년도에 출간되었던 이 책을 기꺼이 재출간 결정을 해준 나무와숲 대표 최헌걸 선배님과 정성껏 엮어 주신 이경옥 주간에게 깊은 감사의 마음을 전한다.

그리고 내 어줍은 소설을 섬세한 시선으로 읽고 해설을 써준 허희 평론가에게도 감사하다. 소설 본문 중 한 단어 '사이'를 발견해 준 것만으로도 감동이었는데, 이 소설집 전체를 관통하는 의미로 새겨준 게 놀라웠다.

생각해 보니 아무도 내게 소설 쓰라고 등 떠민 사람은 없었다. 완벽하게 내 자유의지로 선택하고 실천한 일이다. 소설을 쓰면서 내가 살아가는 세상과 인간에 대한 애정이 조금 더 깊어졌다. 감사한 일이다.

2023년 초가을
북쪽 방에서
임재희

그는 오히려 가정과 결과에 집중하는 성격이었다. 어느 것이 더 좋거나 나쁜 건 없었다. 아무튼 범과 진은 자신과 좀 다른 것 같았다. 그의 한국말 실력도 둘에 비해 많이 서툴렀다. 누군가 그에게 노스 코리언이냐, 사우스 코리언이냐고 물으면, 진과 범처럼 뭐 그런 질문이 있느냐는 표정을 짓지 않았다. 그리고 아주 자연스럽게, 내 친조부는 '캐성' 사람이고, 내 외조부는 '킴천' 사람이니 반반 섞인 코리언이라고 말했다.

명은 진과 범에게 다 말하지 못한 것이 있었다. 엄마가 두 번이나 "슬프구나"라고 말한 이유였다. 첫 번째는 명이 한 짓이 어리석었기 때문이었다. 엄마가 "내가 갈까?"라고 물었을 때 명은 단호하게 거절했다. 엄마는 또 "슬프구나" 했다. 명은 자신이 한 짓이 부끄러워 그렇게 대답했는데 엄마가 필요 없다는 말로 들리기에 충분했다. 명은 가끔 자신의 대답을 후회했지만 다 지난 일이었다. 가정과 추측은 늘 다른 예상을 낳기 마련이지만 이미 벌어진 결과에 승복해야 하는 운명을 지녔다는 생각에는 변함이 없었다. 그가 뜬금없이 케네디에 대해 계속 주절거린 이유이기도 했다.